献给我的父亲母亲：

陈光远、佘金枝

海外汉学译丛·主编 张西平

逍遥与散诞

—— 十六世纪北方贬官士大夫及其曲家场域

[新加坡] 陈靝沅 著

周 睿 译

GUANGXI NORMAL UNIVERSITY PRESS
广西师范大学出版社
·桂林·

逍遥与散诞：十六世纪北方贬官士大夫及其曲家场域
XIAOYAO YU SANDAN: SHILIU SHIJI BEIFANG BIANGUAN SHIDAFU
JIQI QUJIA CHANGYU

SONGS OF CONTENTMENT AND TRANSGRESSION: Discharged Officials
and Literati Communities in Sixteenth-Century North China by Tian Yuan Tan
(Copyright(c)2010 by the Friends and Fellows of Harvard University. Do not
reproduce. © 2010 by the President and Fellows of Harvard College)
Published by arrangement with Harvard University Asia Center
Through Bardon-Chinese Media Agency
Simplified Chinese translation copyright © 2021 by Guangxi Normal University
Press Group Co.,Ltd.
ALL RIGHTS RESERVED
Translated by ZHOU Rui
著作权合同登记号桂图登字：20-2019-148 号

图书在版编目（CIP）数据

逍遥与散诞：十六世纪北方贬官士大夫及其曲家场
域 /（新加坡）陈靝沅著；周睿译. --桂林：广西师范
大学出版社，2021.12
（海外汉学译丛 / 张西平主编）
书名原文: Songs of Contentment and Transgression：
Discharged Officials and Literati Communities in
Sixteenth-Century North China
ISBN 978-7-5598-4378-4

Ⅰ．①逍… Ⅱ．①陈… ②周… Ⅲ．①戏曲文学－古
典文学研究－中国－明代 Ⅳ．①I207.3

中国版本图书馆 CIP 数据核字（2021）第 213981 号

广西师范大学出版社出版发行
（广西桂林市五里店路 9 号　邮政编码：541004）
网址：http://www.bbtpress.com
出版人：黄轩庄
全国新华书店经销
湛江南华印务有限公司印刷
（广东省湛江市霞山区绿塘路 61 号　邮政编码：524002）
开本：880 mm × 1 230 mm　1/32
印张：11.5　字数：186 千
2021 年 12 月第 1 版　2021 年 12 月第 1 次印刷
印数：0 001~6 000 册　定价：62.00 元

如发现印装质量问题，影响阅读，请与出版社发行部门联系调换。

丛书总序

近四十年来海外汉学研究成为学界的一个热点，其翻译著作之多，研究展开之迅速，成果之丰硕，在中国当代学术研究领域是任何一个学科都不可以比拟的。据国家图书馆海外中国问题研究资料中心尹汉超副研究馆员的初步统计，四十年来学界翻译、研究、介绍海外汉学研究的著作达 3600 部之多。尽管如此，在海外汉学经典著作的翻译和整理上我们仍需努力，对于海外汉学名著的翻译一直是一项最基础、最根本的学术工作。在我们身边很难再有像钱钟书先生那样的天才，精通多国语言，融通中外学术，所以我们只能老老实实地把世界各国汉学的名著一本一本地翻译出来，这样才会对欧美汉学史有一个整体的、全面的认知。二十多年来我就是凭借着这种理念，组织翻译了一批西方汉学早期汉学的经典著作。

尽管《剑桥中国史》《剑桥中国文学史》等大部头的著作已出版，关于儒学与道学的海外汉学著作的出版工作也有了显著的进步，但对世界各国的海外汉学名著的翻译仍有欠缺，尤其是非英语国家的汉学研究名著亟待翻译。特别是对"一带一路"国家的中国研究，我们应给予高度关注。因为仅仅靠英语世界的汉学成果，我们是绘不出一个完整的世界汉学历史全图的。我们应明白中国学术的进步是需要几代人才能完成的，我们应站在中国学术的全局，一代接一代地把世界各国的汉学名著翻译成中文出版。我们应鼓励更多的熟悉法语、德语、意大利语、瑞典语、印地语、波斯语等各种语言的学者投入到海外汉学著作的翻译研究中来，并像已故的冯承钧、耿昇先生那样，献身于基础汉学著作的翻译。我们向所有安于寂寞、献身学术、从事汉学名著翻译的学者致敬。这次我与广西师范大学出版社的合作，就是希望在海外汉学著作的翻译上再翻新篇。

四十年来，海外汉学（中国学）研究的进展与当代中国学术的变迁与发展紧密相连，这充分说明海外汉学这一域外的中国知识和中国当代知识的进展以及当代中国学术的变迁有着内在的联系。这样的传统是从清华大学国学研究院的成立开始的，吴宓在《清华开办研究院之旨趣及经过》中明确地指出：

"惟兹所谓国学者，乃指中国学术文化之全体而言，而研究之道，尤注重正确精密之方法（即时人所谓"科学方法"），并取材于欧美学者研究东方语言及中国文化之成绩，此又本校研究院之异于国内之研究国学者也。"学者在解释吴宓这一思想时说："近代以来，'国学'概念的使用有不同的用法，吴宓的提法代表了当时多数学者的用法。后来清华国学研究院的教研实践也显示出，清华国学研究院对国学和国学研究的理解，始终是把国学作为一种学术、教育的概念，明确国学研究的对象即中国传统学术文化，以国学研究作为一种学术研究的体系。在研究方法上，则特别注重吸取当时世界上欧美等国研究中国文化的成果和方法。这表明，老清华国学研究院以研究中国传统文化为本色，但从一开始就不是守旧的，而是追求创新和卓越的，清华国学研究院的学术追求指向的不是限于传统的学术形态与方法，而是通向新的、近代的、世界性的学术发展。"[1]本土之国学与海外汉学互动是近代中国学术发展的重要特点，这样的传统在近四十年的汉学研究中也充分体现了出来。

汉学的存在标志着中国的学术已经是世界性的学术，汉学研究的成果已经不再仅仅作为一门"外学"，像外国文学、外国

---

① 陈来：《清华国学院的使命》。

哲学、外国历史那样，仅仅作为一种知识产品丰富我们对世界学术的认识。自晚清以来，中国历史的自然发展因西方国家的入侵而打断，同时，中国文化与知识的叙述也不能再在经史子集这样的框架中表达，从四部到七科，中国现代学术体系和表达形式发生了根本性的变革。西方汉学，此时作为西学进入我们的知识和文化重建之中。因此，如果搞不清西方汉学的历史，我们就说不清中国近代的历史，并无法开启今天的学术重建。

在这个意义上，海外汉学不仅仅在海外，而且同时内在于我们近代学术史和当代的学术史之中。为此，我将海外汉学研究说成是一种"内外兼修之学"，意在表达它作为一个学术体系和知识系统，对中国学术具有内在参考性。

梁启超在百年之前就提出"在中国研究中国""在亚洲研究中国""在世界研究中国"三种方法。四十年来对海外汉学的研究使我们体会到：文化自觉和学术自觉是我们展开域外中国学研究，展开西方汉学史研究的基本出发点；开放与包容的文化精神是我们对待域外汉学家的基本文化态度；求真与务实的批判精神是我们审视西方汉学的基本学术立场。

张西平

2021 年 1 月 16 日

致　谢

请允许我不厌其烦向所有为此书写成提供支持和帮助的人致以最由衷的谢意。

首先要感谢我在哈佛大学的所有老师与同窗，这个充满活跃创见的学术圈子和那段难以磨灭的读研岁月让我铭记。特别有幸的是能拜入伊维德（Wilt Idema）师门下，他不仅悉心指导我的博士论文，而且还持续不断以后续的支持和指导为我加油，他以渊博学识和严谨学风投身教学、关爱学子，永远都是我学习的榜样，永远让我心存感激。我也特别感谢我的论文指导委员会的李惠仪（Wai-yee Li）师和宇文所安（Stephen Owen）师，他们启发式的引导教会我如何去深挖细读文本。

本书部分章节的初稿曾以论文形式在一些学术场合上发

表，包括美国亚洲研究协会（Association for Asian Studies）在圣迭戈及圣弗朗西斯科的年会、在南京和上海召开的"中国戏剧：从传统到现代"国际学术研讨会、在福建举行的"明代文学与文化"国际学术研讨会、在伦敦举办的文学圈子（Literary Communities）研究工作坊等，以及台湾"中研院"、台湾清华大学、美国亚利桑那州立大学等机构开展的学术讲座。我诚挚感谢这些学术活动的组织策划方以及所有的评议者、与会者和聆听者，是他们的批评意见让本书更为完善。

我还从与奚如谷（Stephen West）、柯丽德（Katherine Carlitz）、白润德（Daniel Bryant）、孙康宜（Kang-i Sun Chang）等学者教授在不同场合的多次富有启迪意味的交流中获益良多，在此也要感谢他们对本论文的鼓励和关心。我同样还要把我的感激之情献给金文京（Kin Bunkyo）、孙崇涛、金宁芬、卜键、华玮和王瑷玲等各位教授，在我赴京都、北京和台北调研的时候他们给予了我无私帮助和指导。还要感谢我亲赴本书的主要研究对象的家乡陕西和山东当地专家们对我的大力协助，特别是雒社扬先生，这些都让我感激不尽。

毕业之后我在伦敦大学亚非学院（SOAS）任教，这里学术团队关系融洽，非常感谢我们系的每一位友善相处的同仁，特别值得一提的是我的前辈卢庆滨（Andrew Lo）在亚非学院给予我的帮助，还有系主任贺麦晓（Michel Hockx）和傅熊（Bernhard Fuehrer）的鼎力支持。

此书还得到了哈佛大学、新加坡李氏基金、台湾"中研院"、哈佛大学亚洲中心和费正清中国研究中心、伦敦大学亚非学院、伦敦高校中国委员会（UCCL）等诸多研究机构的研究经费的资助，在此我向它们表示最真诚的谢意。

达芬（K. E. Duffin）和柯嘉敏（Shiamin Kwa）费心审读我的初稿并提出宝贵意见，还有两位匿名读者细心读过稿件之后也给出了极富创见的建议，我将永远难忘。本书得以精益求精应该归功以上的每一位师友，而仍有不足不当之处，文责在我。

在此还要特别感谢我在新加坡国立大学的硕士论文指导老师孙玟教授，是他的鼓励让我萌生了攻读博士学位的志向，他在课堂内外给予我的教育对我学术和个人发展都有极为深远的影响。

我最应感谢的还是我的家人。我的父母一直毫无保留地支持我，还有家兄颛河（Tian Hoe）、家姐秀月（Siew Geok）及其家人对我的信任和鼓励。最后最深情的感谢要献给我的妻子佩丽（Puay Li），她耐心细致地读过也听过我不计其数

的早期修改稿件，没有她的深爱和奉献这本书是不可能面
世的。

陈黉沅

缩写表 xii

曲集完整书目信息参看本书所涉曲作版本一览表（第 333—341 页）

目　录

间　奏

第二部　山东：李开先

导

论

从政治中心退场

敬夫（王九思）、德涵（康海），同里同官，同以瑾党放逐，沜东、鄠杜之间，相与过从谈宴，征歌度曲，以相娱乐。[①][1]

（李开先）已迁太常，会九庙灾，上疏自陈，竟罢归。归而治田产，蓄声妓，征歌度曲，为新声小令，搊弹放歌，自谓马东篱、张小山无以过也。[2]

无论是主动请辞还是被迫离职，明代中期的官员一旦离开政治舞台之后都得面对人生道路上的转向。远离政治社会的中心，失却一定的地位身份，他们在中国文人传统功成名

2

就之路上突然感到无所适从：他们将何去何从，如何打发余生，或是转向什么其他追求？

本书将对王九思（1468—1551）、康海（1475—1541）①和李开先（1502—1568）三位文官在远离官僚与政治生活之后，在背离于当时文人士大夫正式写作文风的"文艺创作"中寻求安慰和满足的情况做细致探讨，研究这些另类文学之途及其创作主体。

这三位文人士大夫的人生履历有一定程度的相似性：他们都曾顺利通过科举考试（康海还高中状元），并被授予显要官职，此后也都宦海沉浮而告老还乡，在家乡度尽余生——李开先二十七年、康海三十年、王九思四十年。在生命最显赫的时候，他们各自的官僚生涯戛然而止，离开政治中心，偏离了文人传统的成功之道；而在退隐生活中，他们又不约而同地选择了积极创作文学体裁"曲"，包括剧曲和散曲。

"曲"的字面直译是指"歌之曲"（songs），在明代（1368—1644）的术语运用和理解上[3]，它既可以指"散曲"[4]（中国文学中一种入乐的韵文类），也可以指"剧曲"（现在更普

---

① 康海逝于嘉靖十九年（1540）十二月十四日，公历1541年1月10日。部分工具书亦采用卒年1541之说，如《中国历代人名大辞典》（上海古籍出版社，1999）、《中国文学家大辞典·明代卷》（中华书局，2018）等。——译者注

遍被接受的提法是"戏曲")[5]。本书延续此术语传统，用"曲"来指代散曲和剧曲，而称所有进行散曲、剧曲创作的文人为"曲家"（*Qu* writers）。

既然曲并不是传统中国文士最看重的文类，何以这三位文人都选择专注于曲创作呢？比起正统文学中最为文人喜闻乐见、驾轻就熟的诗歌、散文这样的正式文类，散曲和剧曲往往被目为不值得文人关注的"消遣"，地位要比前者这样的严肃文类体低贱许多。明代中叶跟李开先同时代的文人何良俊（1506—1573）曾指出，"士大夫耻留心辞曲"[6]。此外，曲作很少被选编在中国文人的文集中，这种"缺席"意味着曲并未被视为作家典范文学作品的组成部分，这也印证了曲的非正统的边缘文类地位[7]。

本书力求探寻文人政治生涯的无情终结与投身曲创作实绩之间、远离政治中心与致力边缘文类创作之间的联系。王九思、康海和李开先都创作了大量的曲作，他们数以百计的散曲和一定数目的杂剧，本书在此后的章节中将会详加讨论。事实上，在十六世纪六十年代上推的半个世纪里，这三位文人成为北方最重要的曲家。"北人自王、康后，推山东李伯华。"[8]王世贞（1526—1590）的这番评价表明了三位的声誉。

然而，即使声名日隆，三位文人对散曲和剧曲这样的边缘文类的关注和沉迷也易于招致批评，这些批评尤其指向他们个人的生活作风。对文人而言，最适当的读书精进、为人处世的方式，理应是遵循孔孟儒家之说和治国安邦之道，而这显然跟写作词曲杂剧毫无瓜葛。例如，以李开先为康海所撰传记的描述为证，康海设宴款待同人，"或又以其酒必妓，妓必歌，歌必自制，病其太放"[9]。文人圈子总会把曲创作生态想象为一个局限于酒、乐、妓之声色世界并加以蔑视。这种对曲的贱视在十八世纪达到了顶峰，代表性的评述包括《明史》和《四库全书》编纂者所言[10]，他们都严厉地批评康海耽于此道：

> 海以救李梦阳故，失身刘瑾。瑾败，坐废。遂放浪自恣、征歌选妓，于文章不复精思，诗尤颓纵。[11]

从这段表述中可见，康海在贬官之后选择堕落放诞的生活方式，舍弃了原本"正统的"譬如诗、文等文类，而沉醉在"酒、妓、曲"之中，此外这也深藏一种暗示：荒淫的生活方式是曲创作繁荣的必要条件。

海晚岁纵情声伎，故乐府特为擅长。诗文皆不甚留意，不免利钝互陈。[12]

这两则记述似乎暗示，纵于曲作会影响到其他文类创作的能力，削弱文人（比如康海）在"正统"文学创作上的才力。还有一些批评家则认为曲的危害还远不止如此，《明史》的编纂者是这样评价康海和王九思在贬官后的生活作风的：

每相聚沜东鄠、杜间，挟声伎酣饮，制乐造歌曲，自比俳优，以寄其怫郁。九思尝费重赏购乐工学琵琶。海搊弹尤善。后人传相仿效，大雅之道微矣。[13]

似乎对音乐、美酒和歌妓，正人君子都应主动退避三舍，因此在《明史》编者的眼里，撰写曲作是"有害"且可鄙的行为：因为康、王的追随者们不仅临摹二人之曲的风格，而且也模仿他们的生活作风——而这些都背离了正统之道。

在明代中期及之后，曲这种文类被深深地烙上污名，在一定程度上跟曲创作生态必然涉及的歌妓、纵酒和声色之娱脱不了干系。然而，王九思、康海和李开先的曲创作既不跟商业演出的利润挂钩，也与宫廷表演的官方宠遇无关。换句话说，他们并不以此谋生。如果这几位文人已经意识到了对于他们的曲创作的负面评价的话（本书在接下来的几章里会说明情况的确如此），那么他们为何还要继续坚持曲这种文类的创作，而他们自己又是如何理解曲创作的呢？

王九思、康海和李开先的被贬隐退和他们有意于曲创作之间的关系值得认真考量。朱有燉（1379—1439）和他的叔父朱权（1378—1448）两位皇族也有与之类似的曲创作，但是他们对曲体的沉迷应该被视为一种自保之法，以表明自己"在政治上毫无野心"，从而在皇族夺权的残酷内斗中能够幸存远祸。[14]

本书所聚焦的文人们面临的具体情形则有所不同，突然终止的官僚生涯让他们更关注于找到施展个人志向才华的新渠道，而不是像前面所提到的皇族二朱那样不得不有所遮掩逃避。曲创作——或者简单来说，采用曲这样的文类和与之相依附的放浪形骸的生活方式，是否能够满足十六世纪上半叶这些贬谪文人的心理需求？要回答这个问题，先得检视明代曲作的实际状况。

明代中期的曲与中国北方的曲

较之明代晚期文学研究的深耕细作，原本"被忽略""无足称道"的明代初期文学近年来也得到了学界与日俱增的关注[15]。在曲学研究领域，见证了曲创作再度复兴的明代中期（约1450—1550）对研究散曲和剧曲的发展来说至关紧要。

元代（1271—1368）①通常被认为是曲的"黄金时代"，不少元代晚期的曲家一直活跃到明朝开国的数十年间[16]。然而，与元代曲在都市中心及商业舞台上遍地开花、为社会各阶层所普遍接受不同，明代初期曲的繁荣似乎局限在了北京、南京二都及地方王府。譬如，汤式（活跃于1383年前后）、杨讷（活跃于1402年前后）和贾仲明（1343—1422）等文

7

---

① 原著作"元代（1260—1368）"。蒙古孛儿只斤·铁木真于1206年建国，忽必烈于1271年定国号为元。——译者注

人都受到了尚在北京、时为燕王、后为永乐皇帝（1402—
1424在位）的朱棣的"宠遇"[17]。此外，十五世纪上半叶
最多产、最重要的曲家非开封的周宪王朱有燉莫属。此后的
几十年中，宫廷文人和伶人为王室娱乐和消费所撰写的散曲
和剧曲渐成主流。明代初期的散曲和剧曲多为佚名之作，作
者署名的作品不多。

直到明代中期，新生代曲家的涌现才逐渐打破了不署名
的传统。有趣的是，他们的出现带着浓厚的地域特征，包括
有南京的陈铎（1454?—1507?）、徐霖（1462—1538）[18]，
苏州的唐寅（1470—1523），云南的杨慎（1488—1559）等，
这标志着曲创作的场域从宫廷转向了私人领域。与此同时，
越来越多的文人也开始从事曲创作。

在此生机盎然的文学生态背景下即将登上历史舞台的，
正是本书中的三位贬谪官员：王九思、康海和李开先。本书
以明代中期曲创作的地方中心所产生的带有特定地域特征的
散曲和剧曲为研究对象，尽管是从这三位主要曲家入手讨论，
然而他们并不以茕茕孑立、迁客骚人的姿态来独力构建自己
的曲创作世界，在文学史上鲜有提及的其他许多文人参与了
他们的曲作唱和活动。因此，探索这三位曲家的曲创作场
域——康、王在陕西，李在山东——也正是本书揭示围绕这

些文人所浮现出的曲创作的两个地域中心的过程。

　　勾勒出明代中期北方丰富而依旧神秘的文学图景在学界尚属首创。前辈学人已经指出，从十五世纪晚期到十六世纪上半叶，正是南传奇兴起和北杂剧衰落的交替时期，因此，长久以来，中国戏曲在明代后期的发展被简单地概括成南传奇在江南的兴起，进而成为文学史上的"标准"共识；相比而言，北方的曲文创作情况几乎在文学史上付之阙如。这种南北差异在徐朔方的《晚明曲家年谱》中表现得尤为清晰。这本专著收录的是活跃在 1522 年到 1644 年之间的曲家（甚至包括几位 1462 年出生的曲家），但他们无一例外全部来自南方，特别是晚明最具"代表性"、曲家分布最为密集的江南三大地域[19]，而北方文人则被完全排除在外。与之相似，此前对散曲的研究也都集中在被视为散曲黄金时代的有元一代[20]。这种局囿性在西方汉学界更为明显，几乎所有的散曲研究与翻译都仅限于元散曲[21]。本书旨在重新发掘这个尚未被开拓的文学世界，对王九思、康海和李开先等主流曲家（大曲家）的再审视以及对围绕他们身边、未被纳入文学史视野的其他非主流曲家（小曲家）的再发现，是很有必要的。

主要曲家与曲家圈子

　　跟前代的情况有所不同，一提到明代的文人，立即出现在读者脑海里的是"前七子"、"后七子"、公安派、竟陵派等——他们都跟文人结社或文人圈子（而非独立个体）联系在一起。一位文人的生活、谋官、写作，可能会分散于多个、有时重叠的文人圈里[22]。王九思和康海最常被视为大名鼎鼎的"前七子"的代表，而李开先则以"嘉靖八才子"之一的身份广为人知。这些文人圈多是基于成员在诗文方面的创作或相似的文学主张，然而王、康、李三位并非专擅诗文，他们的名气恐怕更有赖于其散曲和剧曲创作。

　　有意思的是，这三位文人都不是由于主要创作散曲、剧曲而位列"前七子"和"嘉靖八才子"的圈子里，那么，他们的曲作是与谁写、写给谁？现代辑本的散曲选在甄选他们的作品之时，往往把这三位定性为"个体"（individual）作家而刻意回避他们的"社群"（social）之作。我们一旦绕过这些选集里的"代表作"就会发现，三位的曲作绝非孤芳自赏的独立创作，或也不仅仅限于三位之间的交互往来。事实是，在这三位曲家大师的身边，还有许多参与曲创作的其他文人。

本书打算通过全新视角来研究中国文学史上的这些剧曲家和散曲家，王九思、康海和李开先不再被视为文学史上的孤立曲家，而是促令那些围绕他们身边的、极少被关注的次要曲家浮出研究视线的"路标"，进而展现散曲、剧曲创作群的全景。这几位贬谪文官在各自的地域中心是当仁不让的文化领袖，这里本书称他们是"主要曲家"，这不仅仅因为他们在曲创作上拥有娴熟技巧和渊博学识，也考虑到他们坐拥可观的社会地位和财富，让他们能够在各自的曲文化圈里鹤立鸡群，成为中心人物。

王九思、康海和李开先的散曲和剧曲对曲本体研究来说意义重大且令人瞩目，他们的作品包含了关于曲创作中创作主体、阅读对象、创作场合等方面的海量信息[23]，通过细读这些曲作，我们可以探知当时曲创作活动的规模及参与者的数量。

10

笔者采用"曲作"（Qu writings）这个术语来泛指跟曲的创作、传播和接受各个环节相关的所有文类[24]，其重点不只在于散曲、剧曲的内容，也涉及社会文化背景，所关注的对象主要包括剧曲和散曲的写作、汇编、结集，并特别留意与之相关的序跋以及其他反映曲创作活动文化背景的文献材料。

在获取曲作文献底本方面，笔者在找寻最原始的明清刊本和钞本上颇下功夫，而不是过度依赖现代编本、辑本和选本。原因有二：其一，明代剧曲和散曲的现代选辑本收录未全，比如，五卷本《全明散曲》理应是研究明代散曲最不可或缺的参考文献之一，然而它并未能如实地将明散曲悉数包罗。对照本书采用的原始曲作文献便不难发现，作家作品失载的情况是比较严重的（参见本书附录所列失载"新"作家作品名录）[25]；其二，尽管今天的校注本更加规范有序，但是却存在编者可能认为关于版本和印刷的记录缺少文学性或是无关宏旨而擅自将其删除的风险，这些材料可能隐含了反映时代语境的重要信息。

其他明代中叶文人的作品（确切来说是现存作品）很难跟王九思、康海、李开先的个案相提并论，较之后者，他们很少有保留得如此完整的作品、成员互动如此频繁的圈子，以及如此多元的曲作创作、传播和接受模式[26]。笔者把围绕着这些主要曲家而形成的文人群体称为"曲家圈子"（*Qu communities*）。

"圈子"是个复杂的社会学概念，其定义在学界尚未达成统一，遍观各家观点，大抵都离不开三要素：圈内成员的社会层级、彼此的空间联系以及他们共同的兴趣或价值观。[27] 在本书中，笔者主张把参与某种文类的写作视为融入某个"圈子"。

本书对这些曲家的思考和研究灵感之一受益于皮埃尔·布尔迪厄（Pierre Bourdieu）的文学社会学（literary sociology）的启迪，特别是他关于"文学场"（literary field）、作家在其中的"位置"（positions）和"占位"（position-takings）以及"符号资本"与"文化资本"（symbolic & cultural capital）等概念[28]。布尔迪厄所定义的"文学场"——文学便诞生于此——是一个有着自身运行规律和特定力量关系的社会语境[29]。作为十六世纪中国北方"文学场"的子域，本书所论的曲也有它自身的运行规律，能把从事这种文类创作的文人推向获得某种符号资本与文化资本的特有高度。12

通过将"曲家圈子"作为散曲和剧曲研究的基本主体，可以很好地让我们了解曲在文人之间是如何创作、传播以及

"利用"的，而这在研究单个作家时是难能一见的[30]——对文学圈子的研究让我们能够"避免仅把抽象的个体作家当作文本生产者的观点"[31]。本书对曲作的社交性和群体性的研究，跟近来对中国艺术和文学的社交互动研究颇有可比性，比如，柯律格（Craig Clunas）对文徵明（1470—1559）的社交性艺术的研究以及柯霖（Colin Hawes）对北宋中期诗歌社交性传播的研究等。[32]

王、康、李的创作活动的广度及文献材料的厚度，足以保证对他们之中任意一位都能进行独立个案研究，然而，基于三人的作品风格和互动本质，笔者打算把这三位文人置于联动考察的视野下，因为，孤立研究不能完全揭示某些具有关键性的现象。

王九思、康海生活年代略早于李开先，三位代表了十六世纪上半叶两段略有交叠的曲创作活跃期，他们横跨近七十年的创作活动约略可分为三个主要阶段：第一阶段从王九思和康海在京城相遇的 1501 年开始（次年李开先出生），结束于李开先前往陕西拜访王、康二位前辈的 1531 年；三者唯一可望保持相互联络的时期，是始于 1531 年、止于 1541 年（康海辞世）的第二阶段；第三阶段的前十年，王、李皆在人世，直到 1551 年王九思离世，此后李开先活到了 1568 年。

由此可见，三位贬谪文官进行曲创作不是基于一个紧密联系的文人社团，而主要是在两个不同但也并非彼此抵牾的地域和世代，而他们也理所当然地被视为陕西和山东这两个前后相续的曲家圈子中的核心灵魂。

本书主要由两部分构成，分别是以王九思、康海和李开先及受其影响而形成的散曲和剧曲的广阔世界之不同时代的生活为主要内容，中间穿插一段间奏插曲作为过渡。

第一部分关注以王九思和康海为中心的陕西文人圈的构成。第一章追溯二人从事曲创作的源流和选择，通过对他们创作出令人瞩目的曲作的解读，试图解释曲这样非主流的文类是如何与这两位贬谪文人契合的。第二章展现了王九思和康海是如何将散曲、剧曲当作一种自我满足的表现以及创造出一条另类而理想化的归隐之路，从而继续探讨曲创作究竟为他们提供了些什么。接下来的两章将视线从两位主要人物转移到围绕他俩形成的陕西地方文人圈。第三章论述如何沿着主要曲家的"路标"去了解他们的曲家圈子，兼及圈子中散曲作为社交和场合性书写的功能，探讨诸如散曲和剧曲的赓韵前作、同题竞写等集体创作场合的多种样式以及在这些创作实践中所形成的群体性的文本世界。第四章特以寿曲歌词为例，讨论曲家圈子的文本和社交世界交叠融合的情况，指出这个群体世界被定性为一个属于贬谪官员他们自己的应许之地。

作为间奏的第五章留意于 1531 年到 1541 年之间两大地域与世代的主要曲家的相遇。本章从年轻的李开先于 1531 年拜访陕西的两位前辈王九思和康海开篇，李于初次见面即以一篇超长篇幅的套曲题献给康海的决定，再次把我们带回到"文类选择"这个话题上来。接着，此章提到了明代中期北方的文学图景的一个重要转捩点：康海于 1541 年逝世，李开先"被辞官"而归隐于故乡山东——由此，陕西核心（康海）的陨落和山东核心（李开先）的出现悄然改变了两个曲创作地方中心的运作机制。

第二部分的场景聚焦在以李开先为中心的山东散曲、剧曲创作的文学世界。第六章关注在李开先的家乡形成的一个地方曲社，并以李开先的一组百阕套曲及其引发的几近席卷全国、对此赓韵与题跋的现象为例，分析文本流传如何让曲作跨越地方语境而传播到更为广阔的读者和评者圈的层面。第七章接着讨论李开先的剧曲创作及刊刻之业。第八章检视李开先在山东曲家圈子中的作用和影响，阐释了他成为圈内灵魂人物的经历亦可是其自我形塑的过程。此外，此章还剖析李开先对自己溺于曲作的自卫、自歉与自辩，李开先对曲

14

的另类身份的文类本质的认识耐人寻味。最后的小结则重申本书的研究结果或可导致对十六世纪北方文化语境内外的曲创作实绩的重新评估和审视。

【本章注释】

[1] 钱谦益：《王寿州九思》，载《列朝诗集小传》，上海：上海古籍出版社，1983，第314—315页。

[2] 钱谦益：《李少卿开先》，同上书，第377页。

[3] 李昌集：《中国古代曲学史》，上海：华东师范大学出版社，1997，第47页。此外，在明万历年间（1573—1620）及之后曲选集中，散曲和剧曲的区别才逐渐凸显出来，参看朱崇志：《中国古代戏曲选本研究》，上海：上海古籍出版社，2004，第15页。

[4] 明代文人也常把自己的散曲称为"词"或"乐府"。

[5] 二十世纪初，王国维（1877—1927）开始在他重要的中国戏曲史研究中使用"戏曲"这个术语。正如夏颂 [Patricia Sieber, *Theaters of Desire: Authors, Readers, and the Reproduction of Early Chinese Song-Drama, 1300–2000* (New York: Palgrave Macmillan, 2003), pp.22‑24] 指出，这是一个相当现代和有深远影响力的语言选择。王国维所用的新词很可能跟日语中的ぎきょく（它本身也是源自古代汉语的借词，亦写作汉字"戲曲"）概念有关，并在民国时期很快成为被广泛接受的用语。

[6] 何良俊：《曲论》，收于《中国古典戏曲论著集成》，中国戏曲研究院编，北京：中国戏剧出版社，1959，第四册，第6页。

[7] 此可与词在北宋的地位相类比，参看 Ronald Egan, "The Problem of the Repute of Ci During the Northern Song Dynasty", in *Voices of the Song Lyric in China*, ed. Pauline R. Yu (Berkeley: University of California Press, 1994), pp.191‑225；另可参看新近出版的 Ronald Egan, *The Problem of Beauty: Aesthetic Thought and Pursuits in Northern Song Dynasty China* (Cambridge: Harvard University Asia Center, 2006), esp. pp.241‑250（中译本见艾朗诺：《美的焦虑：北宋士大夫的审美思想与追求》，杜斐然、刘鹏、潘玉涛译，郭勉愈校，上海：上海古籍出版社，2013）。

[8] 王世贞：《曲藻》，收于《中国古典戏曲论著集成》，第四册，第36页。

[9] 李开先：《对山康修撰传》，载《李开先全集》，卜键辑，北京：文化艺术出版社，2004，第762页。

[10] 对曲这种文类持轻视态度在总编纂永瑢对十八世纪清朝钦定及奉敕编纂典籍编目中词曲部的序言提要里最可见一斑，见《四库全书总目》，北京：中华书局，1965，卷一百九十八，第 1807 页："词曲二体在文章技艺之间。厥品颇卑、作者弗贵，特才华之士以绮语相高耳。"

[11] 同上书，卷一百七十一，第 1499 页。

[12] 同上书，卷一百七十六，第 1567 页。

[13] 张廷玉辑：《明史》，北京：中华书局，1974，卷二百八十六，第 7349 页。

[14] W. L. Idema, *The Dramatic Oeuvre of Chu Yu-tun（1379–1439）*（Leiden：Brill），1985，p.18（中译本见伊维德：《朱有燉的杂剧》，张惠英译，北京：北京大学出版社，2009）。

[15] 在《剑桥中国文学史》[Kang-i Sun Chang and Stephen Owen（eds.），*The Cambridge History of Chinese Literature*（Cambridge: Cambridge University Press，2010）；中译本见《剑桥中国文学史（下卷）》，孙康宜、宇文所安主编，刘倩等译，北京：生活·读书·新知三联书店，2013；台北：联经出版事业，2016-2017]中，孙康宜所撰写的《明代前中期文学》["Literature of the early Ming to mid-Ming（1375-1572）"]一章强调了这点。白润德出版的《伟大的重建：何景明和他的世界》[Daniel Bryant, *The Great Recreation: Ho Ching-ming（1483-1521）and His World*（Leiden：Brill），2008]意义重大，是对学界所忽略的明代中期诗歌研究缺失的有力矫正和补充，他在序言中指出："本书所关注的这一时代和作家的研究是何其薄弱。"（pp.xvi - vxii）。

[16] 例如朱权《太和正音谱》（收于《中国古典戏曲论著集成》，第三册，第 22—23 页）所列的十六位曲家。

[17] 贾仲明：《录鬼簿续编》，收于《中国古典戏曲论著集成》，第二册，第 283—284 页、第 292 页；亦可参看 W. L. Idema（伊维德），*The Dramatic Oeuvre of Chu Yu-tun（1379–1439）*，pp.210 - 233.

[18] Tian Yuan Tan（陈靝沅），"Emerging from Anonymity: The First Generation of Writers of Songs and Drama in Mid-Ming Nanjing," *T'oung Pao* 96（2010），pp.125 - 164.

[19] 徐朔方编著的《晚明曲家年谱》（杭州：浙江古籍出版社，1993）三卷分

别对应苏州、浙江、皖赣（安徽、江西）三个区域。

[20] 何贵初编著的《元明清散曲论著索引》（香港：玉京书会，1995）显示了早前学界的关注都在元散曲，截至 2007 年，仅有一本关注元代以后散曲发展的专著问世——参看赵义山：《明清散曲史》，北京：人民出版社，2007。

[21] 具体可参看 James Irving Crump（柯润璞），*Songs from Xanadu: Studies in Mongol-Dynasty Song Poetry（San-ch'ü）*（Ann Arbor: Center for Chinese Studies，1983）；idem，*Song-Poems from Xanadu*（Ann Arbor: Center for Chinese Studies，1993）；Kurt W. Radtke（拉特克），*Poetry of the Yuan Dynasty: Poetry of 13*[th]* Century China*（Canberra: Faculty of Asian Studies，Australian National University，1984）；Richard F. S. Yang（杨富森）and Charles R. Metzger（梅茨格），*Fifty Songs from the Yuan: Poetry of 13*[th]* Century China*,（London: George Allen & Unwin，1967）；Wayne Schlepp（施文林），*San-ch'ü: Its Technique and Imagery*（Madison: University of Wisconsin Press，1970）. 在《哥伦比亚中国文学史》[Victor H. Mair（eds.），*The Columbia History of Chinese Literature*（New York: Columbia University Press，2001）；中译本见《哥伦比亚中国文学史》，梅维恒主编，马小悟等译，北京：新星出版社，2016]中，散曲文类仅仅附于《元散曲》一章予以讨论，明散曲的发展在本章小结里被概括为寥寥数行[参看 Wayne Schlepp（施文林），"Yüan San-chü," in *The Columbia History of Chinese Literature*，ed. Victor H. Mair（New York: Columbia University Press，2001），chap.17，pp.370–382]。

[22] 研究明代文人结社，不能不提的是郭绍虞的《明代的文人集团》[收《文艺复兴·中国文学研究号》（上），1948，第86—117页]。明末清初的文人结社的研究近作，参看何宗美：《明末清初文人结社研究》，天津：南开大学出版社，2003，第17—70页；李圣华的《晚明诗歌研究》（北京：人民文学出版社，2002）则分析了晚明时期不同的"诗派"和诗社。概述中国文学史上的文人结社情况，参看郭英德：《中国古代文人集团与文学风貌》，北京：北京师范大学出版社，1998；而对其他时代文人圈的研究包括：胡大雷的《中古文学集团》（桂林：广西师范大学出版社，1996）、贾

晋华的《唐代集会总集与诗人群研究》（北京：北京大学出版社，2001）、欧阳光的《宋元诗社研究丛稿》（广州：广东高等教育出版社，1996）以及谢正光的《清初诗文与士人交游考》（南京：南京大学出版社，2001）等。对中国文化中社团的整体研究，参看陈宝良：《中国的社与会》，杭州：浙江人民出版社，1996。

[23] 此情形跟马丁内斯（Lauro Martines）在求证英国文艺复兴诗歌与社交世界之间的关系时提到的"直接引用"（direct reference）极其相似，见 Lauro Martines, *Society and History in English Renaissance Verse*（Oxford: Basil Blackwell, 1985）, pp.20‑21.

[24] 本书所讨论的所有曲作及书目版本信息，均参见本书附录。

[25] 附录中星号标注的作家作品是从原始文献中辑录出而谢伯阳编著的《全明散曲》（济南：齐鲁书社，1993）未收录的。①

[26] 但是这种情况到了晚明则越发普遍，比方说，陈所闻（1526？—1605之后）的散曲作品通常都标有涵盖了散曲创作的日期、场合及参与者名字的长标题。

[27] Christopher D. Campbell, "Social Structure, Space and Sentiment: Searching for Common Ground in Sociological Conceptions of Community," *Research in Community Sociology* 10（2000）: 21‑57.

[28] 本书主要参考布尔迪厄的《文化生产的场域》[Pierre Bourdieu, *The Field of Cultural Production*, ed. Randal Johnson（New York: Columbia University Press, 1993）]和《艺术的法则：文学场的生成和结构》[idem, *The Rules of Art: Genesis and Structure of the Literary Field*, trans. Susan Emanuel（Stanford: Stanford University Press, 1996）; 中译本见皮埃尔·布尔迪厄：《艺术的法则：文学场的生成和结构》，刘晖译，北京：中央编译出版社，2001；石武耕、李沅洳、陈羚芝译，台北：典藏艺术家庭，2016]两书。贺麦晓（Michel Hockx）将布尔迪厄的文艺理论跟中国现代文学研究积极结合起来，见 Michel Hockx, "Introduction," in *The Literary Field of Twentieth-Century China*（Richmond,Surrey: Curzon Press, 1999）, pp.1‑20;

---

① 《全明散曲》2016年有增补版，原著引文一律引旧版。——译者注

idem, "Theory as Practice: Modern Chinese Literature and Bourdieu," in *Reading East Asian Writing: The Limits of Literary Theory*, ed. idem and Ivo Smits (London and New York: Routledge Curzon, 2003), pp.220‒239.

[29] Pierre Bourdieu, "Field of Power, Literary Field and Habitus," in *The Field of Cultural Production*, p.163.

[30] "曲家圈子"（*Qu* community）的概念在中国戏曲史的其他时代亦可适用，例如，汪诗珮就在她的《从元刊本重探元杂剧——以版本、体制、剧场三个面向为范畴》（台湾清华大学博士论文，2006）研究中将此概念运用于元代的剧作家和曲作家（第 244 页），还追溯了南方曲家的三个"曲家圈子"，由此推论该提法也同样适用于元代北人剧作家（同上书，第 252—255 页）。

[31] Jeffrey N. Cox, *Poetry and Politics in the Cockney School: Keats, Shelley, Hunt and Their Circle*（Cambridge: Cambridge University Press, 1998）, p.5. 考克斯（Cox）在对浪漫诗人的研究中指出，"社群"（group）是文化生产的关键场域。克劳德·J. 萨默（Claude J. Summers）和特德‒拉里·皮伯华滋（Ted‒Larry Pebworth）合著的《文艺复兴时期英格兰的文学圈子和文化社团》[Claude J. Summers and Ted‒Larry Pebworth（eds.）, *Literary Circles and Cultural Communities in Renaissance England*（Columbia: University of Missouri Press, 2000）] 也持相似的观点和方法。本书对文人圈中文学创作的社交化模式的论述也得益于阿瑟·马罗蒂（Arthur Marotti）在《手抄本、印刷术与英国文艺复兴时期抒情诗》[Arthur Marotti, *Manuscript, Print, and the English Renaissance Lyric*（Ithaca: Cornell University Press, 1995）] 中关于英国文艺复兴抒情诗的传播研究。

[32] Craig Clunas, *Elegant Debts: The Social Art of Wen Zhengming, 1470‒1559*（London: Reaktion Books, 2004）；中译本见柯律格：《雅债：文徵明的社交性艺术》，刘宇珍、邱士华、胡隽译，台北：石头出版社，2009；北京：生活·读书·新知三联书店，2012。另见 Colin S.C. Hawes（柯霖）, *The Social Circulation of Poetry in the Mid-Northern Song: Emotional Energy and Literati Self-Cultivation*（Albany: State University of New York Press, 2005）.

第一部

陕西：王九思与康海

第一章　转向写曲

京城：早期岁月

王九思来自鄠县①，康海生于武功县，他们是陕西同乡[1]。尽管两地相距不远，但二位的首度会面还是在京城，时间大概是 1501 年[2]，彼时康海二十六岁（虚岁二十七），王九思三十三岁。

王九思 1496 年进士及第，随即见习翰林院授庶吉士，三年后升至检讨[3]，此后一直供职于翰林院。1508 年，臭名昭著的阉党头目刘瑾（1451—1510）提议，翰林院所有官员（状元康海不在此列）都须分至别的部门另任他职，以获得更多的经验和历练。于是，在吏部担任数职之后的王九思被授官文选郎中[4]。

18

---

① 今作鄠邑区。——译者注

康海于 1500 年入京[5]，在两年后的科举考试中高中状元，被授予为一甲所设的翰林院修撰之衔，方便其以文学职能在中央官僚体系内爬升。康、王的职衔彰显出二者均已跻身于明代官僚体系的精英内层[6]。康海后来回忆这段时期的交往情形如是说：

弘治时，上兴化重文，士大夫翕然从之，视昔加盛焉。是时，仲默（何景明）为中书舍人，而予以次第为翰林修撰，一时能文之士凡予所交与者不可胜计。[7]

康海不无深情地将弘治末期视为光辉岁月，是时，他与王九思及其同侪等文人士大夫不仅对他们在政府中的职位及职能满怀热忱和乐观情绪，而且也理所当然地认为他们身处明代文学的黄金时期[8]。

王九思与康海在京城同属一个后世皆知的文学圈子——"前七子"，其余五子是：李梦阳（1473—1529）、何景明（1483—1521）、王廷相（1474—1544）、徐祯卿（1479—1511）、边贡（1476—1532）[9]。是时，他们同属京城里的新晋进士派，年岁大都未及而立。这群文人结文社、倡文风，主张有别于内阁大学士李东阳（1447—1516）"台阁体"的文学风格：

是时李西涯（东阳）为中台[10]，以文衡自任，而一时为文者皆出其门。每一诗文出，罔不模效窃仿，以为前无古人。先生（康海）独不之效，乃与鄠杜王敬夫（九思）、北郡李献吉（梦阳）[11]、信阳何仲默（景明）、吴下徐昌毂（祯卿）为文社，讨论文艺，诵说先王。西涯闻之，益大衔之。[12]

这些活动后来渐渐汇成声誉甚隆的"复古运动"[13]。王与康在此中各自扮演角色不同，在圈子里的地位也有高下之分。王九思先是追随李东阳[14]，但之后他尽弃前学，改变自己的文学立场，转投康海与李梦阳的复古派门下，正如钱谦益（1582—1644）总结道：

康、李辈出，唱导古学，相与訾謷馆阁之体[15]，敬夫舍所学而从之，于是始自贰于长沙（李东阳）矣。[16]

与王九思不同，康海在"前七子"圈里承担了领袖的作用，他跟李梦阳常被视为明代文学复古运动的发起人，前者长于文，后者精于诗（"李倡其诗，康振其文"）[17]。王九思曾坦言他和何景明等其他几子的诗文都受益于康、李的斧正：

> 予始为翰林时，诗学靡丽，文体萎弱。其后德涵、献吉导予易其习焉。献吉改正予诗者，稿今尚在也，而文由德涵改正者尤多。然亦非独予也，唯仲默诸君子，亦二先生有以发之。[18]

王九思与康海前十年的交情恰好跟他们参与当时文坛主流的复古运动相交叠[19]。跟当时文人风气无二，王、康二人在此期间的主要文学创作是诗和文，而他们的曲创作则少有所闻：王九思此时是否写曲我们不得而知，但康海偶一为之却有迹可循——康氏家族确实承继了许多皇室赐赏的剧本，而这可能是康海对曲的兴之所起：

> 洪武初年，亲王之国，必以词曲一千七百本赐之[20]。对山高祖名汝楫①者，曾为燕邸长史，全得其本，传至对山，少有存者。[21]

---

① 康汝楫（1350—1412），字济川，号东里，武功人。何景明《雍大记》有传（《四库全书存目丛书》史部第184册，济南：齐鲁书社，1995，第250页）。——译者注

林懋（Tilemann Grimm）推测康海的音乐兴趣或是源自其部分胡夷血统[22]。这里有意思的倒不是永远无法证实的康海血缘问题本身，而是林懋在试图解释康海对音乐和曲的兴致上的过度推测。对林懋等很多学者而言，这样的兴致对文人来说显然意味着离经叛道。据康海日后自己的话来推断，他早年对曲的兴趣可能得益于他在京城时所见的传奇集："予曩游京师[23]，会见馆阁诸书，有元人传奇几千百种，而所躬自阅涉者，才二三十[24]。"[25]他可能也在此时渐熟习于琵琶弹技[26]。尽管对曲略感兴趣，康海在京城的早期岁月里却并未打算以写曲为重（虽然他此后阴差阳错成了主要曲家），是时，他是万众瞩目的新科状元，正站在平步青云的仕途起跑线上，满怀信心地对未来充满期待和渴望。

十六世纪的头十年，王九思和康海所代表的青年才俊、帝国精英对他们的官宦生涯和政治前途极为乐观，同时也热切投身于文学革新。白润德曾论断，"七子"的概念甚至可能是康海和王九思为了尝试"稳固自身历史地位和强调圈子根植于北方故地"[27]而追认生造来的。毫无疑问，王九思和康海以"七子"之一的身份被人牢记，然而，这不过是他们在京城早期岁月的标签，而不能涵盖他们之后漫长而丰富的文

23 学生涯，他们对人生和文学的抱负与认识不可能在 1510 年的官僚身份突然终结之后还能一如既往、一成不变。自被罢黜免职、离开京城之后，王九思和康海很快以他们的文学写作赢得了别样名望和全新地位——这次不是靠诗或文，而是曲。

1510年：黜官

1510年刘瑾垮台，被目为瑾党"羽翼"的王九思和康海亦受株连[28]，而他们所倡导的复古派文学运动也让他们深陷与内阁大学士、茶陵派领袖（以其祖籍茶陵而得名）李东阳的敌对中。王世懋（1536—1588）曾在康海全集的序言中点评道：

先生（康海）当长沙（李东阳）柄文时，天下文蕤弱矣。关中故多秦声，而先生又以太史公质直之气倡之。一时学士风移，先生卒用此得罪废。[29]

康海的耿介性格与直言个性注定他不可能长久担任朝中要职。例如，康海拒绝"旧时翰林之葬其亲者，志状碑传，

必出馆阁大臣手"的"旧例","而以二三知友各为之文",

有劝止之者,则应曰:"文在可传,不必官爵之高贵者。"[30]

对官场规则的叛离以及对李东阳和其他大学士的公然蔑视,

是公认的导致康海被黜的多方面原因之一[31]。

　　无独有偶,王九思从李东阳文学阵营的倒戈也导致了

他宦海折戟。刘瑾被诛之后,李东阳重掌权柄,他将刘瑾在

1508 年安排任命的所有翰林院官员全部另任他职,唯独不

许王九思回朝。据称,此举是因为王九思任职文选郎中期间

没有特别关照李东阳之子,王、李之间的嫌隙日益扩大[32]。

王九思被控列名瑾党[33],左迁寿州(今属安徽)同知,在这

里,他佐理州政"俱有赞画之功"而被敬为上官[34]。一年之

后,最后一根稻草彻底压垮了他的惨淡仕途,朝中反对派以

"刘瑾余党去之未尽"为由迫令王九思去官。1512 年,王九

思回到家乡鄠县,而在与此地相去未远的武功县,同样遭黜

的康海也归家隐居。此后,两位友人再度相聚并愈发亲近。

　　康、王二人都是在人生巅峰时突然被贬黜官,命运的剧

变显然刺激了他们去寻求一种另类的文学之路来应对他们被

贬出京、赋闲回乡的命运,这正好与他们此后郑重其事地投

身于曲创作不谋而合。据康海所言,王九思"旧不为此体,

自罢寿州后始为之"[35]。不同于诗文,曲的写作训练并不能

从文人的正统教育中习得，它还对音乐的专业知识有特别要求。以下一些记载可管窥王九思如何写曲：

> 王渼陂欲填北词，求善歌者至家，闭门学唱三年，然后操笔。[36]

> 王敬夫将填词，以厚赍募国工，杜门学按琵琶、三弦，习诸曲，尽其技而后出之。[37]

显然，写曲这种技能须有特殊训练。少时即对曲颇为倾心的康海以擅弹琵琶而知名，他经常为宾客献艺弹奏，并宣称他在西凉乐方面的训练受教于一位奇人曲师[38]。

王九思和康海醉心曲作，他们撰写大量的散曲和剧曲令他们成为该时段最多产的曲家。王九思有三部散曲别集：《碧山乐府》[39]《碧山续稿》和《碧山新稿》[40]。此外，十六世纪四十年代他还撰有百阕次韵小令组曲，与李开先原作合刊出版，即《南曲次韵》。目前已知系于王九思名下的散曲小令四百余首、套数三十多部[41]。在剧曲创作上，他撰有《杜子美沽酒游春记》和《中山狼》两部杂剧[42]。

康海的散曲创作也相当可观，主要保存在两部作品

集——《沜东乐府》，以及新近发现的续编《沜东乐府后录》——中，总计散曲小令四百余首、套数一百多部[43]。他

也是杂剧《王兰卿真［贞］烈传》的作者[44]。此外，《东郭先生误救中山狼》也通常归于他的名下[45]。康海投身曲活动还包括他对曲作刊印的编辑与资助，这一点少有人注意，他不仅刊刻自己和王九思的曲作[46]，还出版了现存最早的北曲格律谱《太和正音谱》的简本[47]。

康海和王九思被迫去官之后写成的许多散曲，是他们对罢黜免职的回应姿态和对仕途失意的再度反思。康海这首［雁儿落带过得胜令］《饮中闲咏》就是很好的一例：

数年前也放狂，这几日全无况。闲中件件思，暗里般般量。　真个是不精不细丑行藏[48]，怪不得没头没脑受灾殃。
从今后花底朝朝醉，人间事事忘。刚方。傒落了膺和滂。荒唐。周全了籍与康。[49]

李膺（110—169）和范滂（137—169）①都因他们力反当权阉党的立场而获罪。康海有意将个人经历跟两位东汉人

---

① 原著作"范滂（132—169）"，当误。——译者注

物相提并论，以印证自己跟刘瑾的关联纯属无辜。除了这两句，这首散曲通篇都在抑斥而非颂扬正直的行为表现，康海宣称，包括李膺、范滂（以及他自己）在内的这些谨小慎微的官员只会徒然遭致荒诞不经的命运，如此而来，他情愿选择一种放荡不羁的生活，以"荒唐"的人生态度来明哲保身，一如阮籍（210—263）和嵇康（223—262）那样但求一醉。

同病相怜的王九思与康海在彼此相伴中暂得慰藉，终日以声乐自娱："德涵于歌弹尤妙。每敬夫曲成，德涵为奏之，即老乐师毋不击节叹赏也。"[50]他们也都乐于同赏曲作，如王九思的散曲［落梅风］《怀对山子》：

苏学士，李谪仙，这人儿怎能多见。浒西庄[51]杏花春 ₂₉尚浅，问青娥几时开宴。[52]

此曲以王九思对康海的赞颂开篇，将他比作名士李白（701—762）、苏轼（1037—1101），这不仅是对康海卓绝文学才华的肯定，也是对他失意仕途时不屈人格的褒扬。念及他的老友，想到康氏别业的杏花当绽放如许，王九思无比期待他们的再度会面，在曲中他明确地问及在别业何时再"开宴"。王九思散曲集《碧山乐府》首卷后三分之一的作品都是酬赠或次韵康海的"社交性"曲作，对其具体的讨论将在本书第三章展开。

康海散曲也有类似酬作，如 [水仙子]《怀渼陂子》：

与君真是死生交，义气才情世怎学。南山结屋无人到[53]，那风流依旧好，载珠谄空[54]自哓哓。李杜诗篇篇妙，钟王书字字高，无福难消。[55]

康海恭维王九思创作出一个"无人到"而得以远离谣言中伤、只有他们能够共享的世外桃源[56]。解职离朝之后，他们开始热切寻求一种为深耕官场的士大夫们所反对的快乐，这种对退隐生活感到满足自适的表现，成为他们的散曲和杂剧不断复现的主题（详见第二章）。

除了投赠和赓和之外，王九思和康海也各为对方的曲作撰序，例如，康海在 1519 年就为王九思的首部散曲集《碧山乐府》及杂剧《杜子美沽酒游春记》写序。从 1510 年前后开始，康、王的曲创作活动到十六世纪二十年代达到顶峰，至少此时他们的作品已付梓刊行。康海于 1524 年刊刻了自己的第一部散曲集（尽管序文写于 1514 年），他还在 1529 年至 1530 年之间刊印了自己的另外三部曲作以及王九思的《碧山乐府》[57]。在此时段，康海还把王九思的一首敷演友人之妾自杀的套数改编成了杂剧[58]。

王九思和康海之间的引人关注的真挚友情一直从十六世纪第二个十年开始延续到康海辞世的 1541 年。他们"携手合作"的曲创作令他们身处一个由散曲和剧曲所构建的共享世界，在这里他们不仅共同致力于相似题材的创作，而且也投身在曲作刊印和相互撰写序跋等活动中。他们丰富多产的曲创作实绩以及孜孜不辍的曲刊刻事业，使得他们的曲活动不能被简单地理解成只是一种业余爱好或是闲暇应酬，而应是二人有意识选择的另类之途。

31

曲：另类而恰当的文类

约在 1529 年[①]，康海将自己的三部作品（未知其详）连同王九思的《碧山乐府》一并刊刻出版。这个时间点值得注意：就在前一年，翰林学士霍韬（1487—1540）力荐（尽管未能如愿）康海和王九思等名士来顶替自己所封礼部右侍郎之职[59]。

康海在与数位朋友的尺牍中提到此事时反复强调自己对重返魏阙毫无兴致，并给出了自己的解释[60]。有趣的是，在其中一封书信里，康海提到了他近期的刊曲之事，明确地考虑到了此举的意义与他无意于再度从政之间的关联：

32　　去岁自［洎］今夏，南海霍渭先（韬）既以贱名厕诸章

---

① 原著作"1528 年"，当误。与该时间相联系的后文相应修正，原著作"就在这一年"修正为"就在前一年"。——译者注

疏，春首又以一书见谕，鄙人心事搜括略尽。……顾仕宦之志，自庚午秋根株悉拔，他人不知，石冈则知也幸……丈夫生世固当以拯溺救焚为心，而仆则切恨世之士大夫贱恬退、尊势力，往往返为小人所薄。鄙志如此，正欲销亡宿志，以明士大夫之节耳。前岁邃庵翁（杨一清，1454—1530）亦以此为言，仆力拒之，今殊成怨也，然亦何恤焉[61]。新刊四种，《碧山》乃渼陂之作，其三皆出鄙手，荒忘如此，可似云霄中人耶？[62]

在对朝中文人士大夫的批评中，康海表达了要永绝仕进的意愿。信文中反复出现的"志"字，在康海和王九思的曲作话语中扮演着至关重要的作用（第二章将做详论）。

康海刻印王九思的散曲集以及自己的作品是不是对霍韬举荐的某种回应我们不得而知，此二事件在时间上可能纯属巧合。然而值得注意的是，康海声称他与过去的"志"分道扬镳时，特别提到了刊行曲作及其他相似性质的作品之事，似可意味着他以沉溺曲作世界来证明自己不再热心仕宦。这些作品不仅预示着康海与自己的过往渐行渐远（"销亡宿志"），而且也表明他与"云霄中人"的彻底决裂。

康海的知己们也为他的人生选择和生活方式辩护。曾经举荐康海代职的霍韬就很能理解康海耽于酒乐声色的世界，辩称"以为隐于此，非泥于此也"[63]。跟王九思和康海都很亲近的张治道（1487—1556，1514 年进士）也发声支持康海，说批评康海"家居不离声妓，管弦丝竹，一饭必用"之人，其实没有看到康海"大节所关，凛不可犯"的一面[64]。康海很多朋友都试图为他的行为辩白，然而这些说项之辞本质上都只在被动地声称其写曲之举无伤大雅，而康海本人则站在更为激进的立场来为自己辩护：

> 俺也曾玉殿首传胪[65]，金闺[66]夸倚马[67]。到如今布袍浊酒野人家，畅好是雅、雅！有时节唤几个拨阮的秦娃，弹筝的晋女，学一会游山的阮大[68]。[69]

曾是科举状元的康海不无骄傲地夸耀自己贬官去朝后流连秦楼楚馆、倚偎红巾翠袖的浮浪生活，他自己清楚地意识到这种张扬行为显然极易招致批评和谴责。在回应他的某位朋友怨责他放荡堕落生活的一首诗中，康海表现出自己的信心和坚持："宁知贱子甘疏荡？"[70]此处一锤定音：康海是自觉自愿地期望和选择这种生活方式的。

康海对所有批评置若罔闻，而强调自己全新生活的意义所在。在上引曲的第四句，他公然宣称混迹于歌儿舞女之间是一种"雅"致，而这在以往通常被公众定性为"俗"并斥之行为不当、大夫不为。在明代中期尚少人热议的"雅俗"之辨，到晚明成了广为流行的话题。检视康海此举，我们似可窥见与之前不同的文学信念和情感，在过去被认为是离经叛道的写作，包括撰写曲作这样被摈弃在文人士大夫的文集之外的非正统文类，逐渐被赋予了真情实感。被朝廷贬黜之后，康海和王九思就把作曲当成了体现"纵情""荒废"生活方式的一种主要标志。

康海和王九思的曲活动与同时代的其他文人不同，如何瑭（1474—1543）、王廷相、韩邦奇（1479—1555），后者往往侧重于曲的音乐理论方面的探索和研究[71]。在对明代中期礼乐复兴研究的专论中，康、王常与此三人一起被视为对这次复兴有所贡献担当的代表文人[72]。康海、王九思跟这三位颇有私交，就某种程度而言，在音乐上也趣味相投[73]，尽管他们的意图旨向大相径庭。"乐论家"（music theorists，何、王、韩）须与"曲家"（*Qu* writers，康、王）加以区分，前者将乐论视为治国修身的一种适当途径[74]，他们关于曲乐的理论文章盈箱累箧，却极少亲自撰写散曲，更从未涉足剧曲（至少据目前所知如此）。此外，同样关涉音乐，乐论家却远不如曲家那样饱受诟病。王九思和康海转向写曲的情况则更加错综复杂。对明代中叶的文人来说，赋闲之日沉湎管弦丝竹、写点应酬小曲，是完全可以接受的，但王九思和康海显然越界犯戒、过犹不及了。他们不仅谱写散曲、剧曲，而且还大张旗鼓、毫无遮掩，以康海自己的话说——"甘疏荡"。对曲作如此全身心投入（在异论者眼中是"耽溺"）很难被阐释为像乐论家那样试图复兴礼乐文明。

康海和王九思积极投身于曲作或可解读成他们对为官僚文学文化所排斥的一种回应。他们利用自污的姿态以退为进，自我标榜一种与众不同的风尚。他们也确实以这样的形象存于后世的文化想象中，决定了他们会被如何记住。例如，康海与王九思都被列入明代续写的《世说新语》的"任诞"目下[75]，甚至还有人说，在康、王看来，就是因为散曲和剧曲创作如此下作，这种行为才会这么吸引他们。在他们被贬罢官之后，曲这种文类的某些特质确实吸引着他们，变得似乎"恰当"起来。

在作于 1519 年的一篇为王九思散曲集所撰写的序文中，康海首度坦言，王九思"其声虽托之近体（散曲），而其意则悠然与上下同流"，因此"读其曲想其意，比之声和之谱，可以道知其所怀矣"[76]。康海随之对曲作详加卫护，或许不仅仅是为王九思的，也是为他自己的作品：

> 或曰山人以文章巨公为当世之所尊师，乃留情曲艺，顾文多雨云风月之咏，岂所以感发人之善心，惩创人之逸志邪[77]。若是而录之，殆非愚谬所能识也。予曰：不然。此，正所以见山人之胸次，非侪侪硁硁者能拟也。夫壮士不以细事亮节，圣人不以小道弃理。诗之本人情该物，理皆是物也[78]。或人大悟而进曰：而今而后乃知豪杰之所存与细人异也。[79]

37

这段对曲的深刻辩白援引了儒家通过诗来实施道德教育和人格培养的观点，这表露出这些曲家对曲作的反思呈现了一些新方向。他们选择的或是一条另类之路，但是他们也觉得有必要去表明这确是一条适合的途径，将曲作为一种恰当的文类。康海在序文中将王九思（也包括他自己）称为他人（比如投机者、顽冥派和卑劣小人）所无法理解其做法的"豪杰"，此外他还认为，敢于采用贴有污名和另类标签的曲这种文类，正是开阔无垠的胸襟和英雄主义精神内在品质的展现，一如王九思和他自己。

王九思在他的第二本散曲集《碧山续稿》的自序（作于1533年）中也解释了曲作对自己意味着什么：

风情逸调，虽大雅君子有所不取，然谪仙少陵之诗亦往往有艳曲焉。或兴激而语谑，或托之以寄意，大抵顺乎情性而已，敢窃附于二子以逭子[予]罪。[80]

较之康海，王九思对自己散曲创作的辩解没有那么咄咄逼人，甚至还略带歉意。尽管如此，这里引人注意的是：他强调了曲在本质上是一种能够"寄意"并能"顺乎情性"的文类。

康海声称免官之后他已"销亡宿志"，而他跟王九思也从此不再立志重返主流文化圈，决意告别过去京城岁月中他们曾经享有的文化地位。随着罢职还乡，从文化和政治中心退场，他们在贬黜后以展现自我的满足感来笑对人生。这种勇敢的行为需要一种全新的载体和媒质——这种文类不应该像严肃的诗文，也不属于官僚世界。于是，他们找上了曲这样一种另类却恰当的文类来达成这样的目的。作为非正统的边缘文类的曲，成了那些在地理空间上和社会层级里均属外围的贬谪文人在黜官后用以传达别样之声、创造出他们自己的"吾乡"的不二之选。

38

[本章注释]

[1] 康海的生平研究，参看韩结根：《康海年谱》，收于《新编明人年谱丛刊》，章培恒主编，上海：复旦大学出版社，1993 年；八木沢元『明代劇作家研究』、講談社、1959、pp.109 - 159（中译本见八木泽元：《明代剧作家研究》，罗锦堂译，香港：龙门书店，1966，第 89—135 页）；刘致中：《康海》，载《中国历代著名文学家评传》续编二，吕慧鹃、刘波、卢达编，济南：山东教育出版社，1989，第 625—637 页；田守真：《康海事略》，《四川师范大学学报》（社会科学版），1995 年第 4 期，第 62—68 页；金宁芬：《康海研究》，武汉：崇文书局，2004。王九思生平研究相对较少，主要见于李开先所撰《渼陂王检讨传》及《康王王唐四子补传》，分见于《李开先全集》，第 763—768 页、第 800—802 页。汪超宏的《明清曲家考》（北京：中国社会科学出版社，2006）专辟两章详实地补充了二人生平和著作的若干材料（第 10—127 页）。英文文献对康、王的简介详见 L. Carrington Goodrich and Chaoying Fang（eds.）, *Dictionary of Ming Biography, 1368– 1644*（New York: Columbia University Press, 1976）, vol.2, pp.1366 - 1367, pp.692 - 694（中译本见《明代名人传》，富路特、房兆楹主编，李小林等编译，北京：北京时代华文书局，2015）；此外，魏道格的博士论文［D. Wilkerson, "*Shih* and Historical Consciousness in Ming Drama"（Ph.D. diss., Yale University, 1992）］也有专章分述。

[2] 参看韩结根：《康海年谱》，第 60 页。

[3] 任职时间参考汪超宏：《明清曲家考》，第 17 页注 2。

[4] 李开先：《渼陂王检讨传》，载《李开先全集》，第 765 页。

[5] 韩结根：《康海年谱》，第 57 页。

[6] *DMB*, p.1366.

[7] 康海：《何仲默集序》，载《对山集》，卷十三，第 40 页 a—b，收于《四库全书存目丛书》，集部第五二册，济南：齐鲁书社，1997，第 430 页。

[8] 康海：《渼陂先生集序》，载《对山集》，卷十，第 11 页 a，同上书，第 384 页。

[9] 同上。正如白润德［Daniel Bryant, "Poetry of the Fifteenth and Sixteenth Centuries," in *The Columbia History of Chinese Literature*, ed. Victor H. Mair

（New York: Columbia University Press，2001），chap.20，esp. pp.404‑406］指明，"这"七位的"聚合"是一种误读，应该说更像是"1496—1505 年间在京城围绕李梦阳身边并接受他盟主地位的文人小圈子的部分名单，理论上'这'七子能够同时聚首京城的可能性不过只有数月"。关于七子及其互动的研究，参看 Daniel Bryant，*The Great Recreation: Ho Ching-ming*（*1483–1521*）*and His World*，Appendix Three.

［10］此处是对李东阳"内阁大学士"头衔的非官方指称。

［11］李梦阳原籍陕西庆阳（今属甘肃），随父官职调动而移居河南。

［12］张治道：《翰林院修撰康公海行状》，载《国朝献征录》，焦竑编，卷二十一，第 46 页 a，收于《明代传记丛刊》，台北：明文书局，1991，第 110 册，第 27 页。

［13］对此复古运动的深入研究参看廖可斌：《明代文学复古运动研究》，上海：上海古籍出版社，1994。

［14］李开先：《渼陂王检讨传》，载《李开先全集》，第 764 页。

［15］"馆阁之体"指李东阳及其后学的写作风格。

［16］钱谦益：《列朝诗集小传》，314 页。

［17］张治道：《对山先生集序》，载《太微后集》，嘉靖本，台北：台湾"中研院"傅斯年图书馆微缩胶片，卷四，第 69 页 a。对康海的散文创作思想的研究，参看熊礼汇：《康海散文复古论刍议》，《中国文学研究》，2002 年第 3 期，第 26—31 页；对康海散文的研究，参看汪超宏：《明清曲家考》，第 99—110 页。

［18］王九思：《渼陂集序》，载《渼陂集　渼陂续集》，收于《续修四库全书》，上海：上海古籍出版社，1995，第 1334 册，第 2 页。

［19］这段时期也被看作是复古运动的高潮，参看廖可斌：《明代文学复古运动研究》，第 68—76 页。

［20］此说并无史料来源，或只是逸事。

［21］李开先：《张小山小令后序》，载《李开先全集》，第 533 页。此段英译引自 Stephen H West，"Text and Ideology: Ming Editors and Northern Drama，" in *The Song-Yuan-Ming Transition in Chinese History*，ed. Paul Jakov Smith（史乐民）and Richard von Glahn（万志英）（Cambridge: Harvard University Asia

Center，2003），p.343（中译本见奚如谷：《文本与意识形态——明代编订者与北杂剧》，甄炜旎译，载《中国文学研究》第十六辑，上海：复旦大学中国古代文学研究中心，2010，第247—297页），略有修改。

[22] 康海的某位先祖在十三世纪中叶可能在蒙古治下负责垦荒，康海对其父的白种肤色和祖父的高挺鼻梁的描述都成为林懋推测的证据（*DMB*，p.694）。

[23] 大致时间在1502年至1503年或1505年至1508年。1503年秋，康海侍母回乡武功县，至1505年秋返回京城（见韩结根：《康海年谱》，第72—78页）；此后丁母忧，康海按制守丧三年，于1508年秋再度出京，1510年受黜后而未再归京。

[24] 刊于万历年间的《四太史杂剧》收入此文的异文作"十二三"，意为元传奇的十分之二三。遗憾的是，这篇序文并未收录于康海文集中，故无从比较。

[25] 见康海：《题紫阁山人子美游春传奇》序，嘉靖本，现藏于台湾"国家图书馆"[①]；亦参看稍晚的崇祯（1640年）本《重刻渼陂王太史先生全集》，现藏于台湾"国家图书馆"（另外，哈佛燕京图书馆中文善本特藏部也有一部清刊本），收于《明代论著丛刊》，台北：伟文图书出版社，1976年重印，第1431页。

[26] 韩结根：《康海年谱》，第95页。

[27] Daniel Bryant（白润德），"Poetry of the Fifteenth and Sixteenth Centuries，" pp.404‑405.

[28] 谈迁：《国榷》，北京：中华书局，1958，第2979页。关于康海遭贬的其他原因的讨论，参看八木沢元『明代劇作家研究』，pp.127‑128；田守真：《康海事略》，第64—65页；金宁芬：《康海研究》，第45—59页。王九思遇贬分析参看杨忠：《王九思及其杂剧〈杜甫游春〉》，载《艺术研究荟录》第二辑，陕西省艺术研究所编，1983，第235—252页；汪超宏：《明清曲家考》，第12—15页。研究刘瑾兴败与明廷的关系，参看 Frederick W. Mote and Denis Twitchett（eds.），*Cambridge History of China*，vol.7，*The*

---

① 原著作 Taiwan National Library，实为台湾"国家图书馆"（National Central Library）而非"台湾图书馆"（National Taiwan Library）。——译者注

Ming Dynasty, *1368–1644*, *Part 1*（Cambridge: Cambridge University Press, 1988），pp.405‑412［中译本见牟复礼、崔瑞德编：《剑桥中国明代史》（上卷），张书生等译，北京：中国社会科学出版社，1992］。

［29］王懋：《对山先生集叙》，载《康对山先生集》，万历本，第5页b，收于《续修四库全书》，第1335册，第68页。

［30］李开先：《对山康修撰传》，载《李开先全集》，第761页；亦可看何良俊：《四友斋丛说》，北京：中华书局，1959，第126页。

［31］金宁芬认为这是康海黜官的主要原因（见金宁芬：《康海研究》，第54—59页）。

［32］李开先：《康王王唐四子补传》，载《李开先全集》，第801页。

［33］一方面，王九思作品中有证据表明王是反对刘瑾的行为和政策的，由此可以将他排除在瑾党死忠的名单之外，参看汪超宏：《明清曲家考》，第12—15页；另一方面，王九思确未参加由刘健（1434—1527）和谢迁（1449—1531）发起的“倒瑾”未遂行动。此外，刘瑾最终伏诛之际，王九思正任文选郎中之职，如林懋所说，这意味着“王九思开始和当时把持朝政的大宦官刘瑾有了越来越多的接触……这是因为吏部主管着朝廷官员的迁升和任免”（*DMB*, p.1366）。除此之外，考虑到王九思与刘瑾身为陕西同乡的背景，他在刘瑾事件中深受牵连也是可以理解的。

［34］李开先：《渼陂王检讨传》，载《李开先全集》，第765页；亦可参看《寿州志》，曾道唯辑，光绪（1890年）本，剑桥：哈佛燕京图书馆馆藏影印，卷十六，第16页b。

［35］参看康海：《碧山乐府序（紫阁山人近体）》，正德（1519年）本，载王九思《碧山乐府》，收入《四库全书存目丛书补编》，济南：齐鲁书社，1997，第四五册，第481页；亦收入《全明散曲》，第995页。王九思也提到他离开京城之后才开始写词，参看其《碧山乐府》自序，嘉靖（1551年）本，载《重刻渼陂王太史先生全集》，第1317页。

［36］何良俊：《曲论》，收于《中国古典戏曲论著集成》，第四册，第9页。

［37］王世贞：《曲藻》，同上书，第39页。

［38］刘绘：《与全翰林九山书》，载《刘嵩阳先生集》，万历（1573年）本，台北：台湾“中研院”傅斯年图书馆微缩胶片，卷一六，第5页b。西凉

（400—421），十六国之一，辖地在今甘肃西北部分地区。

[39]《乐府拾遗》在最早的版本里是以附录形式与《碧山乐府》合并刊行，现独立收入《四库全书存目丛书补编》，第四五册，第497—502页。

[40] 关于王九思和康海曲作的版本细目参看本书附录。

[41] 在《全明散曲》中，王九思的作品还包括其他一些从别的选集中辑录出来的曲子，但这些作品的作者是不是王九思仍存争议。

[42] 傅惜华：《明代杂剧全目》，北京：作家出版社，1958，第85—86页。王九思的《中山狼》与系名康海的另一部同题作品，是这一时期就戏剧文本系年和署名问题很值得探讨的个案，参看 Tian Yuan Tan（陈靝沅），"The Wolf of Zhongshan and Ingrates: Problematic Literary Contexts in Sixteenth-Century China," *Asia Major*, 3rd ser., 20, pt.1（2007）: 105‑131.

[43]《沜东乐府后录》向来被认为已亡佚，故之前对康海的研究及其散曲的辑录（包括《全明散曲》）都未对此加以讨论。笔者在台湾"国家图书馆"特藏部发现此书（档案号：14987）。康海散曲因《沜东乐府后录》而得以补录一百八十五首小令和八十二部套数，参看陈靝沅：《康海散曲集的新发现及其文献价值——读台湾"国家图书馆"所藏〈沜东乐府后录〉二卷》，《中国文哲研究通讯》第16卷，2006年第2期，第75—91页。

[44] 此剧又名《王兰卿服信明真［贞］传》。

[45] 傅惜华：《明代杂剧全目》，第83—84页。关于此剧的更多讨论参看 Tian Yuan Tan（陈靝沅），"The Wolf of Zhongshan and Ingrates: Problematic Literary Contexts in Sixteenth-Century China."。

[46] 康海：《答蔡承之石冈书》，载《对山集》，卷九，第55页a，收于《四库全书存目丛书》，集部第五二册，第378页。

[47] 康海：《〈太和正音谱〉序》，载《中国古典戏曲序跋汇编》，蔡毅编，济南：齐鲁书社，1989，第27—28页。据此序所言，简本删略的是曲家名录及其作品存目部分，惜今已不存。

[48] 这里可能指涉的是康海亲刘瑾以疏救李梦阳之举导致他因"瑾党"身份被贬离职之事。

[49] 这是同题两首组曲的第二首，见《全明散曲》，第1171页。鉴于《全明散曲》是最常见的版本，本书对散曲文本的引用多出自此书。与《全明散曲》

有别的较早版本中的文本异文将在注释中标示。唯一的例外是，当涉及作品系年和文本物性时，引文则会以较早版本为准。

[50]王世贞：《曲藻》，收于《中国古典戏曲论著集成》，第四册，第39页。后世文献也有相似描述，文字略有不同，如蒋一葵：《尧山堂外纪》，卷九十二，第12页a—b，收于《续修四库全书》，第1195册，第135页；钱谦益：《列朝诗集小传》，第315页。

[51]康海别业之名。

[52]《全明散曲》，第871页。

[53]此句典出于陶渊明（约365—427）著名组诗《饮酒》第五首。

[54]康海在他的散曲中频用此典，参看《全明散曲》，第1124页、第1160页、第1161页、第1181页。这个典故关涉东汉将军马援（前14—后49）的一则谣言（"薏苡明珠"）：马援完成征南大计，得胜还朝而被小人进谗，说他偷运了一车明珠，事实上那是马援打算移种到北方的南方大粒薏苡。尽管这首曲子是写给王九思的，但是康海或多或少联系到自己亦饱受谗言之苦，他也曾被控利用臭名昭著的阉党刘瑾的势力来补空地方政府被劫掠之后的损失。通过与马援的类比，康海明确地重申自己的清白。

[55]《全明散曲》，第1129页。

[56]这一点在第四章将有详论。

[57]康海：《答蔡承之石冈书》，载《对山集》，卷九，第55页a，收于《四库全书存目丛书》，集部第五二册，第378页。尽管《碧山乐府》有些版本（如《四库全书存目丛书补编》重刻本）像是正德本的翻刻，此说基于康海序文写于1519年——然而《碧山乐府》收入最晚的散曲甚至写于1529年，故该集不可能早于是年刊行于世。

[58]参看第三章对这则轶事的详细讨论，并由此可见康、王互写同一主题的又一例证——两部杂剧同样署名《中山狼》，如果他们两人都确是作者的话。

[59]参看韩结根：《康海年谱》，第201页；金宁芬：《康海研究》，第214页。

[60]例如，康海：《与寇子淳》，载《康对山先生集》，卷二二，第7页b—第8页a，收于《续修四库全书》，第1335册，第255页。

[61]康海与杨一清于1526年在奉天（今陕西乾县）有过会面（见韩结根：《康海年谱》，第186—187页）。

［62］康海：《答蔡承之石冈书》，载《对山集》，卷九，第 54 页 b—第 55 页 a，收于《四库全书存目丛书》，集部第五二册，第 378 页。此外，该信的删略本《答蔡承之》则未提及他刊曲之事，互见于晚出的万历四十六卷本《康对山先生集》，卷二三，第 14 页 b—第 15 页 a，收于《续修四库全书》，第 1335 册，第 271—272 页。

［63］参看李开先：《对山康修撰传》，载《李开先全集》，第 762 页。

［64］张治道：《翰林院修撰康公海行状》，载《国朝献征录》，焦竑编，卷二十一，第 48 页 a—b，收于《明代传记丛刊》，第 110 册，第 28 页。

［65］"传胪"是指科举考试以后宣布登第进士名次的仪式。

［66］"金闺"指金马门，代指朝廷。

［67］此典事关桓温（312—373）的记室袁虎（即袁宏，328—376）。"桓宣武北征，袁虎时从，被责免官。会须露布文，唤袁倚马前令作。手不辍笔，俄得七纸，殊可观"。

［68］郑骞编的《曲选》（台北：中国文化大学出版社，1953 年初版，1992 年再版）认为"阮大"指晋朝的"阮孚"（第 115 页、注 5），此处从郑注。而赵俊玠校注的《沜东乐府校注》（西安：三秦出版社，1995）则认为"阮大"指"阮籍"（第 191 页注 3）。

［69］康海：《书怀》，载《全明散曲》，第 1193 页。

［70］康海：《闻故人杨用之有书付乡县亲友，责望贱子，因成小诗自见》，载《康对山先生集》，卷九，第 11 页 b，收于《续修四库全书》，第 1335 册，第 160 页。

［71］关于这三位文人士大夫可分别参看 *DMB*, pp.518‑520, pp.1431‑1434, pp.488‑491.

［72］例如，李舜华：《礼乐与明前中期演剧》，上海：上海古籍出版社，2006，第四章，第 247—288 页。

［73］亦可参看本书第三、四章对散曲在社交场合互动交流的研究。

［74］关于明代曲论，参看 Joseph S.C. Lam（林萃青）, *State Sacrifices and Music in Ming China: Orthodoxy，Creativity，and Expressiveness*（New York: State University of New York，1998），chap.5. 对王廷相关于音乐创作与政府关系之论的检讨，参看 Chang Woei Ong（王昌伟）, "The Principles Are Many:

Wang Tingxiang and Intellectual Transition in Mid-Ming China," *Harvard Journal of Asiatic Studies 66*, no.2（2006）: 461 - 493, esp.486 - 491.

[75] 李绍文:《皇明世说新语》，万历（1610 年）本，台北：新兴书局影印，1985，卷六，第 28 页 b、第 32 页 a。关于明末清初对《世说新语》仿写、续写的讨论，参看 Nanxiu Qian（钱南秀），*Spirit and Self in Medieval China: The Shih-shuo hsin-yü and Its Legacy*（Honolulu: University of Hawai'i Press，2001），pp.247 - 282.

[76] 康海:《碧山乐府序（紫阁山人近体）》，载《全明散曲》，第 995 页。

[77] 这里援引朱熹（1130—1200）对《论语》2.2 的注释。朱熹详细阐释了孔子关于《诗经》作品"思无邪"的观点，并指出"凡诗之言，善者可以感发人之善心，恶者可以惩创人之逸志，其用归于使人得其情性之正而已"（朱熹:《论语集注》，第 7 页，收于《四书章句集注》，上海：上海书店，1987）。

[78] 此处援引朱熹对《论语》13.5 的注释（同上书，第 95 页）。

[79] 康海:《碧山乐府序（紫阁山人近体）》，载《全明散曲》，第 995 页。

[80] 王九思:《碧山续稿序》，载《重刻渼陂王太史先生全集》，第 1065 页；亦可参见《全明散曲》，第 996—997 页。

第二章 自适的表演化与归隐的戏剧化

乐归我土

［水仙子带过折桂令］《归兴》：

一拳打脱凤凰笼，两脚蹬开虎豹丛，单身撞出麒麟洞。望东华人乱拥，紫罗袍老尽英雄。参详破邯郸一梦[1]，叹息杀商山四翁[2]。思量起华岳三峰。　思量起华岳三峰，掉臂淮南[3]，回首关中。红雨催诗，青春作伴，黄卷填胸。骑一个寒喂儿南村北垅，过几处古庄儿汉阙秦宫。酒盏才空，酣睡方浓。学得陈抟，笑杀石崇。[4]

正如题目所示，这首散曲表达了作者归园田居的喜悦之情，乐归我土也就意味着从此摆脱原有的官场羁绊和束缚。作者宣称自己不再囚于"凤凰笼"，从"虎豹丛"的危险中逃脱，这些都是对朝中尔虞我诈的隐喻；而现在转而关注还乡归隐的欢愉闲暇，流露出对诸如商山四皓、高卧陈抟这些前辈隐者的抉择的倾慕之情。

　　这是王九思的首部散曲集《碧山乐府》的第一首作品[5]，以这样的形式出现在卷首是异于惯常的。《碧山乐府》上卷全收小令，也包括了体裁介于小令和套数之间、通常被归为小令的带过曲。用一首带过曲来引领小令卷的情况殊为少见[6]。《归兴》被选作此集开篇或许是因其内容是王九思对归隐还乡的自陈，开头三句以自然而然的口吻描述了自己从官场脱身之时的情形，而读者似乎也能跟随作者的心迹，见证他如何虎口脱险、全身而退。

　　把这首散曲的排序位置和同书的套数卷（下卷）的第一支曲子相提并论，则更耐人寻味：后者不仅主题与前者相同，连标题也使用了《归兴》[7]。显然，王九思想要在上下卷的开篇之作中向读者开宗明义地传递某种信息。此套数的第一支曲子展现了他退隐生活的又一阶段：

　　［新水令］

　　忆秋风迁客走天涯，喜归来碧山亭下。水田十数亩，茅屋两三家。暮雨朝霞，妆点出辋川画。

41

与前一首散曲呈现刚返乡的时候不同，这里表现的是安顿下来的王九思已经开启新生活。较之先前的"迁客"生涯不同，他重申此刻自己的恬然自乐，将退隐之地描绘成一种田园牧歌式的图景。他的退隐成为逃离官场凶险、寻求田园宁谧的避难港湾，为此，在第二支曲子中他描述了这一路是如何走来：

［驻马听］

暗想东华，五夜清霜寒控马；寻思别驾，满厅残月晓排衙。路危常与虎狼狎，命乖却被儿童骂。到如今谁管咱，葫芦提一任闲玩耍。 42

在第四支曲子里，王九思寥寥数笔素描了自己的闲适生活：

［折桂令］

问先生有甚生涯。赏月登楼，遇酒簪花。皓齿朱唇，轻歌妙舞，越女秦娃。不索问高车驷马，也休提白雪黄芽[8]。春雨桑麻[9]，秋水鱼虾。痛饮是前程，烂醉是生涯。

王九思把自己刻画成一个逍遥醉客，并坚称于他而言这才是对了路子。

43　　此外，在另一首小令中，他自称是"盛世闲人物"[10]。对闲暇懒散炫耀式的肯定，成了王九思的"招牌"。

[离亭宴带歇拍煞]

　　想着那人间富贵同飘瓦，眼前岁月如奔马。不是俺自夸，脱离了虎狼关，结识上鸥鹭伴[11]，涂抹杀麒麟画。登山不索钱。有地堪学稼。　闷了时书楼中戏耍，吟几首少陵诗，写几个羲之字，讲一会君平卦。羊裘冒雪穿，驴子寻春跨。醉了时匔匔睡咱，看我这没是非一枕梦儿甜，索强似争名利千般意儿假。

44　　在这个套数的尾声中，王九思显然正在践行"不是俺自夸"的事——而不只是浮夸地对无拘无束的退居生活自矜自赞。抹掉汉代麒麟阁上的功臣画像（"涂抹杀麒麟画"）这一句意味深长，这暗示着王九思坚定地宣告他已经与仕宦彻底决裂，无心再求"功臣"之丰功伟绩，而只是渴望闲适的生活。

　　据统计，王九思写过有关隐逸、乐闲主题共有二百一十八首小令和八部套数[12]，几乎占到他个人作品全集的半数之多。此外，他还写一些歌颂他人退隐的散曲[13]，因此，一个致仕或贬谪文人之间彼此交集的社交圈子便渐渐浮现出来。本书将在第四章详论这个现象：致仕退隐的主题是如何常与"祝寿"这一惯见主题交织并行的。

康海散曲集里关于退隐的作品也同样不胜枚举，其中一首题为《丁酉岁书怀》[14]的套数就是有趣的一例。如标题所示，该曲写于康海黜官数十年之后的1537年。如果说上述王九思的作品代表的是新遭黜官、被迫还乡的状态，康海的这首曲子就充满了回顾逝去的人生黄金时代的怀旧气息。是时，康海六十二岁，距其辞世不足四年。下引这个套数的前三支曲：

[点绛唇]

少日疏狂，不知度量。夸豪宕，倚马[15]穿杨[16]，好没 45
事寻风浪。

[混江龙]

自那日恩荣榜放，却才知峥嵘发迹是寻常。玉堂金马，锦服牙章；栉风沐雨，冒雪凌霜。攘攘劳劳成底事，兢兢战战为谁忙。觑金张许史斗奢华，羡巢由卞务赢高尚。正这里凄然有感，早那壁铲地媒殃。

46　　[油葫芦]

得了个绿鬓酕醄入醉乡，端的是天赐将。逐日价华堂开宴列红妆，新醅饮尽奚童酿，新词撰就花奴唱。与知音三两人，对云山四五舫。逍遥散诞情舒放，抵多少法酒大官羊。[17]

回顾早年官场岁月，康海在这里所引的前两支曲里表达了他未能早点认清蜗角虚名、蝇头微利之本质的遗憾，他质问自己到底成就了什么（"成底事"），为官是否值得"兢兢战战"？在他看来，任何追求功名利禄的人必定会走向自我毁灭。在这里，他再次强调了从公共事务领域抽身而退的必要性，直言政治舞台危机丛生、官宦生涯纷扰嘈杂。康海在第三支曲中呈现了他罢官归里后的世界：一个与曲创作生态桴鼓相应、不离酒乐声妓的被严重污名化的小天地。

隐逸散曲的传统

戏曲传统自古以来都跟退休致仕和辞官归隐联系紧密，王九思和康海也在其间。田园隐居这一传统主题几乎遍及中国诗歌的所有体裁，有学者指出，尽管归田乐道这一题材见于大量中国诗歌，但"从没有一个时期的作品像元散曲那样受欢迎或成为一种创作常规"[18]。又据统计，三分之一的元散曲作者都曾写过关于致仕或隐居的题材[19]。这一主题延至明代依然方兴未艾，散曲选集的分类条目都会标注诸如"栖逸"和"归田"[20]。

成书于十五世纪的《太和正音谱》按风格将散曲（乐府）分为十五体（府体），其一名曰"草堂体"，对式名目定为"志在泉石"[21]；同样，在杂剧十二科中，"隐居乐道"亦列名其间[22]。任讷称，最具代表性的"草堂体"是元末明初文人汪元亨（活跃于 1354 年前后）的散曲，而"隐居乐道体"的典范之作是宫天挺（约生于 1260 年）的杂剧《七里滩》[23]。较之前辈曲家，王九思和康海是如何表达这一惯用主题的呢？在进入王九思在这一主题上的曲作分析之前，将他们的作品置于元散曲传统之下考察方能更好地回答这个问题。

48　　柯润璞（James Irving Crump）指出，元代退隐主题的散曲可分为两大类：一是由那些曾身居要职而后辞官归隐的人所撰，比如张养浩（1270—1329）[①]；二是由那些仕途蹭蹬而鲜有进身之阶的人所写，"他们仅仅是依循散曲传统，所创作的作品属于一种'想象的归隐'（imaginary withdrawl）"[24]。赵义山也强调曲家的身份，他不仅把元散曲家分成了"宦吏作家"与"才人作家"两大类，并且在"宦吏作家"之下进一步细分了"达官显宦"和"下层胥吏"作家[25]，按他的分法，前者如张养浩，曾官至礼部尚书，后者则如马致远（约1250—1321 至 1323 年间），据说他仅在地方任上担任闲职，并为自己的仕进失途而空叹"登楼意，恨无天上梯"。[26] 也有学者认为，跟张养浩作品的质感相比，"其他曲家如马致

---

① 原著作"张养浩（1269—1329）"。——译者注

远、张可久（1280—1352）①等所写的同类作品就显得浮泛和苍白"，这显然是因为他们缺少直接的官场经验[27]。本书不打算将明代曲家按元散曲家一样套入三大类型（达官、胥吏、才人），因为他们确不适合这一分法。尽管如此，在细读与元传统已相背离的康、王的隐逸主题散曲时，这种分类仍是有益的参照。

这里先引一首元代才人曲家乔吉（1280—1345）所撰的隐逸主题的名曲：

［绿幺遍］《自述》

不占龙头选，不入名贤传。时时酒圣，处处诗禅；烟霞状元，江湖醉仙，笑谈便是编修院。留连，批风抹月四十年。[28]

这首曲流露出对科举制度的断然否定，然而有意思的是，它借用的却是这个考试体系的词汇术语[29]。科场及第、翰林封官所代表的是不属于乔吉的世界，因此，他的这首曲为康海和王九思的同主题散曲提供了某种反差的参照。乔吉所构建的想象现实，立之是为破之，而这个"现实"，却是明

---

① 原著作"张可久（1270—1348）"。——译者注

代曲家们曾经赖以栖息的沃土。与乔吉所说"不占龙头选"相反，康海则高调宣称"俺也曾玉殿首传胪"[30]，而王九思也提醒读者，"我也曾榜登龙虎"[31]。然而，乔吉调侃"笑谈便是编修院"，我们却很难想象曾在翰林院位列是职的康海或王九思亦会如此公然戏谑。

按身份而论，本书论述的明代由官员转型的曲家们或能比照类同于"达官显宦"曲家，像之前提到的一度位高权重，而后辞官返乡的张养浩。下面这首小令就是张养浩写自己解甲归田：

[普天乐]《辞参议还家》

昨日尚书，今朝参议。荣华休恋，归去来兮。远是非，绝名利。盖座团茅松阴内，更稳似新筑沙堤。有青山劝酒，白云伴睡，明月催诗。[32]

无论是张养浩，还是康海、王九思，他们归隐主题的散曲都有着显而易见的共通点：既有对传统价值（诸如声名、财富、荣耀等）的否定，也有对闲居退隐的颂扬。

然而，他们之间还是有着本质的差异。张养浩的一首散曲在开篇首句毫不掩饰地自称："自劾，退归"[33]，可见他的退隐是出于自愿请辞，而康海和王九思则是被罢黜贬官。
王九思在自己的一首曲中就曾承认：

非是我逃名爱隐，也不是粧呆撒吞。为只为偶遇风波， 51
来住山林，啸傲乾坤。[34]

　　因是被迫退隐，王九思和康海的散曲中充满了挫败、愤
慨与自辩。较之以马致远为代表的低阶官员本身缺少晋升机
会而言，王九思和康海都曾在中央政府担任要职却横遭贬谪，
他们的挫败感源于他们在人生巅峰上猝不及防地一落千丈。
　　因此，王九思和康海在他们的退隐散曲中不仅表达他们
的欢愉自适，而且也以自辩的姿态来宣泄他们的不满，这令
他们与元代散曲家们泾渭分明。拉特克（Kurt W. Radtke）指
出，在元散曲中，"即使像'隐世'这样极度个人化的行为，
也通常多以'隐士'的角色来'隐晦'表达那些具有时代特
征的不满情绪"[35]。相比而言，王九思和康海在记录他们退
隐经历的散曲中则大量掺入可谓"自传"的诸多特定细节。
下面这首曲可以详见康海如何细数他是怎样一步步走到被免
职的困境的：

［那吒令］

丁卯岁，那厢正奸臣放党。戊辰年，这厢痛慈亲弃养。庚午秋，怎防乞良儿乱攘。送我入自在乡，领我受风流况，还笑我中箭着枪。[36]

首数句尤其引人注目，康海详列了自己被黜前的系列"年谱"。1507 年，刘瑾大权在握，随即指控陷害 53 名朝中高官谋反，所谓"榜示奸党"（康也写过两组散曲评论此事）[37]。但康海有意识置身于瑾党小集团之外（然而与之"莫须有"的联系还是导致了他被免职），甚至还提供自己不在朝中的辩解，说瑾党在京城"那里"胡作非为、党同伐异之时，自己却因丁母忧守制在自己家乡"这里"。

在［那吒令］中，康海再次否认自己免官是场不幸。他以自贺的口吻作结，那些欲以枪剑攻击他的政敌实际上却把他带到了一片无忧的乐土。显而易见，王九思和康海对他们的退隐之地往往不吝溢美之词。在下面这首曲中，王九思细述这真是一个让他绝对自由的地方：

这一个神仙洞府，村庄平路。任我逍遥，任我追游，任我驰驱。[38]

此地不似人间俗世，王九思故将其比作神仙世界。康海也有类似的体会：

结茅堂对山，坐水阁观澜。红尘不到这其间，甚风流似俺？[39]

谈及在私家别业度过的退隐生活，康海自夸此处"红尘不到"。这种表达并非原创，它必是建立在要远离"红尘"的转义上，在先前表现退隐主题的元散曲里已是屡见不鲜[40]。

对归园田居的描述通常唤起与前代隐居名地的联系。在套数《归兴》中，王九思就把唐代诗人王维（701？—761）归隐的辋川视为榜样。与先前的典范相比较是诗学惯用技法，并不限于特定的某人某地，何人何地都不妨碍代表退隐至善至美的境界。无独有偶，康海也自称他位于武功县的浒西庄的退隐之地"似王维画图"[41]。

显然，康海和王九思都有意通过诸如王维或陶潜（365—427）这样的前辈诗人和隐士的视角来审视自己的隐居生活。然而，我们不能像有些学者那样得出结论，说康海只是"吸取和抽离了前辈作家的经验"，所以他的情感是矫饰的"虚情"[42]。王维或陶潜的作品感情是否更显真挚或"自然"尚可再议[43]，平心而论，康海是明代最直率的曲家之一，从不怯于表露自己的想法。事实上，自由随心的咏叹一直被认为是康海的独特之处，而他的风格也常被贴上北方曲家常有的标签——"豪放"[44]。有些曲论家甚至以此为康海文风的白璧微瑕，何良俊就曾评论说"康对山词迭宕，然不及王（九思）蕴藉"[45]，似在暗示康海有时在表达情感上太过直露。

比起对先唐及唐诗典故的"直接借鉴"，康海对"王维"们的引用更像是对元代退隐散曲的惯用术语传统的追随与复现[46]——对王维及其辋川图的引用在元散曲中很常见，元曲家张养浩也有意将自己的退隐之所"云庄"（其散曲集亦题同名）跟王维的"辋川"相提并论[47]。

这些田园牧歌描述的真是这些前官员彻底放弃他们仕宦追求后无拘无束的梦想之地吗？这些黜官文人真的像他们所宣称的那样享受他们的退隐生活吗？王廷相就曾评论说，康海即便是在免职之后，也从未真正地从社交和世俗生活中抽身（"浒西子未尝忘世矣"）[48]。这里似乎总有一丝挥之不去的壮志未酬感。这种在仕隐之间若即若离的吊诡在王九思的散曲中有一段极佳的总结陈词：

瞻北阙心还壮，对南山兴转狂。[49]

　　读者可能永远无法参透他们表达退隐生活的愉悦和满足是否真诚，但他们刻意且招摇表现这种喜悦的行为则是本书的关注点。他们是如何通过曲表现（表演）满足自适之感？散曲和剧曲能否为表现这种情感提供另样的方式或媒介？本书将带着这些问题转向王九思的一出杂剧，它与先前讨论的散曲一样同是关于退隐主题。

斥绝"被斥"

　　夫九思者，当世之狂人也。翰林不容，出为吏部；吏部
获罪，左迁寿州；寿州不可，罢归里舍。当世之士，自负豪杰，
闻其姓名，罔不怒骂。……自归里舍，农事之暇，有所述作。
间慕子美，拟为传奇，所以抒情畅志、终老而自乐之术也。
不意亲朋指摘瑕颣，投诸馆阁，发怒起祸，幸以消沮。[50]

　　在这封写于1524年的信中，王九思向一位对他遭遇深
表同情的朋友自陈心迹，觉得自己被这个世界的大多数人所
误解，并针对那些对自己所写关于唐代著名诗人杜甫（712—
770）的杂剧的批评加以辩解。

　　十六世纪的第二个十年期间[51]，王九思写成了后世公
认是他最负盛名，也最没有署名争议的戏曲作品——《杜子

美沽酒游春记》[52]。京城的官员们显然都知道《沽酒游春》，因为该剧措辞激烈、贬损暗斥了诸多当朝要员，十六世纪二十年代，王九思因此被排斥在回朝编撰《武宗实录》的名单之外。然而，他似乎并没有太多受到这出杂剧所带来的负面影响的困扰[53]。例如，李开先1531年到陕西造访之时，王九思"设宴相邀，扮《游春记》"[54]，可见谤诽之后该剧还在持续上演，至少在王九思的私人宴集之时如此。

《沽酒游春》选取诗人杜甫为官生涯的几个片段加以改编而成，主要基于杜诗文本而有所敷演，对其原文和典故的援引在剧中随处可见[55]。杂剧可分为两大部分，第一部分是杜甫独游曲江，第二部分则是他受邀与诗人文官岑参（715—770）及其弟同游渼陂。

《沽酒游春》遵循北杂剧的体例分为四折，所有曲子都由扮演杜甫的正末一人独唱。在第一折中，在杜甫简短的开场之后，岑参随即出场，点明正值天子赐赏春恩假，故遣其弟岑秀才邀杜甫于两天后赴渼陂泛舟同游（这显然是对杜甫《渼陂行》首联的推衍）[56]。在这一折余下的情节中，岑秀才这一角色的作用就是不断提问，以便于杜甫对朝中时事以及对自己相关诗歌发表议论。此折于杜甫自述去渼陂之前他将于次日独游曲江寻乐结尾[57]。

57

在第二折中，杜甫来到一家酒肆，赎回先前赊酒而当掉的朝衣。杜甫在本折开篇之诗正是他的《曲江二首》原作之一[58]。在酒肆里，杜甫跟纨绔子弟卫大郎发生了争执，因为后者对其家族财富争荣夸耀，仗势欺人地吩咐不准穷酸之客（如杜甫之流）上楼搅席，打扰自己倚红偎翠、传杯递盏的酒兴。此外，卫大郎对文学才识也嗤之以鼻。卫与杜之间的矛盾还在于他们对宰相李林甫（逝于752年）诗作的不同评价，在此剧中，杜甫对李林甫大加鞭挞。酒肆老板娘趋炎附势，打发杜甫。杜甫只得另去他家，再次典衣换酒，痛饮一番。

第三折以杜甫解释自己前夜因雨而在酒肆寄宿开篇。他见到了岑参，并提议在去渼陂之前先同登慈恩寺塔，借此他以五套曲辞来自述己志。接下来的渼陂之行由岑参引领杜甫移步换景，为他介绍昆吾村①、紫阁峰等沿途幽闲胜景，这令杜甫流露出想要归隐的念头。此后他们抵达渼陂村，跟岑秀才会合。

在第四折中，岑秀才为杜甫的到来设宴款待，并唤取歌儿舞女助兴席间。杜甫随后登场，朗诵他在渼陂湖上泛舟所

58

---

① 原文作 Kunlun Village，当为 Kunwu 之误。——译者注

作之诗[59]。岑秀才重回他在第一折中所扮演的角色，再次让杜甫不断以自己的诗作来评述当今时事。接着，他们来到钓鱼台，这又让杜甫感慨："如今世上有几人知此钓鱼之乐？"此时丞相房琯（697—763）遥传喜讯，说当今圣上赏识杜甫，传旨御赐授官翰林学士，杜甫借机表达了他希冀房琯能再为如今充斥着脑满肠肥的蠹官的朝廷接待更多有真才实干的贤人。杜甫婉拒此职，说他只是想从此过上无拘无束的隐居生活（"我子要沽酒再游春，乘桴去过海"），此折就此落幕。

杜甫游曲江在戏剧中是一个很受欢迎的题材，无论是此前还是同时代都有作品写过[60]，元杂剧有一部杭州范康所撰的《杜子美游曲江》，但已亡佚仅有存目[61]。有趣的是，几乎在王九思创作《沽酒游春》的同时，另一同题材的杂剧《杜甫游春》[62]面世，即沈龄（约1470—1523后）所写的四部单折戏组剧《四节记》的一部[63]。《四节记》原本今已不存，而《杜甫游春》则通过分属不同版本的两本十六世纪选本而得以保存：一是《风月锦囊》仅摘汇了六支曲子，场景集中在正末（杜甫？）请歌伎演奏春曲歌词这一幕上[64]；另一保留在《乐府红珊》的版本则收录了有别于"锦本"的曲子，角色也更为丰富，包括与杜甫曲江相携访伎的李白、贺知章（659—744）等[65]。

59

与之相比，王九思的作品有数处明显之不同。现存《四节记》的两个版本中《杜甫游春》短剧都着力表现杜甫曲江春日出游的欢愉，无意对朝廷官员提出批评。《乐府红珊》本将其归目于"游赏类"，正如田仲一成所指出，"这是宗族喜欢在接待宾客时上演的剧目（'场面剧'）"[66]。不同于王本，《杜甫游春》并不限定正末一人主唱，"锦本"的六支曲子都由歌伎所唱，而《乐府红珊》本的曲子则由不同脚色分唱。因此与王九思的《沽酒游春》有别，《杜甫游春》并不打算让杜甫抒发自己的个人情感。

此外，这两个版本似乎都限于曲江一景，而已佚元杂剧的题目直接标为《杜子美游曲江》；"锦本"太过简略而无从得知其戏剧场景，但《乐府红珊》本确是把场景设置限于曲江。王九思的《杜子美沽酒游春记》的题目看起来就和前述杂剧属同一题材，而曲选《盛明杂剧二集》收入此剧另名为《曲江春》，则是混淆视听、误导读者。

事实上，在王九思的作品里，杜甫曲江游赏只占了全剧的前半部，后半部则是杜甫游览渼陂泛舟湖上，渼陂这个场景显然在早前和同时代的同题材其他作品里从未出现过。任何熟知作者王九思的读者都很明白，无论是在地理空间还是在情感距离上，渼陂之于王九思都很"亲近"——它位于鄂

60

县境内，这里正是王九思在黜官之后返乡归隐之地；此外，鄠陂也是王九思的字号。所以，他选择以鄠陂为题材写作究竟意味着什么？

言志

在之前所引的信中，王九思坦然承认他写《沽酒游春》是为了"抒情畅志"。此"志"在康海1519年为此剧所撰的序文中再次得以重申。康海发现自己读过的元人戏曲有个共同点，即"意虽假借，而词靡隐逊，盖咸有所依焉"[67]，读这些元杂剧时，自己常常感动得涕泗纵横；而读过王九思的这部杂剧之后，他也深深地感受到了王九思所流露出的"志"[68]。实际上，康海清楚地表明他写这篇序文的目的是"使观者易识其所指（志）"[69]。

"言志"传统——最早可以追溯到《尚书》中对诗的经典定义"诗言志"[70]——是理解此剧的关键。康序不仅提醒读者如何解读像王九思《沽酒游春》这类特定的杂剧，更重要的是，他还说明了像他和王九思这样的明代曲家如何理解元杂剧，以及他们相信通过写曲可达到怎样的效果。从十六世纪以来，随着杂剧写作渐从宫廷转向文人士大夫（"由贵族

61

化向文人化的过渡")[71]，以戏曲形式来抒情写怀的文学样式越来越普及[72]，与此同时，杂剧也更多地被解读成文人言志的载体[73]。有学者提出"文人剧"的概念，即"以文人生活为题材，由文人创作、主要对象亦为文人的戏剧"[74]。王九思《沽酒游春》就可被视为"文人剧"的先声。

许多前辈评者和学者都把这部杂剧看成是王九思借杜甫批评李林甫之口对李东阳进行的恶毒攻击["敬夫编《杜少陵游春》传奇剧骂（李）"][75]，也有人认为王九思的目标是其他政客[76]。尽管王九思自己声称他并无诋毁之意图，但读者很难相信这部戏完全没有影射、讽刺任何人。然而即便如此，该剧也只是对朝中要臣提出泛泛的批评；而且，对李林甫的抨击其实只占了《沽酒游春》很小的篇幅，并未成为全剧主旨。

考虑到王九思"前七子"之一的身份，还有学者试图将他的《沽酒游春》跟明代文学复古运动联系起来[77]。然而，王九思在黜官之后跟这次文学复古运动还有多大程度的牵涉，其实很值得怀疑。一旦开始写曲，复兴唐调就不再是他的关注重点。在他们的曲家圈子中，"王九思"们正在努力寻求一种另样的声音来传达己志，能让他们跟官僚文学文化区别开来，创造一个属于他们自己的世界。

62

至此，本书似乎都聚焦在对戏剧传统以及王九思杂剧的杜甫曲江游春场景背离前期同题材作品的讨论上；此外，春游题材在散曲中也同样数见不鲜。的确如此，王九思就写过在元散曲中颇为流行的春游系列组曲[78]。

戏曲里诸多烂熟的题材中，杜甫曲江游春显然是其中最受欢迎之一。例如，元代文人刘秉忠（1216—1274）的一组四季小令组曲的每支曲子都关涉与对应季节相关的一段文人轶事[79]，"杜甫游春"就是其中一例[80]。王九思的套数《春游》中的一支曲子中也出现了杜甫：

[耍孩儿]《春游》

我则见落花万点春将去，忧愁杀城南杜甫，典衣沽酒意何如。喜东君特地招呼，休夸你批风抹月三千首，须索尽滴露流霞五百壶。事事儿相看顾，奴餐白饭，马饱青刍[81]。[82]

受到（通常是质朴农夫）热情友好的招待，是表现隐逸散曲的常用主题之一，在此曲中跟杜甫原诗"典衣沽酒"的场景并置。王九思对杜甫生平的这段轶事念兹在兹，索性将它扩充敷演为一出完整的杂剧。

然而，王九思在散曲和杂剧中所塑造的杜甫形象还是有本质上的差别。在散曲中，王九思想象杜甫面对落花春去时的反应必定是"忧愁"的，故而需要典当春衣去沽酒求醉；而在杂剧中，王九思不是去"想象"而是去"扮演"杜甫，王九思"就是"（is）杜甫。

64　隐逸之路的舞台化与虚构化

在杂剧的第三折中，杜甫在去往渼陂与岑参泛舟出游的途中曾抵紫阁山麓，他醉心于这里的闲逸景致，有词为证：

我待要避人来，也住在这紫云深洞。[83]

这是本剧的一个关键性转捩点。魏道格（Wilkerson）曾恰如其分地指出该剧存在某种结构的对称性："前半部被世间反复排斥遗弃与后半部被温情款待认可形成对比。"[84] 在第一折中，杜甫质疑他是否能够实现自己的政治抱负（"平日的志气，几时能勾遂心也呵"）[85]，而到了第三折，他已经流露出想要从俗世隐退的念头，这是在他游渼陂的途中次第所见昆吾山、御宿川、紫阁峰的景色所激发起的山林之想。剧中的这段行程恰是历史上杜甫于754年游渼陂之后凭着追忆写进著名组诗《秋兴八首》中的路线[86]；然而，这一行旅在戏曲世界中却被赋予了杜甫当年游历时不曾有过的特殊意义。联系《沽酒游春》中杜甫的隐世情怀，该旅程代表着杜甫从朝廷政界转向与世无争，它已令杜甫萌生退意，而岑参又在有意识地向杜甫（以及读者和观众）适时指出这些景点；因此，它也可以象征性地被视为引领杜甫离开官场的一条启蒙之路的肇始。

每到一处幽居胜地，杜甫都会停下来点评一番，或曰壮丽，或称幽邃。例如，在渼陂的翠微楼，杜甫形容它是"隔红尘的水晶宫"[87]。这种对特定地点，尤其是自己的隐居之地的大加称颂，很容易让人联想到王九思及康海隐逸题材的散曲，二位都把罢官后在当地的归隐别业之所称为"红尘不到"之地。再如这首王九思写于渼陂的散曲：

［寄生草］

渼陂水乘个钓艇，紫阁山住个草亭。山妻稚子咱欢庆，清风皓月谁争竞，青山绿水咱游咏。醉时便唱太平歌，老来还是疏狂性。[88]

这首隐逸主题散曲和杂剧《沽酒游春》本质上都在颂美

同一空间（浈阪），即被官场拒斥之后，文人为自我另辟蹊径、使其归隐人生现实与戏曲文本世界合二为一之地。考虑到戏曲世界所展演的场景，与这些戏曲作品生成、搬演和传阅的地方是互指交叠的（同一个），对浈阪这个特定地域如此强调就显得格外耐人寻味，因为这些曲作和戏剧都是在浈阪周边地区创作完成并上演的。

66

从主题上来说，这部杂剧与王、康所信奉从主流社会急流勇退、在林泉田园栖身养志的理念所孕育的"隐逸"题材散曲同属一类。然而，较之那些散曲，《沽酒游春》的不同之处在于其戏剧形式为王九思提供了另一种可能的审美抉择。

再回第三折中，当岑参问起俗世退隐之念缘何而起时（"先生正当向用之际，何以有此山林之念？"），杜甫以曲作答：

[绵搭絮]

不怕你经纶夺世，锦绣填胸，前推后挤，口剑唇锋。呀眼睁睁难分蛇与龙，烈火真金当假铜。似这等颠倒英雄，不如咱急流中归去勇。[89]

对宫廷政治与红尘俗世不能选贤任能的不满在隐逸主题

082

散曲中也是常有重申，这里引人注意的是这支曲子的最后一句"不如咱急流中归去勇"。杜甫认为，既然世道如此颠倒腐败，那么对他来说辞官归隐反而是明智之举。前文所引文本提到，杜甫自述如果决意归隐会选择栖逸在紫阁峰，这种说法意味着杜甫在为官阶段已经开始权衡自己归隐的决定，在剧末似乎也付诸实施。然而这个选择，历史上的杜甫和现实中王九思都没有这个选择的自由[90]，而且王九思也不能在自己隐逸主题的散曲中声称他能有这样的选择。

跟剧曲相比，散曲是让作者能更为直接地表情达意、更偏抒情化的文类。大部分散曲都是第一人称自述的"自言体"，少有虚构性较强的"代言体"[91]。因此，隐逸主题的散曲基本上都得遵循人物表现的历史真实（尽管可能对处于同一处境的自我和他人会投以更多的同情），散曲家在创造非正统的、想象性的、理想化的隐逸道路上往往无能为力。而如前所见，王、康的隐逸散曲还是记录了班班可考的繁枝细节，许多都可被视为自传材料。王九思甚至还在一首曲子中清楚地表明他"黜官"的确切时间和原因：

罢官归自壬申夏（1512），祸起丙寅年（1506）。[92]

与王九思和康海所写的为数众多的隐逸主题散曲相比，《沽酒游春》的创作的新转向提供了另一种可能。在散曲中，与世无争的退居归隐世界凌驾于尔虞我诈的政治权力世界之上，只有当文人被排挤出官场之后，才会在现实世界中实现（不能跳出现实）。因此，无论如何宣称退隐生活优越得多么完美无缺，或者把它理想化地描述得多么摄人心魄，他们始终是仕途弃子，"天涯迁客"的身份总是令他们的散曲或多或少地被解读成自我辩解或自我安慰。

王九思这出杂剧原本可以写杜甫贬官之后乐于退隐生活，但戏剧的虚构形式让王九思能够突破小我的局限，允许他斥绝他在现世中的被斥与失望，想象和开拓出在转向退隐时更理想的道路。因此，《沽酒游春》比那些同题材散曲要更具颠覆性。杜甫在戏剧的虚构世界中"主动选择"（choose）归隐，这种能力是历史上的杜甫和现实中的王九思都不曾具有的。《沽酒游春》的主旨跟那些隐逸散曲其实并无二致，但戏剧的虚构性却能将戏剧主角及作者置于更具强势性和颠覆力的位置上，使其能够完全掌控自己的命运。

在杂剧中，与其说王九思是被解职之后退隐故园"遂"（then）找到了远胜于官僚世界的乐土，倒不如说他建构的"乐土"本身促成了他退隐的决定。他也不是去呈现更"真实"的杜甫（和王九思自己）的生活，而是去充分发掘戏剧虚构的无穷潜力。这不仅仅是《沽酒游春》舞台所表现的退隐方式，更是文人理想化的退隐之途。联系本节开篇所引用的王九思的信，内心中由反复斥官导致的纷杂难安让他认识到，罢官归里的现实与他在戏剧中为自我构建的想象性的退隐之路是多么地天壤悬隔。

[本章注释]

[1] 此指唐传奇《枕中记》中某人在邯郸伏枕而一梦自己整个人生的故事。

[2] 这四位隐士又称"四皓","及秦败,汉高闻而征之,不至,深自匿于终南山(陕西商州东南的商山),不能屈己"。

[3] 此指王九思最后任职的安徽寿州。

[4]《全明散曲》,第850—851页。

[5] 王九思:《碧山乐府》(大约编于1529年至1530年之间),小令卷,第2页a,收于《四库全书存目丛书补编》,第四五册,第482页。

[6] 关于带过曲研究参看李昌集:《中国古代散曲史》,上海:华东师范大学出版社,1991,第155—157页;赵义山:《元散曲通论》,上海:上海古籍出版社,2004,第91—97页;陈贞吟:《试论明散曲中的北曲带过曲》,《高雄师大学报》(人文与艺术类),总第20期,2006,第1—20页。

[7] 王九思:《碧山乐府》,套数卷,第1页a—第2页a,收于《四库全书存目丛书补编》,第四五册,第493页;《全明散曲》,第940—941页。

[8] 此为有关炼金术的道教术语。

[9] 此句似关联于陶渊明《归园田居》五首其二。

[10]《全明散曲》,第865页。

[11] 此二句互见于王九思的另一套数中,文字略有差异,见《全明散曲》,第955页。

[12] 刘英波:《王九思及其散曲创作浅论》,《聊城大学学报》(社会科学版),2006年第5期,第81页。

[13] 例如,王九思:《送夏太守辞官归》,载《全明散曲》,第967—968页。

[14]《沜东乐府后录》,卷下,第13页b—第15页a。此曲断章(缺两支曲子)以《归田述喜》为题收于晚明曲集《北宫词纪》,亦收入稍晚的《全明散曲》,第1217—1218页。

[15] 此典亦见于康海的《书怀》,参看本书第一章注。

[16]《战国策》所载传奇神箭手养由基(约活跃于公元前575年前后)"善射,去柳叶百步而射之,百发百中"。

[17]《沜东乐府后录》,卷下,第13页b—第14页a;《全明散曲》,第1217—

1218 页，略有异文。

［18］James Irving Crump（柯润璞），*Songs from Xanadu: Studies in Mongol-Dynasty Song Poetry*（*San-ch'ü*），p.44. 中国学界对该主题散曲的研究概况参看赵义山：《20 世纪元散曲研究综论》，上海：上海古籍出版社，2002，第 111—116 页。

［19］王忠林：《元代散曲中所表现的隐逸思想》，载《元代散曲论丛》，台北：文津出版社，1997，第 33 页。关于文人在功成和隐退之间的平衡张力及其在元代小令中的表现的研究，参看 Kurt W. Radtke（拉特克），*Poetry of the Yuan Dynasty: Poetry of 13th Century China*，pp.23 - 43.

［20］例如，晚明曲集《北宫词纪》第三卷所辑录与这两大主题相关的套数多达四十九个。

［21］朱权：《太和正音谱》，收于《中国古典戏曲论著集成》，第三册，第 14 页。

［22］同上书，第 24 页。此类又题为"林泉丘壑"。

［23］参看任讷：《〈小隐余音〉跋》，载汪元亨《小隐音余》，任讷、卢前辑《散曲集丛：丑斋乐府·小隐音余》，长沙：商务印书馆，1941，第 17 页 b。

［24］James Irving Crump（柯润璞），*Songs from Xanadu: Studies in Mongol-Dynasty Song Poetry*（*San-ch'ü*），p.45.

［25］赵义山：《元散曲通论》，第 158—171 页。

［26］隋树森：《全元散曲》，北京：中华书局，1964 年初版，1981 年再版，第 239 页。此曲英译全文参看 Kurt W. Radtke（拉特克），*Poetry of the Yuan Dynasty: Poetry of 13th Century China*，p.29.

［27］何贵初：《张养浩及其散曲研究》，香港：文星图书有限公司，2003，第 138 页。

［28］《全元散曲》，第 575 页。英译见 Sherwin S. S. Fu（傅孝先），in Wu-chi Liu（柳无忌）and Irving Yucheng Lo（罗郁正）（eds.），*Sunflower Splendor: Three Thousand Years of Chinese Poetry*（Bloomington: Indiana University Press，1975），pp.437 - 448；亦可参见 James Irving Crump（柯润璞），*Song-Poems from Xanadu*（Ann Arbor: Center for Chinese Studies，1993），p.93.

［29］连信达［Xinda Lian，"Qu Poetry，" in *How to Read Chinese Poetry: A Guided Anthology*，ed. Zong-qi Cai（蔡宗齐）（New York: Columbia University Press，

2008），p.341］指出，乔吉有意且有力地否定此价值体系，确是表明了他内心的冲突和对此制度的痴迷。

［30］康海：《书怀》，载《全明散曲》，第 1193 页。

［31］王九思套数《春游》第八支，载《全明散曲》，第 942 页。"龙虎榜"典出 792 年科举进士及第的佼佼者："欧阳詹（逝于 801 年）……举进士，与韩愈（768—824）、李观、李绛、崔群、王涯、冯宿、庾承宣联第，皆天下选，时称'龙虎榜'。"

［32］《全元散曲》，第 422 页。英译参考 James Irving Crump（柯润璞），*Songs from Xanadu: Studies in Mongol-Dynasty Song Poetry*（San-ch'ü），p.77.

［33］《全元散曲》，第 427 页。英译参考 James Irving Crump（柯润璞），*Songs from Xanadu: Studies in Mongol-Dynasty Song Poetry*（San-ch'ü），p.60.

［34］王九思：《七十一自寿》，载《全明散曲》，第 971 页。

［35］Kurt W. Radtke（拉特克），*Poetry of the Yuan Dynasty: Poetry of 13th Century China*，p.30.

［36］见康海：《丁酉岁书怀》，载《沜东乐府后录》，卷下，第 14 页 a—b。此曲在《全明散曲》以节本收录，具体见第 1217—1218 页。

［37］康海：《丁卯即事》，载《全明散曲》，第 1173 页。

［38］王九思：《秋兴次春游韵》，载《全元散曲》，第 955 页。

［39］康海：《南斋漫兴》八首之三，载《全元散曲》，第 1122 页。

［40］元代著名曲家张可久的前作有"喜红尘不到鱼蓑"一句可与此对比，见张可久：《幽居二首》，载《全元散曲》，第 803 页。

［41］《沜西即事》四首其二，载《全明散曲》，第 1123 页。"王维画图"是指其辋川别业图，现已不存。

［42］D. Wilkerson（魏道格），"*Shih* and Historical Consciousness in Ming Drama," p.48.

［43］参看宇文所安对陶潜的解读，Stephen Owen, "The Self's Perfect Mirror: Poetry as Autobiography," in *The Vitality of the Lyric Voice: Shih Poetry from the Late Han to the T'ang*, ed. Shuen-fu Lin（林顺夫）and Stephen Owen（New Jersey: Princeton University Press, 1986），pp.71–102, esp. pp.75–85（中译本见宇文所安：《自我的完整映象——自传诗》，陈跃红、刘学慧译，载

《北美中国古典文学研究名家十年文选》，乐黛云、陈珏编选，南京：江苏人民出版社，1996，第110—137页）。

[44] 例如，罗锦堂：《中国散曲史》，台北：中华文化出版事业委员会，1966，第115页。（简体中文版见罗锦堂：《中国散曲史》，西安：陕西师范大学出版社，2017。）

[45] 何良俊：《曲论》，收于《中国古典戏曲论著集成》，第四册，第10页。

[46] 引例可参看《全元散曲》，第250页、第462页、第817页、第1081页。

[47] James Irving Crump（柯润璞），*Songs from Xanadu: Studies in Mongol-Dynasty Song Poetry*（*San-ch'ü*），p.68.

[48] 王廷相：《浒西记》，载《王氏家藏集》，卷二十四，第5页a，收于《四库全书存目丛书》，集部第五三册，第120页。

[49] 王九思：《六旬自寿》①，载《全明散曲》，第852页。

[50] 王九思：《答王德微书》，载《重刻渼陂王太史先生全集》，第256页。

[51] 康海作序是在1519年，由此可见此剧完成时间要早于是年。李东阳对该剧"益大恚"之事见于王世贞《曲藻》，收于《中国古典戏曲论著集成》，第四册，第35页。这可能只是街谈巷语，但是如果确有其事的话，那么这本杂剧则应不晚于李东阳离世的1516年。

[52] 此剧的版本详情参看本书附录。这里有两个版本值得留意，一是据信一度失传的"四太史杂剧"本（1605年），现收录于东京的大谷大学《神田喜一郎全集》（编号"外丙98"），详情参看神田喜一郎「鬯盦藏曲志」『神田喜一郎全集』第四卷、同朋舍、1984、pp.316-320；八木沢元「四太史雜劇について」『霞城の春—中国文学論集』、明治書院、1981、pp.39-47；黄仕忠：《日本大谷大学藏明刊孤本〈四太史杂剧〉考》，《复旦学报》（社会科学版），2004年第2期，第47—53页。另一在《明代杂剧全目》中未提及的、与王九思和康海的散曲同时刊行的嘉靖本，现藏于台湾"国家图书馆"（档案号：14987）。据笔者所考，这应是此剧最早的版本。

[53] 李开先：《渼陂王检讨传》，载《李开先全集》，第767页。李开先提到王九思写了一曲自嘲的短歌作为回应，这可能是指王九思的散曲《闻谤》，

① 原著作"《六十自寿》"，当误。——译者注

见王九思：《碧山乐府》，小令卷，第 10 页 a，收于《四库全书存目丛书补编》，第四五册，第 486 页；亦可参见《全明散曲》，第 868 页。

[54] 李开先：《词谑》，收于《中国古典戏曲论著集成》，第三册，第 278—279 页。

[55] 王九思自己的诗作"是有意学杜"，见汪超宏：《明清曲家考》，第 39 页。

[56] 杜甫：《渼陂行》，载《杜诗详注》，仇兆鳌编，北京：中华书局，1979，第 179—182 页；关于此诗的英译与释读，参看 Stephen Owen, *The Great Age of Chinese Poetry: The High T'ang* (New Haven: Yale University Press, 1981), pp.190‐193（中译本见宇文所安：《盛唐诗》，贾晋华译，北京：生活·读书·新知三联书店，2004；台北：联经出版，2007 ）。

[57] 情节梗概依据此剧现存最早的嘉靖本（现藏于台湾"国家图书馆"，档案号：14987 ），而在后出的几乎所有版本中，包括《四太史杂剧》《盛明杂剧》《重刻渼陂王太史先生全集》等，岑参兄弟在第一折中都未登场，只留下杜甫独白；而作为某种补偿，第三折以岑参的诗句开场，而不再提及岑参令其弟邀约杜甫的情节。只是在稍后《酹江集》版本（《古本戏曲丛刊》四集，北京：商务印书馆，1958 ）中还保留了关于岑参兄弟的宾白以及与杜甫的对话，这个细节被编者注意并加以解释，参看《酹江集》评论（第 2 页 a—b）。然而，《酹江集》本与嘉靖本的区别在于，它将杜甫简短开场的一幕标为楔子而与第一折剥离。此外，该版本还有一处细微差异在于它似乎假定了后世版本中该剧其余场幕都未有任何变化，因此，它也并未将岑参诗句放回第三折开篇部分，而是将错就错地接受了后出版本的修订（第 14 页 a—b）。笔者对《沽酒游春》的研究所依据的版本一律引自最早的嘉靖本，然而由于此本对于大多数读者来说都极难一见，故本书也参照退而求其次、相对容易获取的另一版本，即最接近最早版本原貌的《酹江集》（正文）以及《重刻渼陂王太史先生全集》（序文）。

[58] 杜甫：《曲江二首》其二，载《杜诗详注》，仇兆鳌编，第 447—448 页。

[59] 杜甫：《城西陂泛舟》，载《杜诗详注》，仇兆鳌编，第 177 页。

[60] 杜甫题材杂剧详目参看邵曾祺：《元明北杂剧总目考略》，郑州：中州古籍出版社，1985，第 324 页。

[61] 范康是"因王伯成（活跃于约 1300 年）有《李太白贬夜郎》，乃编《杜子美游曲江》"，参看钟嗣成：《录鬼簿》，收于《中国古典戏曲论著集成》，

第二册，第 120 页。王伯成的杂剧既把诗人李白刻画成一个敢于大胆揭露朝廷腐败的忠臣，受其启发的范康是否也会以此相似模式来刻画杜甫？对王伯成《李太白贬夜郎》的研究，参看 W. L. Idema（伊维德），"Banished to Yelang: Li Taibai Putting on a Performance,"《民俗曲艺》，总第 145 期，2004，第 5—38 页。《杜子美游曲江》又名《曲江池杜甫游春》，参看傅惜华：《元代杂剧全目》，北京：作家出版社，1957，第 243 页。

[62] 孙崇涛、黄仕忠：《风月锦囊笺校》，北京：中华书局，2000，第 710—711 页。

[63] 徐朔方据沈龄年谱将此剧系年于 1520 年，参看徐朔方：《晚明曲家年谱》，第一卷，第 40—41 页。

[64] 孙崇涛：《风月锦囊考释》，北京：中华书局，2000，第 147 页。

[65] 秦淮墨客（纪振伦）：《新刊分类出像陶真选粹乐府红珊》，卷十，第 9 页 a—第 13 页 b，收于《续修四库全书》，第 1778 册。对此剧的简要概述，参看田仲一成『明清の戯曲：江南宗族社会の表象』，創文社、2000、pp.227 - 228（中译本见田仲一成：《明清的戏曲：江南宗族社会的表象》，云贵彬、王文勋译，北京：北京广播学院出版社，2004）。

[66] 同上书，p.227。

[67] 康海：《题紫阁山人子美游春传奇》，载王九思《杜子美沽酒游春记》，嘉靖本，第 1 页 a；亦见《重刻渼陂王太史先生全集》，第 1431 页。

[68] 康海给出如此评语，暗示了王九思的杂剧也达到了元杂剧大师的水准。

[69] 康海：《题紫阁山人子美游春传奇》，载王九思《杜子美沽酒游春记》，嘉靖本，第 1 页 b。亦见《重刻渼陂王太史先生全集》，第 1432 页。

[70] Stephen Owen trans/eds., *Readings in Chinese Literary Thought*（Cambridge: Council on East Asian Studies, Harvard University, 1992），pp.26 - 28（中译本见宇文所安：《中国文论：英译与评论》，王柏华、陶庆梅译，上海：上海社会科学院出版社，2003；《中国文学思想读本：原典·英译·解说》，北京：生活·读书·新知三联书店，2018）。

[71] 徐子方（《明杂剧史》，北京：中华书局，2003，第 10—13 页）将杂剧"由贵族化向文人化的过渡"视为明代杂剧的"又一次重大转变"。

[72] 关于明清剧作家如何将杂剧用作自我抒情言志载体的讨论，参看王瑷玲：

《明清抒怀写愤杂剧之剧构特质与审美形态》，载《晚明清初戏曲之审美构思与其艺术呈现》，台北：台湾"中研院"中国文哲研究所，2005，第287—384页。

[73] 戚世隽：《明代杂剧研究》，广州：广东高等教育出版社，2001，第130页。

[74] 参看徐子方对明代中期文人剧兴起的讨论，徐子方：《明杂剧史》，第185—190页。

[75] 见王世贞：《曲藻》，收于《中国古典戏曲论著集成》，第四册，第35页。王九思也写诗讽刺李东阳，如王九思：《马嵬废庙行》，载《重刻渼陂王太史先生全集》，第105—107页。

[76] 黄仁生（《论王九思及其杂剧创作》，《中国文学研究》，1988年第2期，第55页）指出，有关王九思含沙射影地讽刺杨廷和（1459—1529）与贾咏（1464—1547）的说法完全是牵强附会。

[77] 例如徐子方：《明杂剧史》，第177—178页。魏道格（D. Wilkerson, "Shih and Historical Consciousness in Ming Drama," chap.2.）对此有详细讨论，他认为，戏剧为王九思提供了"一种另类同时也更有弹性的整合唐诗及先唐诗材的方式"，"令王九思能够避开与李东阳及李梦阳在复古运动诗歌创作的理论建树上的冲突"（ibid., p.107）。相似论述也适用于同为"前七子"之一的康海。

[78] 王九思在不同场合写过题目同为《春游》的四首小令和一个套数，见《全明散曲》，第859页、第873—874页、第877页、第941—944页；此外，他还写了类似春季主题的、题目稍异的诸多散曲。元散曲对王九思创作很有影响，比如多有曛栝张可久作品，比较王九思《春游》（《全明散曲》，第877页）与张可久《春游晚归》（《全元散曲》，第847页）则清晰可见。

[79]《全元散曲》，第14—15页。还有一些元散曲也涉及杜甫游春的题材，如马致远《惜春》、王仲元《春日多雨》等，分见于《全元散曲》，第256页、第1095页。

[80]《全元散曲》，第14页。同组其他文人轶事包括右军（王羲之，303—361）观鹅［夏］、陶潜赏菊［秋］和浩然（孟浩然，689—740）踏雪（寻梅）［冬］。

[81] 此句曛栝自杜甫诗《入奏行赠西山检察使窦侍御》，载《杜诗详注》，仇兆鳌编，第870页。

[82] 王九思：《春游》，载《全明散曲》，第 943 页。

[83] 王九思：《杜子美沽酒游春记》第三折，嘉靖本，第 16 页 a；亦见《酅江集》本，第 17 页 a。

[84] D. Wilkerson（魏道格），"*Shih* and Historical Consciousness in Ming Drama,"（Ph.D. diss.，Yale University，1992），pp.112‐114.

[85] 王九思：《杜子美沽酒游春记》第一折，嘉靖本，第 6 页 a；亦见《酅江集》本，第 7 页 a。

[86] 杜甫《秋兴八首》其八首句："昆吾御宿自逶迤，紫阁峰阴入渼陂"，载《杜诗详注》，仇兆鳌编，第 1497[①] 页。英译自 Stephen Owen（宇文所安）trans/eds.，*An Anthology of Chinese Literature: Beginnings to 1911*（New York: Norton，1996），p.438.

[87] 王九思：《杜子美沽酒游春记》第三折，嘉靖本，第 16 页 b；亦见《酅江集》本，第 17 页 b。

[88] 王九思：《杂咏》六首其二，载《全明散曲》，第 870 页。

[89] 王九思：《杜子美沽酒游春记》第三折，嘉靖本，第 16 页 a；亦见《酅江集》本，第 17 页 b。

[90] 758 年房琯被贬之后，杜甫因坐琯党亦被贬官华州，此黜之后，杜甫再未能重返帝都，参看《杜甫年谱》，四川省文史研究馆编，成都：四川人民出版社，1958，第 49 页。

[91] 稍晚一位曲家冯惟敏（1511—约 1580）也写了包括"县官卖柳""骷髅诉冤""吕纯阳三界一览""财神诉冤"等一系列"代言体"散曲，见冯惟敏：《海浮山堂词稿》，收于《中国古典文学丛书》，上海：上海古籍出版社，1981，第 187—197 页。然而这些例子中，冯惟敏撰有详尽的序文来交代创作这些反映现实世界的散曲的缘由本事；此外还有一些代言体散曲本是杂剧曲文，例如，杂剧《僧尼共犯》的第一折的曲子也被收入他的散曲集中（同上书，第 149—151 页）。

[92] 《全明散曲》，第 935 页。丙申年（1506 年）是正德皇帝（1505—1521 年在位）即位不久、宦官刘瑾擅权乱政的这一年。

---

① 原著作"2497"，当误。——译者注

第三章

地方圈子内的写作

对一个曲家圈子的追溯

曩在秦中,有郃阳打碑工秦老者,年七十余矣,酒酣即高歌一曲,人多不解何词,问之,皆康、王乐府也。据云其少年时,屡闻其祖父歌康状元曲,不知其为明人也。可知康、王风流未沫,关中犹艳称之。[1]

时至十九世纪晚期的陕西,都还有人能唱康海和王九思的曲子,如李葆恂(1859—1915)为王九思的散曲集所撰的这篇跋文所言属实的话,那么,由此可以想见康、王在陕西家乡的遗风与影响之大。

在漫长贬谪岁月中,王九思和康海渐成当地曲创作活动中的盟主[2],彼此都具有进行曲创作的必备功力和浓厚兴趣;而真正让他们领衔曲创作活动、与其他曲家区别开来的

70

却是他们的经济和社会地位。作为退隐高官，他们既有闲也有钱，具备了承担刊曲、演剧以及招待别的文人曲家参与活动的实力[3]，这也有利于他们在曲家圈子中树立起权威的中心地位。

散曲和剧曲的表演不仅涉及歌者、乐师、伶人，也需要刊印曲作以文本加以传播。康海就把王九思的首部散曲集跟自己的作品一并刊刻，他还曾于武功城东神庙报赛（酬神祭典）组织的戏曲表演中，动员了"乐工集者千人，商贾集者千余人，四方宾客男女长幼来观者数千人"参与[4]。

此外，康海和王九思也以拥有家乐戏班而知名当世。豢养这样的班子在晚明并不足为奇，尤其是在江南地区，正如袁书菲（Sophie Volpp）所提到，江南文人以家班来待客接物，成为一种礼节上的需要[5]；但在明代中叶，此做法仍未成惯例。康、王以及李开先，常被视为开风气之先的早期代表人物，甚至有人断言，他们数十年前就是引导这种风尚的先驱[6]。康海的私家戏班拥有十几位家伶，他们的名字常被康海的作品所提起（如双娥、端端）[7]。有关王九思家乐戏班的直接资料较少，但能确知的是，王九思曾"设宴相邀（李开先），扮《游春记》"[8]。王九思的曲作提到的歌妓（如玲珑、雪儿）也很有可能来自他的家班[9]。

71

贬谪官员的社会地位也有助于提升他们的影响力和辐射力。曾就显宦京官的他们在当地尊享盛名、广获敬意，拥有很多的追随者。王九思和康海都是陕西的豪门望族[10]，都曾任职翰林，康海更是状元及第，这些亦支持了他们对曲的兴趣。彰显他们崇高社会地位的标志之一是他们撰写的传记、墓志、序跋及其他社交文类汗牛充栋。而加入他们曲家圈子的文人各取所需，有的是为了写曲，有的是为了赏曲，还有的是为了跟名人交际。

尽管王九思和康海对当地的文人曲创作影响非凡，但以他们为中心的散曲和剧曲世界我们仍知之甚少，追随这两位
主要曲家参与曲创作活动的其他文人在文学史上更是迷离惝恍、隐约莫辨。那么，我们应该如何去追溯这样一个曲创作圈子呢？

陕西曲家圈子并没有名录流传下来，我们只能以王九思和康海为"路标"来重构这个紧绕二人所形成的曲创作域界。标示了赠予某某某或收到谁谁谁的散曲或剧曲以及为这些曲作所写的序跋，能够揭示圈子的活动范围和参与文人，这些曲家通过康、王的曲作而得以显形，由此，以这两位主要曲家为中心的陕西曲家圈子也就渐渐拥有了清晰的轮廓。

然而要如何从那些仅仅是在散曲唱奏或剧曲演出之时列

席其间的观众，或是接收王九思或康海的散曲却并未回应创作的文人中，把真正参与曲创作活动的曲家甄别出来呢？仅从"收到过"康、王散曲来确定他是否为曲家圈子中的一员其实极难判定，但确定无疑的是，如果文人以赓韵、序跋或评论予以回应这些曲作的话，我们便可断定他确切地参与其间。因此，要了解某位文人在曲活动中的参与程度，不妨参考他选取了多少不同的曲活动参与模式；譬如，自创曲子或是赓和他作（生产），刊印传抄曲文、资助演剧（传播），为曲作或演剧撰写序跋或相关评论（消费）等。笔者无意整理出陕西曲家圈子的完整名单，该圈可能还包括许多本书未能涉及的曲家，而本书研究仅能限于基于现存文献、确证可循的圈子成员[11]，而这样的线索必须在现代选本通常所辑录的康海、王九思的散曲作品之外去找寻。

73

选本以外

明代散曲的现代选本通常都不会不收录康海和王九思的作品，例如康海下面这首曲子的选段，就是许多现代选本和评论的"标配"[12]：

[寄生草]《读史有感》

天应醉，地岂迷。青霄白日风雷厉，昌时盛世奸腴[谀]蔽，忠臣孝子难存立。朱云未斩佞人头[13]，祢衡休使英雄气[14]。[15]

这即使不是康海最久负盛名的散曲之一，大概也是现代学者最常引述、用以佐证康海对政治现实的不满和对奸臣当道的谴责的例子。

但仅凭现代选本的选篇去了解康、王散曲全貌的读者可能一叶障目，看不到他俩散曲的主流样式。他们很多作品都带有社交性（social）、场合性（occasional），多出于社交目的（比如次韵），或是更特定的如祝寿这样的喜庆场合。现代学者素来轻视这样的社交应酬之作，认为它们不值评价，因为它们"既没有什么实际内容，也缺乏真情实感"且"多是一些空话，套语，读来平庸板滞"[16]。因此，多数学者对这部分作品完全漠视，视其为作者的糟粕之作。

文学评价确有趣味差异和主观倾向的问题，然而，对这样的作品既不能视而不见，也不能轻描淡写。这些所谓的社交场面之曲在康海、王九思的曲作中均占很大比重。显然在二人曲集中，这些散曲和剧曲跟他们的社交生活息息相关。事实上，这样的作品大概才是他们曲作的主流。以王九思为例，在他全部的四百四十八支小令和三十八个套数里[17]，有二百零五首小令及两个套数都是赓和之作[18]，另外还有几十支寿曲。康海《读史有感》这样的"代表性"选集选篇可能只勾勒出"个体"（individual）文人的形象，然而，他们的社交应酬之曲不但表明散曲创作不仅只是个体的，更应是群体的（communal），而且也为围绕主要曲家的文人圈子的存在提供了证据。

跳出现代选本之外来研究康海和王九思作品中的"其

他"曲作,我们不难发现在这样一个社交空间里,他们的写作跟他们的生活有多么盘根错节、交相辉映。本章及下章将以这种社交应酬曲作的两种主要类型为研究对象,即赓韵前作与场合性书写。这里有两重研究目的:一是通过讨论各种创作实绩去追溯重构陕西曲家圈子;二是试图说明,除了满足场合性的直接社交应酬需求之外,这些曲作也在探索文类本身和新的曲牌上取得了突破,因此它们的确值得重新关注和反思。

75

赓韵前作

以次韵方式赓和他人之作乃为惯例[19]，其也为本书所讨论的散曲家们所接受，在陕西曲家圈子中尤其突出——他们很多作品都是唱和之作，在题目中即以"次韵"标示。术语"次韵"（或简称"次"）[20]是一种要求沿用所和之诗的原字原韵的特殊形式。这种和作不仅限于短章小令，也出现在长篇套数中[21]。

这一传统的流行有诸多原因。首先，它是对前作文学价值的体认方式之一，在和作中能淋漓尽致地表露对前辈大师的敬仰之情。例如，王九思就写过二十首赓韵元曲家汪元亨的和作[22]。

其次，赓韵之举能够让文人在他们的圈子里逞才炫能，甚至通过次韵前人名作来与前辈名家一较高下。套用已有的限定文类和固定韵字能对作家甄才品能，长篇套数的赓和尤为典型，举个例子，在十六世纪四十年代涉及李开先"一唱众和"的次韵事件中（本书第六章将做详论），有人写了一百二十首曲子去次韵李开先原作一百首，叫板李开先的意图不言自明。

然而，那些被公认叫好并次韵相和的作品所衍生出的作品，则并未引起足够重视。比如，那些同侪同人，尤其是同一圈内成员的次韵之作，其实是一种履行社群义务的方式，赓和被视为对友人近作的礼貌的正式回应和得体的社交姿态。在其他情形中，特别是相邀出游之时，每个人都被要求写作一首同题同韵作品，而次韵能让圈子成员真正参与这种社交场合。

正是在这样的脉络和语境中，赓和次韵对圈子成员与主要曲家建立关联显得格外重要。王九思和康海很多的唱和之曲不仅为他们彼此而作，也用于跟其他曲家交流，陕西曲家圈子中的一些"失传"文人就此浮出水面。例如，王九思和康海在曲作中提到过好几次的"龙渠"，这极可能是陕西本地文人谢朝宣（1493 年进士）的别号[23]，遗憾的是，他未有作品传世。然而，翻检康、王散曲别集可知，康海至少写了二十二首、王九思有二十六首散曲赓和"龙渠"的原作，由此可见"龙渠"亦撰散曲[24]。这是如何通过中心人物的作品来重现曲家圈子中的其他成员的一则例证。

此外，也有很多文人亦写过赓韵王、康散曲的和作。王九思曾在自己一首［驻云飞］散曲的短序中写道："旧常（尝）戏作一首[25]，长安诸君和者甚多，乃复次韵（三首）①。"[26]此处所提王九思的一首小令原作和三首续写的次韵和作都保留在他自己的散曲集中，可惜"长安诸君"的和曲没有流传下来，故无从考证他们的身份。

除了用以考证参与者之外，赓和之曲也是曲家圈子成员集体创作的明证。一群文人以同一曲牌和限定韵字等方式来共同参与散曲创作，有时甚至超越了社交层面而发展成对主题和曲牌更进一步的文学切磋，王九思放在他的《碧山乐府》首卷之末的一组四十六首小令全是对康海前作的赓韵就很好地说明了这一点[27]。

康海所有的次韵小令都辑录在其散曲集《沜东乐府后录》（后文简称《后录》）里，而之前刊行的《沜东乐府》（约 1524 年）却一首未录，这成为康海作品系年的一个重要证据。收录在《后录》中表示它们应于第一部别集刊印的约

---

① 原著引文末尾有"三首"二字，《散曲聚珍》本原文无，据内容文意括补。——译者注

1524 年之后写成[28]，而王九思收于《碧山乐府》的和作则又表明它们一定完成于该书刊行出版的 1529 年或 1530 年之前。这意味着这些和作最可能写于 1524 年至 1529 年到 1530 年之间。康海把自己的三部作品连同王九思的《碧山乐府》在 1529 年或 1530 年付梓出版也标志着二人的曲创作合作达到了顶峰[29]。

更有意思的是，在这四十六首和作之中有二十八首是用南曲所谱，对北方曲家来说，这显然不是他们的首选文类——例如康海的《后录》收录北曲一百四十四首，而南曲只有寥寥三十九首[30]。然而值得关注的是，这三十九首南曲是用康海在前集中从未用过的七个曲牌所填，其中有些曲牌在他之前几乎无人写过[31]，这似乎表明康海是时正在尝试用新的南曲曲牌填词；而这些为数不多的南曲也在王九思半数以上的和作中得以实践。（见表 3–1）

表 3–1 《碧山乐府》里王九思对康海原作的赓韵之曲

曲牌名 （"南"指南曲，"北"指北曲）	王九思的小令和作题目 （含数量）	康海的小令原作题目 （含数量、出处页码）
〔驻云飞〕（南）	《次对山漫兴》（4）	《漫兴》（4）第 22 页 b—第 23 页 a

曲牌名 （"南"指南曲，"北"指北曲）	王九思的小令和作题目 （含数量）	康海的小令原作题目 （含数量、出处页码）
[浪淘沙]（南）	《次对山四时闺怨》（4）	《闺怨》（4）第19页b—第20页b
[傍妆台]（南）	《次对山岩峒避暑》（4）	《石室纳凉》（4）第18页b—第19页a
[傍妆台]（南）	《次对山四时行乐》（4）	《四时行乐》（4）第19页a—b
[黄蔷薇]（北）	《次对山中庭夜坐》（4）	《夜坐》（4）第16页a
[一半儿]（北）	《次对山苦热见怀之作》（4）	《热中怀渼陂》（4）第15页b
[四块金]（南）	《次对山无题》（4）	《四时行乐》（4）第21页a—b
[四块金]（南）	《次对山饮中之作》（4）	《饮中再作》（4）第21页b—第22页a
[步步娇]（北）	《次对山见怀之作》（2）	《怀渼陂先生》（2）第10页a—b
[锁南枝]（南）	《次对山四时行乐》（4）	《四时行乐词》（4）第23页a—b
[河西六娘子]（北）	《次对山饮中之作》（4）	《饮中作》（4）第12页b—第13页a
[鱼游春水]（北）	《次对山饮中之作》（4）	《饮中作》（4）第13页b

见康海：《沜东乐府后录》，卷上，页码直接标于表中

80   鉴于北曲对于北方曲家来说仍然是首选且惯用的文类，因此我们不妨推测是南曲的兴起吸引了这些曲家在这种形式上小试牛刀。王九思的和曲很可能就写于他所在的陕西曲家圈子对南曲进行实验与切磋的这段时期。

对［浪淘沙］的探索与实绩

在王九思对康海的和作中，曲牌为［浪淘沙］四首小令的组曲最为引人注目，正如前文所提，这个曲牌几乎从未在之前的曲创作中被使用过，而这群陕西曲家圈子里的文人大概是最早以此填曲的尝新者。那么，赓韵实践对散曲创作实绩，以及当地圈子成员在此过程中针对这一曲牌进行的探索有着怎样的贡献？

王九思以一段阐释自己创作动机的小序来代为四支曲子的题目：《〈秋兴〉之作，辱对山先生赐和，因用韵作〈四时兴〉，见企仰之意焉》[32]。在这个更为复杂的赓和个案中——康海次韵王九思原作之后，王九思对康海和作再次赓韵——次韵行为彼此交互，激发被他人次韵的原作作者继续跟进以生成新的赓和之作。

以［浪淘沙］为曲调的这组相互往复的散曲创作以王九思的小令《秋兴在寿州作》开场：

［浪淘沙］《秋兴在寿州作》

秋意晚侵寻，庭院深深。嫩凉偷入[33]藕花心。团扇西风容易老[34]，此恨难禁。　何处买知音[35]，浪费黄金。相

81

如空负白头吟[36]。明月碧梧清似水，且弄瑶琴。[37]

王曲遵循"闺怨"的主题传统而塑造了一个自哀其悲的弃妇角色[38]，柯润璞曾指出，这一传统被中国文人滥用，不一定跟作者的实际处境或经历相关[39]。然而，这首曲子的语境却让人相信王九思是把自己遭遇左迁的命运投射到了弃妇形象中。如标题所示，这首曲写于1510年或1511年被贬寿州时期，王九思悲叹自己在寿州没有理解他的知音（"何处买知音"）[40]。

康海的小令和作不仅使用跟王九思原作一样的曲牌，而且也沿袭原作每一句的韵字（除上下阕第四句不要求入韵外）：

[浪淘沙]《次碧山韵》

酷暑日相寻，幸此幽深。清凉真可涤烦心。纨扇不摇晴昼永，佳兴难禁。［么］[41]载酒觅知音，夏玉敲金。饮时酬和醉时吟。一枕华胥浑未觉[42]，何处鸣琴。[43]

然而，对曲牌和韵字的沿用并不意味着对原作基调和主题的简单复制，康海就对原作的秋天时景进行了调整，改设为欢愉的夏日，随着季节的转换，康作显然要明快得多，读者也很容易感受到王九思原作和康海和作的不同基调。

王九思的曲子充满了词体创作传统的陈词滥调，而康作则转向旷性怡情的调子。王作中的"深深庭院"代表的是弃妇（也是王自己）的孤独悲凉，康作中的避暑地与王作庭院的幽深僻静有些相似，但跟王作的不胜悲伤相比，这却是一个能让康海逃离酷暑烦忧的胜地，是他"佳兴难禁"的愉悦之源。尽管康海和作中也提到了"觅知音"，但他的"觅"跟王九思南辕北辙，他在接下来数句中细数自己乐享有悦音美酒相伴，这才是他的真实状况。

如上所述，在收到康海的和曲之后，王九思限此曲牌填出更多曲子再以赓和。可能受到康作转换自己原作季节时景的影响，这次，王九思把单支小令扩充成四首分赋四季的一组曲。第一支曲子写春季：

春色许谁寻，不觉春深。东君一片惜花心。风雨落花红满地，此恨难禁。　　何处弄春音，掷地鸣金。浐西新有谪仙吟。却喜海棠春未老，花底横琴。[44]

王九思在前作中哀叹"何处买知音"，而在这首后作中他则顺着"春音"沿流求源、找寻知音。接着他揭示了此"音"乃是"浒西新有谪仙吟",清晰地指向了退居于浒西、以"浒西隐士"知名的康海,而康海也正是王九思在现实中找到的友人知音。在投赠"知音"的这四首和曲中,王九思特别有意地在每首曲中都提到了浒西。此外,在康海和王九思的往复作品之外,这次"交流"还激起了他们曲家圈子里其他成员的参与。例如,康海之甥张炼(1544 年进士)又赓韵了王九思的四首和作组曲,不过主题上仅限于春季——《春兴次渼陂翁韵》[45]。曲家圈子里一位文人对另一位文人作品的"应答"会在这一圈子里引发一系列的续作,同时还可能会改变曲子的体式(如从单支散曲到四支组曲)或主题。

由于〔浪淘沙〕之前极少用于曲体,这些文人也借王九思的赓韵之作来实践和熟习〔浪淘沙〕曲牌。康海对王九思〔浪淘沙〕散曲次韵的时间值得重视——它仅被收录在康海的第二部散曲集中,故可推测当是写于他的第一部散曲集刊行出版的 1524 年之后;奇怪的是,王九思原作写于 1510 年或 1511 年,可康海和作却迟至十余年后才予以赓和。次韵一般是回应相知友人的近作,多是写于宴席、集会及其他社交场合,或是接到原作之时;而赓和较早之前的作品则是出于完全不同的目的,即对前辈大师的敬仰,例如康海就为元曲大家张可久的散曲写过赓韵之作[46]。但是，康海对王九思的和作却不属此类。那么，他何以选择王九思十余年前的旧作来赓和呢？

康海自己并未回答这个问题，但我们可从他选中的这个曲牌来略窥一二。[浪淘沙]从未在现存元散曲中出现过[47]，而明代套用此曲牌的其他散曲，又都比陕西文人圈的王九思、康海和张炼的作品晚出[48]。[浪淘沙]在以前确是很少用作曲牌的，这些陕西文人也许是第一次将它实践在散曲创作中。此外，即使是曲学专业辞典也没有将[浪淘沙]收入在南曲曲牌名录中，这也可印证此曲牌在曲创作中的边缘地位[49]。

[浪淘沙]本是词牌[50]。所有填此曲牌的小令，既收于王九思的散曲集《碧山乐府》（刊于1529年到1530年间），也互见于他的词集《碧山诗余》（自序于1551年）中[51]。换言之，这些作品既可当作是散曲，也可当作是词[52]，这意味着，词和曲的文类差异并不像我们今日所认为的那样泾渭分明[53]。

86

王九思的第一首以[浪淘沙]所填作品《秋兴在寿州作》应该是按词体来写的，理由是他在寿州期间的主要创作文类是词[54]；而康海之说也提供了旁证："山人旧不为此体，自罢寿州后始为之。"

由此，康海的次韵之举可说是他再次面对王九思十年前的旧词时对探索南曲的一次尝试，结果却导致了［浪淘沙］曲牌在这些陕西文人的手上焕发出全新活力。曲谱中的［浪淘沙］通常是单阕曲[55]，比如在系年于十四世纪上半叶、一直被当代学者视为南曲史上研究热点的戏文《张协状元》[56]的第一折中，就出现了这种样式。而与此相反的是，康、王、张的［浪淘沙］散曲则无一例外都是上下两阕，与词牌保持一致。因此，从词牌发展而来的［浪淘沙］曲牌的独特样式，是由陕西曲家圈子所独创和共享的。

　　词体起源在这些［浪淘沙］散曲的主题上的影响更为显见。除了对王曲和作小令一首之外，康海以此曲牌另填有四首小令，此组曲拓深了稍早王九思《秋兴》预设的"闺怨"主题，又由此带出一连串的散曲创作：王九思和张炼各自另写四首同主题的次韵之作[57]。与"闺怨"是曲体中最为常见的主题的一般情形不同[58]，它在这个北曲文人圈里并非主要题材。而他们之所以选择该主题，可能是因为［浪淘沙］这个曲牌源自词牌，激起了他们连带采用词体中这一颇受欢迎的主题的兴致。

　　总之，陕西曲家圈中康、王、张三位文人以［浪淘沙］为曲牌所填的总计二十二支小令，似乎在后世文人将［浪淘沙］视作成熟曲牌的进程中起了关键作用。对［浪淘沙］这类生僻曲牌来说，赓和是在可供仿效的原作模板上熟习掌握曲律的一种便捷方式。由此似可想见，对于那些才疏技拙的次要曲家来说，对常用曲牌的赓和次韵可能是其掌握曲律的有益途径。

这里的个案研究展示了曲家圈子是如何在散曲创作中成为关键性的场域以及它是如何促进曲家在散曲写作中对相对生僻曲牌的共同探索的。这种尝试在圈子里并非孤例，例如，使用南曲［雁过声］曲牌的明代散套仅有三个，作者分别是康海及其堂弟康浩（1479—1560，1511年进士），外加其甥张炼。尽管缺少确切的人际关系或直接影响的证据，但这一事实意味着体式共写和他们对文类的探索之间可能存在关联。探索新曲牌的决定和切磋行为，构成了只能在同一曲家圈子成员之间共享的一个独特文本空间。

同题共写

如前所述，陕西曲家圈子成员以次韵来共写和探索同一曲牌、主题、韵脚等，而他们的集体创作并不限于次韵这一特定形式。

在曲家圈子中，作者与他的直接读者和观众分享与经历同一场合、布景、时事：他们共同吟赏美景、欢庆吉时、同甘共苦、互励互勉，共同记录和纪念这些人、那些事。

让我们来检视一个特定事件题材如何成为王九思和康海所在的当地曲家圈子中的一个共同主题，并由此衍生出散套、杂剧等曲作，该个案独特之处在于，其所涉及的人物都跟这些文人有着切身关联，因此，我们应该如何解读这些散曲和剧曲，这些文人又是如何通过其散曲和剧曲在圈子里参与对这件时事持续的讨论的呢？

王九思散曲对此事件的叙述

1530年左右，王九思受陕西盩厔①一名烟花女子的殉情触动，创作了一个散曲套数[59]，曲前小序如下："歌儿王兰卿侍煖泉张子[60]。张子死，乃亦饮药死。予闻而异之，为此词传焉。"[61]此中"张子"所指盩厔的张附翱（1501年举人）[62]是康海和王九思的共同密友[63]。张附翱于1514年至1516年之间官至山东青州府推官，后致仕归田[64]。殉夫事件后不久王九思即把此事敷演成曲，笔者之所以这样认为，是因为尽管他的套数无法确切系年，但被收入其刊于1529年至1530年之间的首本散曲集中，恰与这一事件几乎同时发生[65]。

王九思的套数由六支曲子组成[66]。如序文所提，他对此事的反应是基于世人对歌妓的固有偏见，他们对王兰卿的守贞死节感到惊讶和怀疑：

[南吕②·一枝花]

飞腾鸾凤林[67]，脱离烟花巷。玉琢成清气质，铁打就

---

① 今作周至。——译者注

② 四库丛书补编本《碧山乐府》标注"南吕"，而现代排印本《全明散曲》标注为"北南吕"。四库补编古本《碧山乐府》往往对北曲并不刻意标注而对所有南曲都在曲牌名后用小字标注"南"字以区分。此从原著。——译者注

90　烈心肠。贞女无双，堪写在青编上。我这里阁着笔细忖量，
他有那燕子楼许盼盼的声名[68]，他不比普救寺崔莺莺的
勾当[69]。

　　在第一支曲子中，王九思盛赞兰卿拥有无与伦比的道德
情操（"贞女无双"），认为这样的贞妇值得名垂青史（"堪
写在青编上"），因此，这一曲可以被解读为王九思为悼念
一位身份卑贱的歌女而进行的自我辩解。王九思在开篇数句
中解释王兰卿令人特别敬重的地方在于，虽是出身低贱的
青楼女子却有可敬的行为举止。她的远扬声名堪比名妓盼
盼，烈性贞节则胜于出身高贵、家教淑良的闺秀崔莺莺。在
这里，王九思特意将王兰卿和张附翱的当代爱情故事跟两
则前朝的爱情传奇相提并论，因为后二者的男主角恰巧也
姓"张"。

　　王九思的第二支曲子强调了王兰卿对张附翱的挚爱：

　［梁州］

　　他曾学孟光女齐眉举案[70]，他胜似刘盼春守志香囊[71]。

91　谁言红粉多虚诞，也不用山盟海誓，又何须剪发蒸香[72]。几
分毒药，三寸灵咽，美甘甘满口沙糖。才落了觩羸羸一枕黄

116

梁[73]，做一对鬼魂儿夜月下携手同行，变一个连枝树暮雨中盘根并长，化一双玉蝴蝶春风前接趔飞扬。比量，细想，风流自古多魔瘴。不是咱虚褒奖，恰便似忠臣与良将，节凛冰霜。

"谁言红粉多虚诳？"这是王九思提出的问题，随后他就加以解释，王兰卿情愿服毒自尽了却残生，无论是"一对鬼魂儿"或是"一个连枝树"还是"一双玉蝴蝶"，只要能与自己丈夫在他生彼界重逢就行。曲子还唱到，这样重逢的甜美能让"毒药"变"沙糖"。

在此曲末句中，王九思甚至将兰卿的忠贞与贤臣的忠诚等量齐观，这似乎暗示了此曲并非仅关乎烟花女子，而是有弦外之音。兰卿所持守贞烈性不仅仅只是妇德，也可以是君子甚至是忠臣之德。当然，读者也可以把王九思对兰卿德行的溢美之词解读成他对自己的道德忠诚品行的自矜。

接下来的曲子以对年轻貌美的王兰卿和才藻艳逸的张附翱天造地设却不能长相厮守的惋惜之情开篇：

［骂玉郎］
蕙兰心性花模样，当日个正娇小与才郎，红颜实有白头

望。谁想道老景难，缘分短，斯文丧。

王九思在结句中慨叹，兰卿之死意味着她的德行亦随之
香消玉殒。"斯文丧"字面上直译为"这个文化毁灭了"，典
出《论语》中孔子关于天是将礼乐文化赋予了他（孔子）自
己还是文王逝后荡然无存的讨论[74]。之前王九思就将忠贞
歌妓比作过忠诚贤臣，这里运用此典是作者又一次努力提升
王兰卿的地位的尝试。

在这个散套的一开始，整个事件就是通过作者垂怜贞节
歌妓可悲命运的声音来展开叙事，而后为了更好地呈现张郎
离世后兰卿的感情，王九思遂放弃了自己的话语而追求一种
更为直接的表达渠道：

[感皇恩]

呀！也待要独守孤孀，又则怕蝶恶蜂狂[75]。道不如弃
青春，归绿野，葬黄壤。相伴着风清月朗，道有个地久天长。
为则为我逢郎，想则想郎爱我，愿则愿死随郎。

在第四支曲子中，王九思以兰卿为第一人称，以便读者
和观众能直接聆听女主角的心声。王兰卿自述她决定自尽是

93
118

"怕蝶恶蜂狂"、永绝被轻薄放荡之徒骚扰（以及可能的名节受损）之嫌，对张附翱的深情厚谊是她殉情的主要动机。

[采茶歌]

钗断了金凤凰，被散了锦鸳鸯，吉丁当带脱了玉螳螂[76]。流水媛泉围故里，寒鸦衰柳噪斜阳。

[尾声]

想著他情如凤友心中想，命比鸿毛药里亡，称两意须教共穴葬。这一个贞心的女娘，不负了画眉张敞[77]，留与那万古千秋教人做话儿讲。

尽管此曲以王九思"异之"烟花女子守贞死节为起始，但结局还是回归到传统的有情人难成眷属的悲剧故事上来，并强调了兰卿对张子的深爱足以颠覆对于这些被贴上自命不凡又巧言令色标签的女性的世俗偏见。

在结句中，王九思提到节妇兰卿"留与那万古千秋教人做话儿讲"。事实上，王九思在此事件的传播中一直都是积极的参与者，他写下这个套数，达成了他在序言中声称的目标——"为此词传焉"[78]。显而易见，这绝不是势单力薄的文人单枪匹马所能完成的。王九思曲作能广为传阅，关键在于当地圈子成员的身份——王九思完成这个散套后不久，他的好友康海随即将其刊印出版。

有意思的是，康海后来自己也写了一出以兰卿殉夫为题的杂剧，他甚至还在剧中转引王九思散套全文，以彰显他跟王九思作品之间文本酬和的互文性。

康海杂剧对同一主题的处理

或许为了让自己跟王九思有所区别，康海重述这个故事时就选择了北杂剧体裁，这是元代和明初的主流戏曲形式，但在康海的时代却逐渐衰微。这部杂剧名曰《王兰卿真［贞］烈传》，一本四折，外加一个楔子[79]。

楔子以卜儿（鸨母）介绍兰卿为乐户之女开场，言明兰卿婚配与张附翱（剧中多称其字"于鹏"），"这此时再不曾出去赶唱"。

在第一折中，张于鹏在赴京会试之前短暂登场告别。侍女梅香劝王兰卿"这等苦苦的待要怎的"，这等青春不必空耗，"奈咱这门户从来如此，也由不得人"，毕竟出身烟花柳巷。而兰卿认为"三从四德好人妻"优于"朝云暮雨花门妇"

的生活，且须行为得体、举止端庄。后有消息说张于鹏授职青州府，张母亦"着人下财礼"娶兰卿过门。在于鹏离家赴任期间，兰卿恪守妇道，遥愿丈夫"必交一心儿，分破了帝王忧"。

在第二折中，张父亡化，张于鹏返家奔丧料理。兰卿谈起"芙蓉露冷胭脂谢，云雨情又有枝节"而不该成为仕宦之阻时，于鹏遂告知自己打算辞官归隐，是由于"专一奉公守法"而"于世难合"，又"被青州太守中伤"，"放"其"致仕"。夫妇遂移居煖泉精舍，过着简朴生活。

在第三折中，与兰卿在煖泉度过六年"无是无非"的退隐生活之后，于鹏染疾病危。弥留之际，他劝兰卿"寻穿衣吃饭的主儿嫁了"，但她严词拒之，"休小觑了有气分的虞姬"。于鹏死后，一位富家郎"一心要娶他（她）"，便向张氏主妇和兰卿的鸨母送去珠宝首饰，请她们帮忙说服兰卿改嫁。兰卿觉得能保全自己名节只有"索一死"殉夫这一途径。在自我了断之前，她安排酒食，请张氏主妇好好抚养两位失怙之子，方不负其父之志，随后入房服药自尽。兰卿请求旁人无复施救，"我如今死了，我天君在阴司地府里呵"，随后气绝身亡。

第四折以太白山神登台开场。山神闻说兰卿殉夫，遂化身"儒流秀士"模样下凡到蔡屋"看人怎地说他道他"。当他从当地文人口中得知兰卿的贞烈之事不曾有人"申奏旌表",连称可惜,而委派"当坊城隍土地,看他两个真魂安在"。山神还提及,"我闻道有个王学士曾做了一套乐府吊兰卿,敢烦众位唤几个会弹唱的来将这乐府唱一遍"(王九思的散套正是在剧中此处被全文嵌入)。演奏之后,山神引"于鹏兰卿改作仙扮同众神向酸次第参见科","众酸惊科"。随后,"把他夫妇二人送往金母娘娘位下列在仙班去",山神亦驾鹤飞升。

王九思散曲偏于抒情化且集中在兰卿对丈夫的爱这一中心主题上,康海杂剧较之不同的是提供了更多细节,且杂剧体制也趋向于按照时间依次来表述[80]。

康海杂剧的很多方面都引起了前辈学者的关注,正如他们所指出,与之前的《香囊怨》《团圆梦》相似,《王兰卿真[贞]烈传》也遵循贞妇主题传统[81],而这样忠烈妓女的故事可谓源远流长[82],这些女主角所持的贞洁品行很容易联想到臣僚对皇帝的忠诚,在之前王九思的散曲中就是如此。有些学者则认为,兰卿的形象塑造具有政治隐喻意义,其高尚形象可能是康海的自我投射[83];还有些学者把张于鹏的形象视作康海心声的代表,是对"当时官场腐败、政治险恶的批判"[84]。

关于兰卿殉情还有一点学界也很感兴趣：兰卿殉夫之
后，康海和王九思两个家族中都有贞妇殉情之事[85]。柯丽德
通过对王九思套数、康海杂剧以及他们各自家族中女性的墓
志研究发现，一个年轻寡妇气凌霄汉的自我了断通常能"从
上一代的平庸中凸显出来"，因此，渲染这种行为对于文人
来说是"表达对已有的权力结构或对传统社会角色的禁锢的
不满，可以如此是因为这并不会对权力结构造成任何事实上
的威胁"[86]。回到创作散曲和剧曲可以成为社交性和群体性
的经验这一点上，这部杂剧呈现出康海在自己的圈子里运用
戏剧来评论时事，而这些评论又被记录进杂剧本身的方向。

康海并没有在把时事搬进戏剧时随意虚构。十五世纪三
十年代朱有燉的忠诚戏也是如此[87]，他在序言中提到他的戏
剧是基于当时题材，并明确把剧情安排在当下（而非过去）。
但康海跟他的前辈还是有所区别：朱有燉只是对事件有所耳
闻，而自己并不关涉其中。因此，他对这些事件的评论只能
放在杂剧的序文里，换句话说，朱剧的当下语境尽管在序文
中有所呈现，但相对戏剧主体来说还是游离在外的；而康海
的《王兰卿真［贞］烈传》则是康海一位友人之妾自杀殉情
的故事，享有参与讨论这则时事的特权激发了他的戏剧创作

热情，并以此充分拓深此剧（这是朱有燉所不具备的优势）。

　　康海试图在该剧中达成对此事件的"叙事"（narration）和"评论"（commentary）双重目的。该剧共有四折，出现在第三折结尾的兰卿之死已经完成了对事件的叙述，那何以还有第四折呢？其实，第四折可看成是剧作家对事件的评论，这一折特定的当代的场景设置被设计成允许曲家自己直接参与杂剧。随着这些当下语境"内化"（internalized）嵌入戏剧文本中，虚构世界和真实现世之间、剧中角色和现实圈子中人物的边界就交叠难辨了。

　　让我们来看这一折是如何开场的。兰卿殉夫死节成了当时陕西文士们热议的一桩事件，这引起了一位神仙的注意，这个角色是在整出戏的最后一折才登场的：

　　　　正旦唐巾长衫改扮细酸[88]上，云：自家是这太白山真德洞天主人是也。有盩厔县乐户王锦女儿兰卿，与亡过的推官张于鹏做侧室。因是于鹏故了，有个富家男子千方百计要娶兰卿为妻。兰卿不从，服毒身亡。只见一片声闹起关西，都夸兰卿真烈。俺想兰卿是一女流之辈，又生在柳陌花街，怎生便有这等好处呵！

　　　　（细酸唱）[双调·新水令]恰才个宴蟠桃独步下瑶阶，则见这满关西都大惊小怪，为一个三真五烈女[89]，酬志了七步五言才[90]。出身在柳陌花街，做的来倜傥哈咳[91]。（云）老仙虽居洞天之上，（唱）见这等罕曾事煞心爱。（云）不免接落云头化作儒流秀士，吊问他一遭，看人怎地说他道他。[92]

真德洞主说兰卿的殉情在陕西地方上造成了不小的轰动"声闹起关西"，以至于他"虽居洞天之上"都有所耳闻，于是亲降人间了解当地人对这一事件的看法。

"太白山真德洞天主人"的洞仙身份值得特别关注，其极可能指涉康海本人，理由之一是康海选择的是该事件所在地域的本土神仙。知名道教圣地太白山横亘陕西境内数县，盩厔就是其一[93]。这座位列道教三十六洞天第十一位，又名"真德洞天"[94]的太白山跟康海确有某种特殊的联系，康海曾写过一篇梦游太白山的赋，在梦里，他遇到的一位仙翁可能是杂剧里洞仙的原型[95]。此外，康海也一度自称"太白山人"[96]。因此，康海命其名为"太白山主人"显然是为了让自己化身为这位神祇。

置身于政治官僚的现世之外的中国文人很容易把自己幻化成某种象征意义上的神灵，这已经司空见惯，退隐后的康海也是如此。在康海的曲家圈子里，那些致献给他的寿曲多称他是"谪仙"。康海个人对道教炼丹术的迷恋也可进一步说明他在剧中洞仙角色的设定[97]。此外，明初剧作家朱权曾在一部剧中把自己塑造成一名道士，这或许也给了康海一些灵感[98]。

因此，第四折的开幕场景可理解成康海亲身入戏来向观众或读者现身说辞，让自己也参与对殉情事件的持续讨论。剧中不仅有作者现身，而且不妨说康海在写最后一折的时候，也考虑了当地曲家圈子里的直接读者和观众。在这一折中，扮作儒士模样的真德洞主询问当地文人对兰卿殉情的看法：

102　　（做与众酸相见科云）这于鹏节推旧日与俺交游最厚。偶来此间，闻他下世已久。他这个细君便是如此死节，真个难得也呵（众酸云了）（酸云）……[99]

剧中洞仙和当地文人会面的这一场戏，大概跟康海与他的文士友人们对此事交换看法而会聚一堂没有多少本质差别。而洞仙问及当地文人对先前同一主题的散套时，其时语境和对康海现实中的曲家圈子的指涉在剧中呈现得更为清晰：

我闻道有个王学士曾做了一套乐府吊兰卿。敢烦众位唤几个会弹唱的来将这乐府唱一遍，掩［俺］试听咱。（众唤妓女抱乐器上弹唱）[100]

王九思套数于此处全曲搬演，洞仙盛赞王九思散曲"好词"之后[101]，接着向地方文士介绍这个散套出自原是像他一样、封号为"紫阁仙翁"的神仙之手，凿凿可据地指向了王九思"紫阁山人"的字号。康海还在众酸面前将自己和王九思并称为"俺这两位仙翁"，这可能是因为他们在友人圈中拥有崇高地位和盟主身份。在这里既明确提到该圈子中先前的作品，也涉及圈内成员。

在最后一折里，现实和虚构之间的差别被有趣地悬置了：康海既是杂剧的作者，又在剧中扮演了洞仙（扮作儒士的洞仙）角色；在舞台表演时，台上身着儒士青衫戏服的生角（或旦角，依据不同的舞台指示）[102]看起来更像是在台下看戏的真实的康海而非神仙。

与此类似的是，作为观众，康海曲家圈子的成员也很容易辨识出台上戏剧演出中与洞仙（即康海本人）谈论和交流对于殉情事件的看法的当地文人们是谁。对文人观众中有谁参与了杂剧中相关角色的出演的推测并无明确线索可循，因为，剧中文人间的某些对话并未在剧本中完全写下来，出现的时候仅以舞台指示"云了"标示，任由角色自己即兴发挥说白。也许在这样的情形下，洞仙或康海提出诸如"您众位知道这王学士么？"[103]这类问题时，文人观众就能以回答的方式参与剧情了。

当文人观众被带进杂剧中，眼观他们自己经历和参与戏剧情节进展时，康海为他们准备了最后一个奇幻场景：

104　　（酸云）……您众位要见他夫妇二人么？侍者那里？（侍者云了）（城隍等同于鹏、兰卿同上）（于鹏、兰卿改作仙扮同众神向酸次第参见科）（众酸惊科）[104]

剧中的文人此时又变成观众，见证这对夫妇羽化登仙，这使得"剧中人"和康海曲家圈子中"观剧人"之间原本悬而未决的差别再次复杂化。

对于现代读者来说，这个结局也许只是中国戏剧中再普通不过的一次借助超度、皆大欢喜的场景；而对于被邀出演"元戏剧"（metatheater）的直接观众来说，这可就是引人入胜的好戏了——看到与自己有着切身联系、刚在现实中过世不久的张于鹏和王兰卿，在最后一折中突然被康海召回台上，这些观众一定是相当震惊的（"众酸惊"）。

通观第四折，通过扮演当地神仙的角色，介绍王九思早前的散曲套数，模拟一次圈中文人雅集，康海创设了为他的直接观众们所熟悉的既特定又适时的场景。因此，在很多方面来说，最后一折都应被视为一次想象性的或重新分饰角色的文人雅集，纪念这一悲剧事件的散曲和剧曲都在此间被搬演。但王九思的套数重在自我表现，而康海的杂剧（尤其是最后一折）似乎更注重刻画和赞美贞节歌妓，以及描述和展现他所在的当地曲家圈子里强烈的地域性和群体性。

把最后一折视为想象性的或重新分饰角色的文人雅集，也能阐释康海所创设的文本世界的某些特征，这对他所在的曲家圈子的直接观众来说也具有特定的意义。举例为证，真德洞主下凡来到人间，对盩厔的地景交口称誉：

（云）这盩厔县是好一个去处也呵！（唱）［沉醉东风］　105

背枕着南山翠色，面迎着渭水层台。闹垓垓市井稠，宽敞敞幅员大，控褒斜一脉萦迴。气运推移岂细哉，怪不的产这等英才俊客。[105]

这首曲子表面上是说因为盩厔的山明水秀才孕育出诸如

王兰卿和张附翱这等可歌可泣的人物，但在由衷赞美当地风光的背后，可能还有更多深层含义，尤其当我们意识到康海和盩厔这地方有某种联系时。

黜官后的康海在他的家乡武功以南"于盩厔彭蘬买田数顷，得一干仆"[106]，1517 年前后建成彭蘬山房[107]，与友人优哉游哉、聊度浮生[108]。此外，康海跟盩厔地方文人亦是相熟相善[109]，因此，他对盩厔美景及友人是非常欣赏的。如果把这段场景看成是康海呼朋引伴——无论是来彭蘬山房拜见他的曲家圈子成员，还是盩厔的地方文人——的一次日常聚会，对当地此番景色的由衷称美之于这些直接观众和读者来说，都是再适宜不过的了。就像第二章讨论的王九思《沽酒游春》中的渼陂一样，这另一处的退隐之地盩厔，也是陕西曲家圈子所展演的悼亡剧的场域中心。

从对《王兰卿真[贞]烈传》的讨论可以清晰得见，只有康海圈子里被圈出来的直接读者才能最充分地理解和欣赏最后一折的真正意义和戏剧效果。然而，大概是这样的时代背景与特定语境导致了这部杂剧在圈子之外的一般读者和观众那里缺少足够的吸引力，这也似是这部戏比起康、王的其他戏曲作品更易受到忽视的理由。该戏的实际演出情况已无据可考。

106

还值得注意的是，康海把王九思的套数加到第四折中的本戏中去，打破了杂剧创作要求一折限一个套数、同一宫调、一韵到底的既定规则。此剧第四折中出现了两个套数且分属不同宫调：王作是"感叹伤悲"的南吕调，属于康作本戏的十三支曲则是"健栖激袅"的双调[110]，且它们所押韵部亦不同[111]。

这种模式被称为"夹套"，直解为在原有套数中插入另一套数。此剧之前，该形式只在一部佚名的元杂剧以及明初朱有燉的一部杂剧中出现过，而二者插入的套数都是［九转货郎儿］[112]。在一部杂剧的单折中同时欣赏到曲家大师王九思和康海的曲作，而且情感风格迥然有别，对观众来说可谓"赏心悦目"（treat）；然而，在该剧第四折中，把王九思散套嵌入康海杂剧的这种方枘圆凿的"组合"导致了表演上的技术困难，或许会影响到演剧的流传。

曲作的社会干预

王九思和康海都以曲来赞颂歌妓兰卿的壮举，并致力于在作品中提升她的地位。为了消解兰卿身为歌妓的卑微身份，王九思特别强调她的贞洁品行和对丈夫至死不渝的真爱，而康海则极力刻画她作为孝顺的媳和尽责的妾的形象。这种努力应是隐含了更为重要的目的——这些散曲和剧曲发挥着对时事加以社会干预的作用。

在此剧结尾，真德洞主叱责"您这做州司心量歹，有甚的隐约难裁，也不索驳查体勘，也不用金珠玉帛，只一封书早上金阶"，有秀才告之"闻道上司有文书来，先挂节妇牌，随后便有旌表来也"，洞仙认为这些"旌表不旌表有甚要紧"，而是要"如今一灵儿已是超三界"。他遂令当地的城隍土地"看他两个真魂安在，交他带来伺候见我"，并在剧末超度二人成仙。显然，这可看成是康海对政治世界的不满以及对自己早年官宦生涯的否定的一个标志，而这一主题也经常在康海的散曲里出现。然而在此处，康海的评论和兰卿殉夫之间更为直接的联系是——康海对当地官员的批评是一种要求对兰卿贞行予以承认的煽动之举。

据盩厔地方志记载，兰卿贞行首次得到官方承认是1560年任盩厔知县的何起鸣（1559年进士）在职时期，此距《王兰卿真［贞］烈传》写成已有数十年之遥[113]。换言之，在康海杂剧写成之际，兰卿守贞事迹尚未被大众所接纳认可，而剧本后面出现的"节妇牌"以嘉其志的消息，更可能是出自曲家良愿而非事实[114]，剧末兰卿和于鹏羽化登仙，也是康海借助戏剧的虚构力量来实现曲家圈子成员共同心愿的又一尝试。

因此，这部关于兰卿殉情的杂剧并不只是对这一事件的描述，康海写剧之时，也在持续的讨论中积极干预事件。数十年之后，方志终将兰卿列入"列女"名录中。此举是否由这一主题的散曲和杂剧的影响和流行促成尚无确证，但能确知的是，这些作品，特别是康海的杂剧，之于后世对这位歌妓的描述与评价有着深远影响。

如前所述，康海杂剧记录了王兰卿身世背景的若干细节，其中有些并不见载于史料。地方志对兰卿的描述极为简短干瘪："王氏名兰卿，本娼家女也，嫁为青州府推官张附翱妾，附翱病卒，氏服毒以殉。"[115] 相比而言，康海在剧中对兰卿生平的描述则要翔实得多，他可能借鉴了中国戏曲中某些传统情节来让他的叙述血肉丰满起来。

先看一例，第二折描述兰卿在丈夫外任之时以孝媳身份侍奉公婆的场景，很容易让人联想到著名传奇《琵琶记》中朴素贞洁的赵贞女的经典形象，康海可能挪移了这段情节来增强兰卿的形象。再看一例，第三折安插富家郎看上了兰卿的片段，这个细节只出现在康海的杂剧中，其他文献，比如当地县志以及王九思的散套序文，均未见载[116]。故事真相

109

已不得而知，然而财主或阔少（通常是富商）妨害风尘女与穷书生之间亲密关系的情节肯定是中国浪漫剧中最常见的桥段之一[117]。

当代对陕西地区的传统戏剧和表演艺术的研究多有涉及王兰卿详尽的生平传记，而它们大体是基于康海在杂剧中的叙述。康海是张附翱的生前好友，故其杂剧被视为史料记载而且屡被引用为记录王兰卿生平事迹的材料。甚至有陕西当地传闻说张附翱"后即以兰卿为主成立张家班，与康海、王九思、王明叔、胡蒙溪、张治道等过往密切"[118]。然而，哪些是康海杂剧所依据的"历史事实"，哪些又只是康海对此事件进行戏剧化加工的衍生传说，对此做出判定并非易事。在通俗文学里，传说和历史之间向来模糊莫辨的界限，在这则个案中显得更加扑朔迷离。

毋庸置疑的是，无论如何，康海的杂剧对兰卿传奇故事主体助力颇多。杂剧题目开宗明义要为兰卿立传，在接下来数世纪，它也确实成为王兰卿传记的叙述母体。这些出于陕西曲家圈子的散曲和剧曲，不仅参与了这一事件当时的讨论，而且也对后世叙述、当地传说以及其他所谓的兰卿传记加以形塑和再形塑。

曲家圈子成员以大致相似的方式互动，产生在圈子里的

110

文本在诸多方面相互指涉，形成一个群体性的文本世界。早期作品成为典范或是开启某种潮流样式（如曲牌、韵格），接着赓和次韵或是同题共写，后作再与先作相呼应。康海悼念歌妓的杂剧就是这样一个缩影，它不仅指涉了王九思的散曲套数，而且还进一步把它整合成自己新作的有机部分。

考查这样一个群体性的文本世界怎样通过物质形式得以呈现是很有意思的。拿一个陕西曲家圈子的例子来说，之前第一章曾提到过的何瑭便有四个散套附录在王九思散曲集中而得以刊行[119]。何瑭是重要的理学家，但在曲作领域上，他显然只是一个无足轻重的小家和配角。他的四个套数（两首次韵，一首祝寿）大部分是敬献给王九思的，这也合理解释了它们何以会附在王九思别集中。何瑭只有六首散曲流传至今，现存的其中两套致献给康海的曲子也被收录在为康海祝寿的散曲集中[120]。像何瑭这样的次要曲家，他们可能没有创作出足够数量和质量的散曲作品来结集，或也没有考虑刊行，往往就只能附在如王九思这样的主要曲家的刻印本中存世。并置在同一文卷中，何瑭的散曲看起来确实与王九思作品联系紧密，这恰如其分地捕捉到了他们作品生成的语境的剪影。确实，想要了解何瑭的散曲，就必须将它们置于他与王九思友谊的社交语境中。

　　甚至可以这样说，无论是在他们赓和主要曲家设立的曲牌或韵部来作为自己创作模式的喻义层面，还是在呈现由此业已完成的文本形式的本义层面，一个曲家圈子的次要成员都得"依附"（attached）于主要曲家而存在。这不只表现在赓和次韵的创作实践上，而且更清晰可辨地体现在下一章要详论的圈子成员济济一堂、以文会友的特定社交场合的语境中。

[本章注释]

[1] 李葆恂:《跋〈碧山乐府〉》,载王九思《碧山乐府》,明钞本,转引自郑骞《景午丛编》上集,台北:中华书局,1972,第218页。

[2] 有学者认为,王九思和康海在曲体上的早期探索对地方剧种秦腔的繁荣做出了重大贡献,参看《秦腔史稿》,焦文彬主编,西安:陕西人民出版社,1987,第283—299页。然而,现有证据无法充分地支撑起这种假设,参看杨忠:《王九思及其杂剧〈杜甫游春〉》,第243—244页。

[3] 关于文士拥有一个家乐戏班的财力的讨论,参看 Grant Guangren Shen(沈广仁),*Elite Theatre in Ming China, 1368–1644*(New York: Routledge, 2005),pp.22‐24。

[4] 李开先:《康王王唐四子补传》,载《李开先全集》,第800页。

[5] Sophie Volpp(袁书菲),"The Literary Circulation of Actors in Seventeenth-Century China," *Journal of Asian Studies* 61, no.3(Aug.2002): 949‐984, p.961;对明代家乐戏班的概述,参看刘水云:《明代家乐考》,《中国文哲研究通讯》第13卷,2003年第1期,第87—122页。

[6] 十六世纪上半叶拥有家乐戏班的四位班主,康、王、李即占其三,还有一位是来自江南华亭的何良俊,参看张发颖:《中国家乐戏班》,北京:学苑出版社,2002年,第23—32页。

[7]《秦腔史稿》,第289—290页。焦书(第290页)还提到,康海的"继室张氏(生子禹民)出身乐户……是他的得力助手和家班中的专职教练"。这种提法被广泛征引,例如张发颖:《中国家乐戏班》,第26页;《中国戏曲志:陕西卷》,北京:中国ISBN中心,1995,第696页。然而他们都没能对张氏在曲活动中所扮演的角色提供原始证据。此外,康海为张氏祖父所撰写的墓志说,张父曾是医学训科的教导,见《康对山先生集》,卷三八,第11页a—第12页b,收于《续修四库全书》,第1335册,第429—430页。因此,焦文彬关于张氏为低贱的乐户出身的说法非常可疑。

[8] 李开先:《词谑》,收于《中国古典戏曲论著集成》,第三册,第278页。

[9]《秦腔史稿》,第296页。

[10] 关于王九思和康海家族的详情,参看 Jean de. Miribel(米睿哲),*Ad-*

ministration provinciale et fonctionnaires civils au temps des Ming（1368–1644）: étude de la province du Shaanxi et de la préfecture de Xi'an,（Paris: Harmattan, 1995）, vol.2, pp.480‐482, pp.495‐498；亦可参看该书此章附表,《鄠县王族血系图表》家族 7（Famille no.7 "Hu xian Wangzu xuexi tubiao"）及《武功康族血系图表》家族 13（Famille no.13 "Wugong Kangzu xuexi tubiao"）。在此特别感谢王昌伟的研究。此外亦参看金宁芬《康海研究》的"家乘"篇（第 259—282 页）。关于康海家族的一手材料，参看康海:《康氏族谱》, 载《康对山先生集》, 卷一九, 第 8 页 a—第 22 页 a, 收于《续修四库全书》, 第 1335 册, 第 229—236 页；康吕赐（1643—1731）:《康太史族谱》, 六卷, 陕西省武功县羊尾沟村杨修甲私人收藏（此族谱原有上下两册, 现仅存下册钞本收藏于咸阳图书馆, 翻印本收藏于陕西省图书馆）。关于王九思家族的情况参见各版本家谱, 如王秉元、王琦、王恩荣等辑《王氏族谱》（分见于王秉元序, 载《王氏族谱》, 四卷, 第 10 版, 1920；《王氏族谱》, 王琦编, 四卷, 第 11 版, 1946, 陕西省户县王九思嫡裔王来梦私人收藏；《王氏族谱》, 王恩荣编, 第 12 版, 户县: 永兴印刷厂, 1994—1995）。

[11] 本书将有些文人排除在外, 比如, 在康海散曲中提到过好几次的张潜（号东谷）和杨秉中（号南里）, 是因为确实没有现存证据证明他们是曲家。但是圈中曲家数量可能会超过本书涉及文人, 像上面提到的张、杨这样的文人, 他们出现在曲创作的场合中, 又或收到过主要曲家的曲作, 所以他们本身可能是曲家。

[12] 例如, 羊春秋:《元明清散曲三百首》, 长沙: 岳麓书社, 1992, 第 316—317 页；黄天骥、康保成:《元明清散曲精选》, 南京: 江苏古籍出版社, 1992, 第 195—196 页；李复波:《元明清散曲卷》, 收于《中国古典诗歌基础文库》, 傅璇琮主编, 杭州: 浙江文艺出版社, 1996, 第 260—261 页；门岿:《明曲三百首》, 天津: 百花文艺出版社, 2002, 第 109 页。

[13] 西汉时朱云向皇帝死谏请赐尚方宝剑斩佞臣张禹, "臣愿赐尚方斩马剑, 断佞臣一人以厉其余"。事见班固:《汉书》, 北京: 中华书局, 1962, 第 2915 页。

[14] 祢衡（173—198）[①]为人诞傲，以"渔阳掺挝"羞辱曹操（155—220）而闻名一时，事见范晔：《后汉书·祢衡传》，北京：中华书局，1965 年初版，1973 年再版，第 2652—2658 页。

[15]《全明散曲》，第 1162 页。

[16]《沜东乐府校注》导论，载《沜东乐府校注》，赵俊玠校注，第 3 页。

[17] 这组数据基于对谢伯阳辑《全明散曲》的统计，其中包括了与他人有署名争议的四首小令和一个套数。

[18] 梁扬、杨东甫：《中国散曲综论》，北京：中国社会科学出版社，2007，第 333 页。

[19] 和诗传统在中国文学史上源远流长，以宋代为胜，早在唐代亦有所见，尤见于白居易（772—846）的文人圈，参看贾晋华：《唐代集会总集与诗人群研究》，第 102—145 页；赵以武：《唐代和诗的演变论略》，《社科纵横》，1994 年第 4 期，第 78—83 页；陈钟琇：《唐代和诗研究》，台北：秀威资讯科技，2008。

[20] 该术语又名"步韵"，但陕西曲家们在标题中皆用"次韵"之说，偶有单用"和"（此字几乎适用于所有和作）。

[21] 例如，康海赓和王九思原作的套数《秋兴次渼陂先生韵》，载《全明散曲》，第 1182—1185 页。

[22]《全明散曲》，第 904—908 页。

[23] 谢朝宣文集题为《龙渠文稿》，见《陕西通志》，雍正（1735 年）本，刘于义监修、沈清崖编纂[②]，剑桥：哈佛燕京图书馆馆藏本，第七十五卷，第 54 页 b。此外，康、王之友人张治道的作品也几次提到"谢龙渠"，如张治道：《秋日同谢龙渠先生卢仁夫宾相散步东城看菊归寄龙渠先生》，见《张太微诗集》，嘉靖本，台北：台湾"中研院"傅斯年图书馆微缩胶片，卷八，第 15 页 b。关于谢朝宣的生平资料，参看《陕西通志》，第五十七卷，第 18 页 b。

[24]《全明散曲》，第 863—865 页、第 921—922 页、第 1139—1140 页。

---

① 原著作"祢衡（173—208）"，当误。——译者注

② 原著雍正本《陕西通志》作者著录为"查郎阿、刘于义、沈青崖辑"略误。——译者注

［25］"一首"另有一本作"三首"，见今本王九思：《碧山乐府》，沈广仁点校，《散曲聚珍》本，上海：上海古籍出版社，1989，第 68 页。《全明散曲》此处异文作"二首"（第 891 页）。现存王九思散曲中，只有早年的《偶书》这一组五首小令中的有一首使用与之相同的韵字，见《全明散曲》，第 878 页，该曲极可能就是王九思在序文中提到的原作。

［26］王九思：《碧山乐府》，《散曲聚珍》本，第 68 页。

［27］王九思的这些作品收于《碧山乐府》（大约编于 1529 年至 1530 年之间），小令卷，第 17 页 a—第 23 页 a，收于《四库全书存目丛书补编》，第四五册，第 490—493 页。表 1 据王九思原本的次列排序。

［28］下一节将进一步以此为据，对康海之于王九思的赓韵之曲予以系年。

［29］在这期间康海和王九思的数次会面或许使王九思赓和康海之作有所裨益，康海至少于 1524 年、1528 年两次前往鄠县拜访王九思，而王九思也于 1524 年康海寿宴时亲赴武功县恭贺，参看韩结根：《康海年谱》，第 178—179 页、第 203 页。

［30］《沜东乐府后录》，卷上，第 18 页 a—第 23 页 b。

［31］亦见康海：《沜东乐府》，嘉靖本，卷一，第 24 页 b—第 28 页 a，收于《续修四库全书》，第 1738 册，第 513—515 页；《沜东乐府后录》，卷上，第 18 页 a—第 23 页 b。

［32］王九思：《碧山乐府》，小令卷，第 18 页 a，收于《四库全书存目丛书补编》，第四五册，第 490 页；亦见《全明散曲》，第 880 页。

［33］今本多讹以"入"作"人"，见《全明散曲》，第 880 页；王九思：《碧山乐府》，《散曲聚珍》本，第 33 页。

［34］此典暗指汉成帝（前 32—前 7 年在位）的嫔妃班婕妤所诵咏的团扇诗："常恐秋节至，凉飚夺炎热。弃捐箧笥中，恩情中道绝。"

［35］此典所指："孝武皇帝陈皇后时得幸，颇妒，别在长门宫，愁闷悲思。闻蜀郡成都司马相如天下工为文，奉黄金百斤为相如、文君取酒，因于解悲愁之辞。而相如为文以悟主上，陈皇后复得亲幸。"[1] 参看 W. L. Idema（伊维德）and Beata Grant（管佩达），*The Red Brush: Writing Women of Imperi-*

---

① 见《文选》，［梁］萧统纂，第十六卷，北京：商务印书馆，1959 年，第 327 页。——译者注

al China（Cambridge: Harvard University Asia Center, 2004），p.76。

［36］史称："相如将聘茂陵人女为妾，卓文君作《白头吟》以自绝，相如乃止。"[①] 这里反用其典。

［37］王九思：《碧山乐府》，小令卷，第 18 页 a，收于《四库全书存目丛书补编》，第四五册，第 490 页；《全明散曲》，第 880 页。

［38］关于这一主题在词中的沿用传统，参看 E. M. Workman, "The Bedchamber Topos in Tz'u Songs," in *Critical Essays on Chinese Literature*, ed. William Nienhauser（倪豪士）et al.（Hong Kong: Chinese University of Hong Kong, 1976），pp.167‐186。[②]

［39］James Irving Crump（柯润璞），*Songs from Xanadu: Studies in Mongol-Dynasty Song Poetry*（*San-ch'ü*），p.31.

［40］寻觅知音在中国文学史上有着悠久的传统，本书第四章将讨论"知音"概念是如何有助于圈中文人定义他们独有的社交和文本空间。

［41］"么"通常表示重复前一曲调的样式，这里它标示的是该曲牌下阕的开端。《沜东乐府后录》里［浪淘沙］曲牌中"么"的使用并不规律，例如这首曲子及其他四首《闺情》将"么"标注在两阕之间；而另有四首题为《看花有感》的［浪淘沙］，两阕之间仅标以空格。

［42］此典见于《列子》所述黄帝梦游虚幻理想之国："昼寝而梦，游于华胥氏之国。"

［43］《沜东乐府后录》，卷上，第 19 页 b。

［44］王九思：《碧山乐府》，小令卷，第 18 页 a—b，收于《四库全书存目丛书补编》，第四五册，第 490 页；《全明散曲》，页 880。

［45］《全明散曲》，第 1679 页。

［46］康海：《次小山韵》，载《沜东乐府后录》，卷上，第 17 页 a。

［47］《全元散曲》的曲牌索引中不收［浪淘沙］。

---

① 见《西京杂记》，［晋］葛洪撰，周天游校注，第三卷，西安：三秦出版社，2006 年，第 156 页。——译者注

② 柯润璞《上都散曲》是散曲选译，译者核对原文，发现第 31 页并没有沃克曼（Workman）这篇论义的观点，应该是原出版社在把注释 39 误复制在注释 38 的末尾了。——译者注

[48] 以［浪淘沙］曲牌所填明代散曲，参看《全明散曲》，第 5918—5921 页。
用此曲牌的明曲家包括王问（1497—1576）、冯惟敏、胡文焕（活跃于
1610 年间）、丁惟恕（活跃于 1640 年左右）。

[49] 例如当代最全面的曲学专业辞典之一的《中国曲学大辞典》（齐森华、陈
多、叶长海辑，杭州：浙江教育出版社，1997）。

[50] 关于源于词牌的曲牌的研究，参见李昌集：《中国古代散曲史》，第 23—
28 页（北曲）、第 72—76 页（南曲）。

[51] 王九思：《碧山诗余》，载《重刻渼陂王太史先生全集》，第 1326—1330 页。

[52] 明散曲和明词的现代选本收录王九思作品情况，参看《全明散曲》，第
880—881 页；《全明词》，张璋等辑，北京：中华书局，2004，第 480—
481 页。张仲谋（《明词史》，北京：人民文学出版社，2002，第 183 页）
称王九思"此词刻意雅洁，表明九思亦兼具别种风调"，而其他词则"具
有很浓的散曲味"。

[53] 关于明词曲化、词曲文类相乱的问题，参看张仲谋：《明词史》，第 14—
18 页。

[54] 王九思在寿州的其他词作，参看其《寿州作》《为寿州吴守赋》，见王九
思：《碧山诗余》，载《重刻渼陂王太史先生全集》，第 1342—1344 页、
第 1347 页、第 1355 页。

[55] 关于［浪淘沙］曲牌在散曲和杂剧中的谱格，参看沈自晋：《南词新谱》，
北京：中国书店，1985，卷十六，第 1 页 a—b（引子），第 23 页 a—b（过
曲）；吴梅：《南北词简谱》，台北：学海出版社，1997，第 681 页（简体
中文版见吴梅：《南北词简谱》，北京：中国戏剧出版社，2015）。

[56] 钱南扬：《永乐大典戏文三种校注》，北京：中华书局，1979，第 2 页。

[57] 王九思：《次对山〈四时闺怨〉》，载《全明散曲》，第 879—880 页；张炼：
《〈四时闺怨〉和［对］山翁舅韵》，载《全明散曲》，第 1679—1680 页。

[58] 例如，柯润璞［James Irving Crump, *Songs from Xanadu: Studies in Mon-
gol-Dynasty Song Poetry*（*San-ch'ü*），p.31］认为，"任何时代的曲都在重复
薄衣床帏、媚语香妆、铜炉熏香、锦带玉钩、金莲小鞋、云鬟蛾眉这些意
象"。

[59] 死节事件的确切年份不详，不同学者持不同看法。韩结根（《康海年谱》，

第 189—190 页）采信康海杂剧的叙述（下节详论）认为不迟于 1526 年；近来汪超宏（《明清曲家考》，第 75 页）论证其年略晚，约为 1530 年至 1531 年之间。既然王九思为此事所写的散套收入在 1529 年至 1530 年之间刊行的散曲集中，笔者认为殉夫之事不应晚于 1530 年。

[60] 位于盩厔县的煖泉村是张附翱的退隐别业所在之处。

[61] 王九思：《碧山乐府》，套数卷，第 9 页 a，收于《四库全书存目丛书补编》，第四五册，第 496 页；《全明散曲》，第 952 页。

[62]《陕西通志》，第三十一卷，第 24 页 a；亦见《盩厔县志》，乾隆（1793 年）本，王开沃、杨仪、邓秉纶辑，卷七，第 7 页 a，此版本"张附翱"作"张附翔"。

[63] 康海偕吕柟（1479—1542）于 1519 年"过盩厔，访张附翱"，参看韩结根：《康海年谱》，第 153—154 页。张附翱也曾请康海为其兄撰写墓志，参看康海：《张附羽墓志铭》，载《康对山先生集》，卷四二，第 12 页 a—第 13 页 a，收于《续修四库全书》，第 1335 册，第 465 页。王九思也写过张附羽的传记，见王九思：《张附羽传》，载《重刻渼陂王太史先生全集》，第 633—634 页。此外，康海文集中的一些诗作亦可见他与张附翱交善。

[64] 韩结根：《康海年谱》，第 190 页；亦参看《青州府志》，嘉靖（1565 年）本，杜思、冯惟讷辑，卷三，第 38 页 a，天一阁藏明代方志选刊影印本，上海：上海古籍书店，1965；以及《盩厔县志》，乾隆（1793 年）本，卷七，第 7 页 a。

[65] 值得注意的是，这个散套被置于整本散曲集最末尾的位置，见王九思：《碧山乐府》，套数卷，第 9 页 a—第 10 页 a，收于《四库全书存目丛书补编》，第四五册，第 496—497 页。《碧山乐府》嘉靖本称散曲套数皆是按照完成时间依年份顺序排列，因此可以假定王兰卿殉情套数的写成时间接近于此书付梓前。

[66] 同上；《全明散曲》，第 952—953 页。

[67] "鸾凤"此指夫妻。

[68] 此典指涉唐代妓女盼盼和张守帅之间的爱情故事。守帅逝后，矢志守节的盼盼在张的燕子楼独居十数年。别本一称盼盼姓"关"，而非此曲中所说的姓"许"。

[69] 此典所指《西厢记》里崔莺莺和张生之间著名的爱情故事。

[70] 元杂剧《孟德辉举案齐眉》所讲的孟光与丈夫梁鸿的故事。

[71] 此指十五世纪朱有燉所著的贞妓剧《刘盼春守志香囊怨》。

[72] 此指削发为尼。

[73] 典涉元杂剧《邯郸道省悟黄粱梦》，讲的是书生梦中经历富贵穷通，醒来时黄粱小米尚未熟。

[74] 《论语》9.5，英译自 The Analects, trans. D. C. Lau（刘殿爵）（London: Penguin Books, 1979），p.96。

[75] 这里对形容轻薄放荡之徒"狂蜂浪蝶"的惯用语略加修改，强调了这些无耻之徒的"邪恶"（evil），正是他们对兰卿的浮浪之举导致她贞节孀妇的名声受损。

[76] 此三句化自张可久小令《闺怨》三首其一的结句"八的顿开金凤凰，触的扎破锦鸳鸯，吉丁的掂损玉螳螂"，见《全元散曲》，第877页。

[77] 王九思在此将张附翱比作汉代为妻子描眉画眼的痴绝丈夫张敞，又一次让张附翱的姓关合典故中的男主角。

[78] 此套数后被《北宫词纪》和《彩笔情辞》等曲集收录，见《全明散曲》，第1001页、注51。

[79] 本书所引《王兰卿真［贞］烈传》的文本均出自《古今杂剧》明脉望馆钞校本，但此版并未分折。另有晚出的《孤本元明杂剧》则分为楔子和四折。

[80] Katherine Carlitz（柯丽德），"The Daughter, the Singing Girl, and the Seduction of Suicide," Nan Nü 3, no.1（2001）: 22 - 46, p.32. 两部作品的差别应是两种文类的不同传统和要求，而非两位作者的性格观念和人生理想所决定的。康海悼念兰卿的诗就饱含深情，见康海：《悼于鹏亡妾》，载《康对山先生集》，卷一五，第5页a，收于《续修四库全书》，第1335册，第199页。

[81] 关于康海如何将从良妓女的情节重新导向的问题，参看 Katherine Carlitz（柯丽德），"The Daughter, the Singing Girl, and the Seduction of Suicide," p.34. 也有学者指出，"康海此剧第四折让真德洞主下凡，表彰兰卿贞烈，并于剧末超度张于鹏、王兰卿升天成仙，这与朱有燉另一剧《团圆梦》中让东岳神下凡超度铁锁儿和赵官保同登仙界也基本一致"，参看徐子方：《明杂

剧史》，第215—216页；另见黄仁生：《论康海的杂剧创作》，《中国文学研究》，1989年第3期，第40—41页。

[82] W. L. Idema（伊维德），*The Dramatic Oeuvre of Chu Yu-tun*（*1379–1439*），p.111‑116.

[83] 例如，D. Wilkerson（魏道格），"*Shih* and Historical Consciousness in Ming Drama," p.79.

[84] 戚世隽：《明代杂剧研究》，第223页；黄仁生：《论康海的杂剧创作》，第41页。

[85] 对中华帝国晚期的女性自杀主题感兴趣的读者可参看 *Nan Nü* 3，no.1（2001）上的系列论文。

[86] Katherine Carlitz（柯丽德），"The Daughter, the Singing Girl, and the Seduction of Suicide," pp.45‑46.

[87] W. L. Idema（伊维德），*The Dramatic Oeuvre of Chu Yu-tun*（*1379–1439*），p.143.

[88] 在元代和明初杂剧中，"细酸"角色是指"秀才"，而晚明人整理的元杂剧已经不再使用这个词语，参看王国维：《古剧脚色考》，第7页b，载《论曲五种》，台北：艺文印书馆，1975，第108页。因此，康海出于复古而设置了这个角色的设置。

[89] 这里的"三""五"是一种数字上的文字游戏，下一句亦如此。

[90] 此典指涉曹植（192—232）"七步才"的传奇，"文帝［曹植之兄曹丕（187—226）］尝令东阿王（曹植）七步中作诗……应声便为"。

[91] "哈咳"在《孤本元明杂剧》本中作"胎孩"，均为"台孩"的异文，在河北方言中指"大方、安逸"，参看王锳、曾明德：《诗词曲语辞集释》，北京：语文出版社，1991，第381页。一本又作"撩頞"，参看 Dale R.Johnson（章道犁），*A Glossary of Words and Phrases in the Oral Performing and Dramatic Literatures of the Jin*，*Yuan*，*and Ming*（Ann Arbor: Center for Chinese Studies, University of Michigan, 2000），p.226.

[92] 《王兰卿真［贞］烈传》，第15页a—b。

[93] 对太白山的研究短文，参看安定洲：《十一洞天太白山》，《中国道教》，2002年第6期，第56—58页。

[94] "真德洞天"在早期文献中又被称为"德玄洞天"或"玄德洞天",见杜光庭:《洞天福地岳渎名山记》,第7页a,载《正统道藏》,1607年重刊、1445年增订本,台北:新文丰出版社,1985,第一八册,第469页;张君房:《云笈七签》,卷二七,第4页b,载《正统道藏》,第三七册,第402页。在此特别感谢张超然提到的两本南宋科仪书文献,"真德洞天"位列三十六洞天,见《无上黄箓大斋立成仪》(道藏编号CT508),卷五三,第17页b,载《正统道藏》,第一六册,第292页;以及《太上灵宝朝天谢罪大忏》(道藏编号CT189),卷二,第11页b,载《正统道藏》,第五册,第324页。

[95] 康海:《梦游太白山赋》,载《康对山先生集》,卷二,第1页a—第3页b,收于《续修四库全书》,第1335册,第102—103页。

[96] 康海:《浒东灵药记序》,嘉靖(1522年)本,载《对山集》,卷一三,第44页b,收于《四库全书存目丛书》,集部第五二册,第432页。

[97] 康海在他不少诗歌和散曲中提到过他对道教炼丹术兴趣颇浓,例如他的散套《咏内丹》,见《浒东乐府后录》,卷下,第39页b—第40页a。一说康海"以服丹砂而殁",参看韩结根:《康海年谱》,第250页。

[98] 对朱权杂剧《冲漠子独步大罗天》的研究,参看 W. L. Idema(伊维德),"The Story of Ssu-ma Hsiang-ju and Cho Wen-chün in Vernacular Literature of the Yüan and Early Ming Dynasties," *T'oung Pao* 70(1984):60-109, pp.84-85."元明清曲家借他人酒杯浇自己块垒者虽大有人在,以自己的化身作为主角者亦不在少数……直接以自己为主角,将真名实姓写入剧中",参看王瑷玲:《私情化公:清代剧作家之自我叙写与其戏剧展演》,载《欲盖弥彰:中国历史文化中的"私"与"情"——私情篇》,熊秉真辑,台北:汉学研究中心,2003,第94—123页。

[99]《王兰卿真[贞]烈传》,第16页a。

[100] 同上书,第18页b。

[101] 同上书,第19页b。

[102] 依据杂剧传统,演唱只限于一个脚色,在这部剧中,王兰卿是前三折的主角,第四折中有大量唱腔的真德洞主因此也由旦脚应工。让旦脚饰演生脚的情况屡见不鲜,但这里是同一杂剧不同折子中出现舞台性别反串

的意义深远的早期尝试。

[103]《王兰卿真［贞］烈传》，第19页b。

[104] 同上书，第19页b—第20页a。

[105] 同上书，第15页b—第16页a。

[106] 康海：《与何粹夫》①，载《康对山先生集》，卷二二，第7页a，收于《续修四库全书》，第1335册，第255页。

[107] 金宁芬：《康海研究》，第162页；韩结根（《康海年谱》，第148页）则系年于1518年左右。

[108] 参看康海的《彭箓夜酌》《宴彭箓山房》及《箓屋喜太微至》，各见于《康对山先生集》，卷六，第11页a；卷七，第9页b；卷五，第10页b；分别收于《续修四库全书》，第1335册，第131页、第141页、第123页。

[109] 参看康海的《往箓屋访王子明叔》《送衰解夫还箓屋》及《箓屋县白龙庙明叔宴集》，各见于《康对山先生集》，卷五，第10页a；卷五，第15页b；卷十，第1页a；分别收于《续修四库全书》，第1335册，第123页、第126页、第163页。康海密友王旸（1514年进士，字明叔）曾于1520年至1522年之间任箓屋知县，见《箓屋县志》（1925年版），庞文中、任肇新、路孝愉辑，卷五，第6页b。而王九思在箓屋也有自己的人际圈，参看其在《碧山诗余》中的词作，载《重刻渼陂王太史先生全集》，第1333页、第1351页、第1356页；转引自Carlitz（柯丽德），"The Daughter, the Singing Girl, and the Seduction of Suicide," p.30n36。这些词显示了王九思也跟箓屋当地官员熟知。

[110] 这两种宫调都少有从其他宫调中借用曲牌的情形，参看Dale R.Johnson（章道犁），*Yuarn Music Dramas: Studies in Prosody and Structure and a Complete Catalogue of Northern Arias in the Dramatic Style*（Ann Arbor: Center for Chinese Studies, University of Michigan, 1980）, p.12, p.21.

[111] 王的散套押"江阳"韵，而康的杂剧第四折入"皆来"韵。

[112] W. L. Idema（伊维德），*The Dramatic Oeuvre of Chu Yu-tun（1379–1439）*, p.141. 对这一特定夹套组织的深入研究，参看郑骞：《北曲新谱》，台

① 原著题目作"《与何粹夫书》"，"书"字衍。——译者注

北：艺文印书馆，1973，第50—66页；Dale R.Johnson（章道犁），*Yuarn Music Dramas: Studies in Prosody and Structure and a Complete Catalogue of Northern Arias in the Dramatic Style*，pp.169‐174。后世使用《九转货郎儿》夹套的另一个知名例子是清代传奇《长生殿》。

[113]《盩厔县志》（1925版），卷五，第7页b；卷六，第54页b。

[114]金宁芬：《康海研究》，第42页、注1。

[115]《盩厔县志》，乾隆（1793年）本，卷八，第51页a。

[116]尽管王九思套数的第四支曲确实有一句提到兰卿惧怕好色之徒逼迫，但这读起来更像是一种潜在危险而非实际威胁。

[117]参看郑振铎：《论元人所写商人、士子、妓女间之三角恋爱剧》，载《中国文学研究》，北京：作家出版社，1957。富商情节的加入会让兰卿的殉情显得更为合理，正如剧中兰卿所说，夫君死后她理应选择苟活，因为她还有"伏侍着夫人、看觑着儿女"的义务（第三折）。此外，"当时，武功有李锐妻者，夫死后不肯改嫁被逐，遗息在抱又难求死，只得赁居自过，以纺织所得糊口，辛勤哺育二十载，女婴长成嫁人，遂就女儿度余生"，有人认为她"未死于家，不可旌表"，"康海为此作七言古诗《李节妇歌》为李氏辩护"，这也说明了康海认为殉夫不是彰显贞节的唯一途径。参看金宁芬：《康海研究》，第42页。

[118]《秦腔史稿》，第292页。

[119]《重刻渼陂王太史先生全集》，第1301—1315页。此晚明本指出何瑭的散曲在旧版中是附在王九思作品之后的。

[120]关于何瑭散曲的版本信息及其文本异文，参看本书附录。

第四章　自许之地：文本和社交空间

应酬场合之曲

应酬场合必有文学写作相随：逢年过节、游春赏景、弄璋之喜、文人雅集、酒筵歌席等一系列喜庆场面，无不伴有作曲、演剧的更唱迭和。这些曲子多用于举觞称庆、恭贺新禧，抓住稍纵即逝的欢愉片刻。

在陕西曲家圈子写作的诸多应酬场合中，最为突出的是祝寿。祝寿传统最早可追溯到唐代，而真正臻于顶峰则是在明代中期[1]。散曲用于即席应酬场合的情况在元代尚不多见，到了明代才在祝寿、悼亡及其他场合上越发普遍起来。例如，王九思就撰写了几十支祝寿散曲，而这种情形在元散曲家那里则几乎闻所未闻[2]。

对于王九思和康海来说，尤其是在十六世纪二十年代后期到三十年代期间，祝寿是司空见惯的日常活动。在寿宴的觥筹交错中，两位主要曲家亲撰自寿之曲，而他们的亲朋好友里凡能作曲的，也都衔尾相随向寿星致献寿曲。祝颂之辞的写作既不可或缺，也义不容辞，陕西曲家圈子所撰寿曲的规模和频率由此也就显而易见了。

长久以来，了解陕西曲家圈子里的寿曲所反映的文人交流情形，多有赖于晚明散曲选集《北宫词纪》[3]。该集以主题分类，第二卷题为"祝贺"，专录恭贺性质的散曲，在其所收四十五个套数当中，十二个是致献康海的寿曲，另有六个是康海的自寿曲以及康海友人所作寿曲[4]。换言之，《北宫词纪》中有相当比重的贺寿曲都跟康海及其友人的寿辰相关。然而，《北宫词纪》所提供的信息相当受限，因其编纂成书是在王九思、康海及其友人们撰曲半个多世纪之后，因此，对它的引用应当格外慎重。事实上，随着康海刊刻于十六世纪三十年代后期的一部寿曲集的"再"发现，我们现在知道，《北宫词纪》所反映出的这个社交世界的情况不仅不够充分，有时甚至还不够准确。

一部寿曲集

这本近来"新"发现的散曲集为《浒西山人初度录》（下文简称《初度录》），"浒西山人"乃康海的号[5]。此集由康海之甥张炼的一位友人所辑，张炼作序。序文系于1536年，曲集则于1538年刊印[6]。

《初度录》分为三部分："寿曲歌辞"（收录他人为康海所写寿曲）、"自寿"（收录康海所写自寿曲）以及"续集"（补遗收录何瑭所写两个套数），总共包括康海自撰的八个套数以及其他十八位文士所撰的二十六个套数，表4-1统计了撰曲者与其作品数量，为了再现文本的目次原貌，撰曲者仍依文中字号不变，若知其人，则补其正名。

曲集题名可能会误导读者以为卷中散曲都是为康海某次特定寿辰而撰，然而事实并非如此。卷中王九思的一散套写于十六世纪二十年代，而张炼的另一散套则写于 1537 年。此外，也不是所有散曲都是为康海贺寿而写的，李开先和王廷相的散曲确是致献康海的，但非为祝寿，这也是仅有的两个以小字标题标示"赠"康海的套数，这意味着它们用于庆贺其他场合，而须与卷中他作有所区别[7]——李开先的曲子是1531 年李氏首次前往陕西拜见康海时赠献对方的套数（本书第五章将会对此详加讨论）；而王廷相的曲子则是为恭贺康海荣休而作。编者似乎对开列一份康海朋友圈里数年间撰曲文人的名单更感兴趣，而不单纯只是辑录寿曲，因此，在其他应酬场合为康海写过散曲的诸如李开先、王廷相这样的文人也被收录进来了。

116

表 4-1 《浒西山人初度录》目次

撰曲者(号)	正式名字	套数数量
A. 寿曲歌辞		
1. 渼陂山人	王九思	2
2. 浚川先生	王廷相	1
3. 北山先生	杨武	1
4. 中麓山人	李开先	1
5. 云梦山人	熊子修	2
6. 渭川居士	东汉	1
7. 华岩山人	？	1

撰曲者(号)	正式名字	套数数量
8. 太微山人	张治道	2
9. 东山居士	?	1
10. 鹿苑洞仙	?	1
11. 弟 南川居士	康浩	1
12. 弟 沩川居士	康河	2
13. 甥 伯赵	恐是张炼之兄	1
14. 甥 伯纯	张炼	2
15. 作者未标	亦是张炼	2
16. 清溪居士	?	1
17. 侄 梧	康梧	1
18. 私史沐	?	1
B. 自寿		
1. 作者未标	康海	8
C. 续集		
1. 柏斋先生	何瑭	2

　　既然此集由康海之甥所序、康海曲家圈中的某位成员所辑，那么其中对参与康海曲作活动的友人们的描述就相当可靠了。通过对《初度录》首尾两部分的研究，一批曲家以及他们致献康海的散曲作品得以浮出水面，其中有些曲家并无作品传世或被曲选收录——该集有十三部奉呈康海的"新"寿曲既未收录在《北宫词纪》中，也不见于现存的任何曲选或文献[8]。作为早期文献，《初度录》不仅能够更正对一些

117

散曲文本的认识，还能纠正《北宫词纪》里一些作者归属的错误[9]。

　　跟大部分其他曲作的情形一样，这部选集中的署名多是曲家字号，有些在曲界广为人知，如另两位主要曲家——王九思（渼陂山人）和李开先（中麓山人）；有些是明代知名文人，如何瑭（柏斋先生）；其他人则所知甚少。查对这些人物的真实身份需要相当谨慎：只有在这一曲家圈子里的其他创作也能提供佐证的情况下，方可将这些名号跟特定人物相匹配。例如，王九思的两首诗和张炼的一首曲提及熊子修（活跃于1530年间）而称其为"云梦先生"或"熊云梦"，似可作为《初度录》撰有两个套数的"云梦山人"即为"熊子修"之证据[10]。此外，华岩山人、东山居士、鹿苑洞仙、清溪居士和私史沐的身份待定。

　　《初度录》中的这些撰曲人到底是何方神圣？他们跟康海之间的关系如何？他们在曲创作中又扮演什么角色呢？

康海曲家圈中的"老面孔"

　　据康海的《沜东乐府》和《沜东乐府后录》这两本散曲集所提及的情况，我们可将《初度录》中的一些曲家视为陕西曲家圈中的"老面孔"（regular members）。

杨武（号北山先生，1464—1532，1496年进士）[11]

杨武，陕西岐山人，曾任监察御史。跟康海遭遇类似，他也因陕西同乡的身份背景在1510年"治瑾党"的清算中被"削籍"[12]。

杨武跟康、王二人过从甚密，1518年他曾偕康海拜见王九思[13]。他跟王九思相识于1489年，1496年二人同科进士及第，王九思还为杨武亲撰墓志。杨武与康海亦相熟知，《沜东乐府》提到了他六次，包括一首写给杨武的寿曲以及一首写于杨武设宴款待时的曲子[14]；《后录》也还有两次提及[15]。由此可见，康海一直为他写曲，他跟康海必定交情甚久。收于《初度录》中的这个套数是杨武唯一的存世散曲[16]。

熊子修（号云梦山人，活跃于1530年前后）

"云梦山人"乃熊子修之号，而非《全明散曲》所称指的孙斯亿（1529—1590）[17]。来自江西丰城的熊子修在十六世纪三十年代跟康海极为相熟[18]，《初度录》收其两个套数 寿曲，其一写于1534年康海六十大寿，另一写于两年后的康海寿辰之时[19]。康海也曾于某年中秋向他寄赠一散套[20]。

此外，熊子修与王九思和张炼亦相友善。据知，他曾赴陕西拜见过这些文士[21]。

东汉（号渭川居士，1475—1541）[22]

与康海不仅生卒年相同且同年通过乡试的东汉是陕西华州人，曾担任转运盐使司运使之职。1530年致仕之后，他携幼弟东郊（1511年进士）共度着无忧的退隐生活[23]：

二公者，时命车载酒、和歌交欢，乡人传美嗟慕，比之二疏[24]。二疏者，辞荣知止、克享余龄者也。[25]

这样的生活方式非常适用于耽于曲作的文人的普遍形象，而这种描述也与康海和王九思退隐生活的情形诸多类似。

东汉是否在辞官后才开始写曲或参与相关活动尚无确证。他仅存的一个套数写于1534年康海六十大寿之际[26]。康海1524年刊印的前一本散曲集《沜东乐府》并未提及东汉，但在《后录》中，他被提及两次，一定程度上反映了康海在1524年之后的十几年里的曲活动情形。康海致献东汉的两个套数中，一个写于康海偕堂弟康河（曲家圈子的另一成员）共赴东汉书斋拜见之时[27]，另一个则是康海恭贺东汉的寿曲[28]。

　东汉的例子展现了圈子间千丝万缕的联系，这种联系既在文人个体之间，也牵涉家族世系：王九思家族跟东汉家族即为世交[29]；康海则不仅为东汉之父撰写墓志，而且与东家四兄弟也皆为挚友[30]。

华岩山人（号华岩山人，活跃于十六世纪三十年代）

　这位号曰华岩山人的文人身份尚待考证[31]。但从康海的散曲作品来看，"华岩山人"跟康海交往频繁，特别是在1524年之后，因其名字完全没有出现在先前的《沜东乐府》中，而《后录》则收录致献华岩山人的小令四支，另有一个寿曲套数[32]。华岩山人为康海六十大寿所撰寿曲套数是他仅存的散曲作品[33]。

家族成员

　卷中为康海贺寿的曲家里，有五位是他的堂弟及甥侄。

康浩（号南川居士、渭滨，1479—1560，1511年进士）[34]
　康浩是康海的四叔康銮（1446—1507）的次子。康海族弟的身份并未对康浩的仕途有所裨益，由于他的长官跟康海有隙，康浩于1523年在四川嘉定府通判职上"罢归"[35]。

罢官归里的康浩随即加入以康海为中心的曲家圈子，之后不到半年时间内，他便刊刻了康海的第一部散曲集来满足"好事者求录踵至"的需求[36]。

康浩为康海所撰的套数寿曲在形式上的标新立异之处在于它以曲牌［雁过声］开篇。如前所提，在《全明散曲》所收超过两千个套数中，只有康海和张炼用过该曲牌[37]，这可被视为这一圈子里的曲家如何共同操练新曲式的又一例证。

康河（号沣川居士，1490-1544，1523年进士）[38]

康河是出现在《初度录》中的康海的另一位堂弟。与其兄康浩一样，康河跟康海亦甚亲近，经常随其游山玩水或访亲问友，如前文所提到的东汉。康河先前已有一个套数收入《北宫词纪》和《全明散曲》[39]中，随着《初度录》的新发现，他的名下再新添一曲。这两曲都是在1535年或稍早时候写成的[40]。正如之前讨论过的其他曲家一样，康河并不是一位只写有一两首曲子的应酬场合型曲家，王九思就曾指出，康浩"有诗若干卷及近体乐府（在明代'近体乐府'指散曲）"，由此可见，康河的散曲创作数量是相当之多的[41]。

康梧（活跃于十六世纪三十年代）

康梧的生平事迹几无可考，仅知他是康海之侄[42]。《初度录》所收其套数是他唯一的存世散曲[43]。

张炼（字伯纯[44]，1544 年进士）[45]

如上所见，这一曲家圈子中大部分次要文人的散曲都未独立刊行，因此少有作品传世；但是张炼是个例外。作为康海之甥（之前曾有提到他为《初度录》作序），张炼 1550 年致仕[46]，此后越发沉迷于曲作，并将自己的散曲结集刻印，题为《双溪乐府》（自序于 1566 年）[47]。在此集中，张炼也有两套写给他另一舅父康浩的寿曲，分别作于康浩六十和八十大寿之际[48]。

《初度录》中只有两个套数无可争议地归于张炼名下[49]，本书则倾向于紧跟在这两散套之后、未标作者的两个套数，也应是其作品[50]。虽然此二散套都收入了《双溪乐府》集中[51]，但署名仍有值得商榷之处。这两首中的第一首有时会归在既是知名儒学思想家和达官显宦，也是陕西同乡[52]的吕楠（1479—1542）名下，而《初度录》则有力地支持张炼才是这两个散套最有可能的作者，因为我们很难想象编者会在张

123

124

炼的数部散曲之间横空插入吕柟的套数。而此二曲何以未署名，其实也有解释，因为这两个套数是张炼为康海六十三及六十四岁诞辰（1537—1538）所撰寿曲，跟《初度录》的最终刊印的时间极为接近，仅稍晚于张炼作序的1536年。因此，它们极有可能是在选集的主体编纂完成之后（最后）才被加进去的，然后再交付刻板印行，故该集的最终版收录了张炼的四部散套而不是两部。

这一曲子的署名问题意义重大，因为这涉及对吕柟在以康海为中心的文人圈的曲创作中，甚至在明代散曲史上的角色和地位的再评价。除了这个理应是张炼作品的套数之外，吕柟并无其他曲作传世。因此，吕柟不仅不属于康海和王九思的曲家圈子，而且也应从明代散曲家名录中被除名[53]。《初度录》不仅有助于发现一些之前不为人知的明散曲家，还能指正文人与散曲之间先前建立的错误关联。

伯赵（张炼之兄）[54]

除了知道是康海之甥以及几乎可以断定是张炼之兄以外，伯赵现存生平信息几近空白；而除了经由《初度录》保存下来的一散套之外，他的曲作均已湮灭[55]。张炼的散曲从未提到过伯赵，这似可暗示他在这个曲家圈子里只是无足轻重的配角。

其他成员

这部集子里为康海贺寿的曲家中有一些名字只出现在《初度录》里，他们既未被这一曲家圈子其他成员的作品述及，也没被康海先前的作品提及，其中四位身份依然成谜：东山居士、鹿苑洞仙、清溪居士[56]和私史沐[57]，他们各存一散套[58]——私史沐也是《初度录》的编者。但在这些鲜为人知的曲家之外，张治道是一个特例。

张治道（号太微山人，1487—1556，1514 年进士）[59]

生于长安的张治道入仕未久便于 1518 年辞官归里[60]。跟王九思、康海、李开先等主要曲家相似，张治道也是早早退隐，在家乡度过数十载余生（近四十年）。

张治道跟王九思亲善，与康海更是"意甚合"，京城书院坊附近的康宅与张宅仅距数步之遥[61]。张治道积极参与康、王的文学活动，他们三人彼此互致诗文，相互为各自文集写序[62]，但张治道在曲创作上似乎不够热衷。康、王不仅 没有直接投赠张治道的散曲，也没有在自己的散曲中提到张治道参与曲创作活动，这或许是因为张治道写曲是晚在十六世纪二三十年代康、王刊印散曲集之后的事了。除了保存在《初度录》中、1535 年左右写给康海的两个寿曲套数之外[63]，张治道现存散曲中的另一部作品是 1544 年之后赓和李开先散曲的十首组曲[64]。

尽管张治道参与曲创作的记载非常有限，但他曾写有两首诗来描述自己的写曲经历，其中一首如下：

曲成付与雪儿歌，调转腔回感慨多。千首诗成空满架，不知能助舞婆娑。[65]

在文类上张治道以诗曲互比，明辨各自的主要特征和功能："诗"不能唱，所以自己呕心沥血的诗作只能束之高阁（"千首诗成空满架"）；而"曲"则通常可以演唱和表演（"调转腔回""助舞婆娑"）。张治道的观察弥足珍贵，因为，除了王九思和康海之论以外，陕西曲家圈子的其他成员很少直接表述对曲是如何认知的。

127　　如《初度录》所示，寿诞是祝寿曲和自寿曲产生的重要场合。根据现有文献记载，几乎每年王九思和康海的寿辰都会有大量曲作产出，由他们自己及其曲家圈内友人撰写，也有零星的为圈内其他人寿辰所作之曲，它们在陕西曲家圈子散曲创作中占有很大比例（见表4-2）。

表4-2　陕西曲家圈子自寿与祝寿曲统计年表

王九思		康海		其他文人
自寿曲	祝寿曲	自寿曲	祝寿曲	
1524 年以前				
		1 套数		1 套数 康海赠杨武
1527 年（王九思 60 岁，康海 53 岁）				
2 小令	1 套数 康海赠	1 小令		
1528 年（王九思 61 岁，康海 54 岁）				
1 小令				
1529 年以前				
			1 套数 王九思赠	
1529 年（王九思 62 岁，康海 55 岁）				
1 小令				
1530 年（王九思 63 岁，康海 56 岁）				
2 小令		2 小令		
1531 年（王九思 64 岁，康海 57 岁）				
1 小令	1 套数 王瀛赠			
1532 年以前				
			1 套数 杨武赠	

王九思		康海		其他文人
自寿曲	祝寿曲	自寿曲	祝寿曲	
1532 年（王九思 65 岁，康海 58 岁）				
4 小令				
1533 年（王九思 66 岁，康海 59 岁）				
4 小令		4 小令		
1534 年以前				
			1 套数 张炼赠	
1534 年（王九思 67 岁，康海 60 岁）				
4 小令		1 小令 1 套数	1 套数 熊子修 赠 1 套数 东汉赠 1 套数 华岩山 人赠 1 套数 张炼赠 1 套数 私史沐 赠 1 套数 何瑭赠	
1535 年以前				
			1 套数 张治道 赠 1 套数 康河赠	
1535 年（王九思 68 岁，康海 61 岁）				
1 小令		1 套数	1 套数 王九思 赠 1 套数 康河赠 1 套数 张治道 赠	
1536 年（王九思 69 岁，康海 62 岁）				
2 小令		1 套	1 套数 熊子修 赠	

王九思		康海		其他文人
自寿曲	祝寿曲	自寿曲	祝寿曲	
1537 年（王九思 70 岁，康海 63 岁）				
1 套数	1 套数 何瑭赠 1 套数 康海赠 1 套数 张炼赠	4 小令 3 套数	1 套数 张炼赠	
1538 年（王九思 71 岁，康海 64 岁）				
1 套数		1 套数	1 套数 张炼赠	1 套数 张炼赠康浩（60 岁）
1539 年（王九思 72 岁，康海 65 岁）				
1 小令		2 小令 1 套数		1 套数 康海赠马理（66 岁）
1543 年（王九思 76 岁）				
				1 套数 王九思赠马理（70 岁）
1544 年（王九思 77 岁）				
1 套数				
未系年				
	4 小令 马理赠		1 套数 东山居士赠 1 套数 鹿苑洞仙赠 1 套数 康浩赠 1 套数 伯赵赠 1 套数 清溪居士赠 1 套数 康梧赠	1 套数 康海赠华岩 1 套数 康海赠东汉 1 套数 张炼赠马理

129

表 4-3　数据来源

1524 年前 康海：《寿日》，载《全明散曲》，第 1203—1204 页（参照《渼西山人初度录》B 部，第 1 页 a—第 2 页 a）；康海：《寿北山先生》，载《全明散曲》，第 1178—1180 页。
1527 年 王九思：《六旬自寿》，载《全明散曲》，第 852 页；康海：《寿渼陂先生六十》，载《沜东乐府后录》，卷下，第 33 页 a—第 34 页 b；康海：《丁亥自寿》，载《沜东乐府后录》，卷上，第 6 页 b。
1528 年 王九思：《六十一自寿》，载《全明散曲》，第 876 页。
1529 年前 王九思：《寿对山先生》，载《全明散曲》，第 945—947 页（参照《渼西山人初度录》A 部，第 2 页 a—第 3 页 b）。
1529 年 王九思：《六十二自寿兼喜得第二孙》，载《全明散曲》，第 888 页。
1530 年 王九思：《六十三自寿二首》，载《全明散曲》，第 889 页；康海：〔醉太平〕《五十六作》两首，载《沜东乐府后录》，卷上，第 2 页 b。康海的两首题目相同但曲牌不同的小令也写于 1530 年，同书，页 5a-b，然而它们并未提及寿宴或祝寿，因此未被包括在这组寿曲之中。
1531 年 王九思：《六十四自寿》，载《全明散曲》，第 892 页；在王九思《辛卯生日四首》诗中提及其长子王瀛为其写了一首双调寿曲（当为套数）（《重刻渼陂王太史先生全集》，第 229 页）。
1532 年前 《渼西山人初度录》A 部，第 9 页 a—第 10 页 a。
1532 年 王九思：《六十五自寿四首》，载《全明散曲》，第 893 页。
1533 年 王九思：《六十六自寿四首》，载《全明散曲》，第 894 页；康海：《五十九初度》，载《沜东乐府后录》，卷上，第 7 页 b—第 8 页 a。
1534 年前 张炼：《寿康对山太史》，载《全明散曲》，第 1338—1339 页（参照《渼西山人初度录》A 部，第 26 页 b—第 27 页 b）。

130

1534 年

王九思:《六十七自寿》,载《全明散曲》,第898—899页;康海:《六旬暖寿》,载《沜东乐府后录》,卷上,第8页a(暖寿是指在诞辰前一天所举行的祝寿仪式);康海:《六旬作》,载《沜东乐府后录》,卷下,第34页b—第35页b(参照《沜西山人初度录》B部,第2页a—第3页a);熊子修,见《沜西山人初度录》A部,第15页a—第16页b;东汉,见《沜西山人初度录》A部,第17页a—第18页b;华岩山人,见《沜西山人初度录》A部,第18页b—第19页b;张炼:《寿对山舅六十》,载《全明散曲》,第1704—1705页(参照《沜西山人初度录》A部,第27页b—第28页b);私史沐,见《沜西山人初度录》A部,第31页b—第32页b;何瑭:《寄寿康对山太史》,载《全明散曲》,第1118—1119页。

1535 年前

张治道,见《沜西山人初度录》A部,第19页a—第20页b;康河,见《沜西山人初度录》A部,第23页b—第24页b。

1535 年

王九思《六十八自寿》,载《全明散曲》,第900页;康海:《寿日》,载《沜东乐府后录》,卷下,第36页b—第37页b(参照《沜西山人初度录》B部,第3页a—b);王九思:《贺对山先生六十一寿》,载《全明散曲》,第961—963页(参照《沜西山人初度录》A部,第3页a—第5页);康河,见《沜西山人初度录》A部、24页b—第25页a;张治道,见《沜西山人初度录》A部,第20页b—第21页a。

1536 年

王九思:《六十九自寿》,载《全明散曲》,第901页;康海:《六十二自寿》,载《沜东乐府后录》,卷下,第22页a—第23页a(参照《沜西山人初度录》B部,第4页a—第5页a);熊子修,见《沜西山人初度录》A部,第16页b—第17页a。

1537 年

王九思:《七旬自寿》,载《全明散曲》,第968—969页;何瑭:《溪陂先生七十寿词》,载《全明散曲》,第1111—1112页;康海:《寿溪陂先生七十》,载《沜东乐府后录》,卷下,第45页a—第46页a;张炼:《寿溪陂先生七十》,载《全明散曲》,第1690—1691页;康海:(小令4)《六十三作》,载《沜东乐府后录》,卷上,第8页a—b;(套数3)《丁酉岁书怀》,载《沜东乐府后录》,卷下,第13页b—第15页a(参照《沜西山人初度录》B部,第5页a—第6页b);《六十三作》,载《沜东乐府后录》,卷下,第57页b—第58页b(参照《沜西山人初度录》B部,第6页b—第7页a);《六十三初度》,载《沜东乐府后录》,卷下,第1页b—第2页a(参照《沜西山人初度录》B部,第7页a—b);张炼:《寿对山舅六十三》,载《全明散曲》,第1695—1696页(参照《沜西山人初度录》A部,第29页b—第30页a)。

1538 年 王九思：《七十一自寿》，载《全明散曲》，第 971 页；康海：《戊戌岁正有感》，载《沜东乐府后录》，卷下，第 48 页 b—第 49 页 b（参照《沜西山人初度录》B 部，第 7 页 b—第 8 页 b）；张炼：《寿对山舅六十四》，载《全明散曲》，第 1691—1692 页（参照《沜西山人初度录》A 部，第 28 页 b—第 29 页 b）；张炼：《寿南川舅六十》，载《全明散曲》，第 1715—1716 页［张炼还有一个祝康浩（南川）八十寿的套数，载《全明散曲》，第 1701—1702 页］。
1539 年 王九思：《七十二自寿》，《全明散曲》，第 908—909 页；康海：（小令 2）《巳［己］亥初度》《桴儿上寿喜作》，载《沜东乐府后录》，卷上，第 8 页 b—第 9 页 a；（套数 1）《六十五作》，载《沜东乐府后录》，卷下，第 3 页 a—第 4 页 b；康海：（为马理）《寿溪田先生》，《沜东乐府后录》，卷下，第 52 页 b—第 53 页 a。
1543 年 王九思：《溪田先生七十寿词》，载《全明散曲》，第 976—977 页。
1544 年 《全明散曲》，第 981 页。
未系年 马理：《溪田文集》，卷六，第 212 页 b—第 213 页 a，收于《四库全书存目丛书》，集部第六九册，第 525 页；东山居士，见《沜西山人初度录》A 部，第 21 页 a—第 22 页 a；鹿苑洞仙，见《沜西山人初度录》A 部，第 22 页 a—b；康浩，见《沜西山人初度录》A 部，第 22 页 b—第 23 页 b；伯赵，见《沜西山人初度录》A 部，第 25 页 b—第 26 页 b；清溪居士，见《沜西山人初度录》A 部，第 30 页 a—b；康梧，见《沜西山人初度录》A 部，第 30 页 b—第 31 页 b；康海：（为华岩）《赠华岩》，载《沜东乐府后录》，卷下，第 32 页 a—第 33 页 a；康海：（为东汉）《赠渭川》，载《沜东乐府后录》，卷下，第 35 页 b—第 36 页 b；张炼：《寿溪田先生》，载《全明散曲》，第 1713 页。

131 　　当然，撰于这个圈子内的寿曲远比上表所列的要多得多[66]；尽管如此，列表还是呈现出祝寿曲作的惊人规模。元代亦有祝寿之曲[67]，但与特定的圈子的紧密联系，在明代中期之前尚未成气候。

寿曲：流行、风格与主题

　　这些于诸如寿宴这等应酬场合所作或是为其而作的社交散曲通常都被认为是无聊之作而为学界所忽视，因此，它们总是被现代选本所刻意筛除或是严词批判。然而，在它们写成时的明代中叶，情形却大相径庭，如在《北宫词纪》这样的明代选本中，这些应酬场面之曲是辑录的主流；而像《初度录》这样的选本也透露出当时文人在特别努力地推进祝寿散曲的刊刻结集。

　　寿宴散曲通常对欢悦庆典场面雕章琢句、浓墨重彩，不吝溢美地恭祝寿主万寿无疆。张伯赵恭贺康海的寿曲套数的前两支曲子就代表了明代寿曲的典型风格：

[南吕·一枝花]

132 南极跨凤来,西母乘鸾降。金童持玉笈,月姊献霞觞。宝篆琳琅,瑞霭祥云荡。氤氲满座香。虽则是焰长空赤帝扬威,且喜得透疏帘清飔较爽。

[梁州]

  摆列着美甘甘冰桃雪藕,喫不尽香喷喷玉液琼浆。群仙聚集瑶台上,你看他钟韩曹吕[68],相伴着何李蓝张。手中乐

133 器[69],囊里金丹,明湛湛万道霞光,只听的韵悠悠八扇云扬,有一个许飞琼[70]喜怂怂奏瑟吹簧,有一个董双成笑盈盈弹丝鼓掌,有一个小嫦娥[71]舞翩翩拽佩鸣珰。非常庆赏,珑璁四壁青云帐。看了这规模敞,堪写入丹青画图上,气势轩昂①。[72]

  以长生主题为助兴,这些曲子对宴席上的美食、美乐、美妓等祝寿场景加以不厌其烦地刻画和渲染。这些特征几乎是大部分寿曲的主旋律,而这些散曲也因此招致了认为它们缺少真情实意的批评。

---

① 原著作"气宇轩昂",当误。——译者注

然而，并非所有寿曲都是千篇一律的刻板，比如清溪居士寄赠康海的寿曲套数：

[双调·新水令]

黄山沣水本来奇，产人豪果然真异。风流羞阮谢[73]，匡济拟周伊[74]。遇盛世明时，却不得展心事。

[落梅风]

辞天上，隐浒西。谢安石可惜闲地。玩烟霞逐日价烦杖藜，那一事入得他胸次。

[雁儿落]

虽无钟鼎期，自有身心计。还丹[75]九转成，作赋三都废[76]。

[得胜令]

初度介庞眉，贺客宴瑶池。红拂[77]歌金缕[78]，雕盘荐紫芝[79]。懽怡，开画阁排仙剧。栖棲，奏钧天捧玉卮。

[歇拍煞]

看了他无忧无虑南窗睡，无荣无辱西岩醉。掩松扉，习
静便幽，捡玉笈，伤今悼昔。可本是天宫谪降仙，休当做宦邸
寻常辈。与溪田老是关西四子，泾野吕先生，渼陂王太史①。[80]

较之张伯赵的散曲，清溪居士这一套数则把笔墨更多放
在康海本人而非寿宴上；张伯赵和其他人的寿曲都对宴席加
以繁词冗句的描写，在此散套只在第四支曲里略微提及——
两组寿曲的差别值得在更多方面细加甄别。

对于这些寿曲，我们还能提出许多有趣的问题，例如，
既然这些曲子关注祝寿的即时场景，那么作品的即兴性就是
一个值得讨论的话题。此外，阖家团圆和长生不老这两组截
然不同的理想是如何异文合并有机统一的？清溪居士的这类
寿曲在多大程度上关涉的是官场抽身而非祝寿本身？

即兴性的问题

寿曲在应酬场合多是可用于表演，因为祝寿常常伴随歌

---

① 原著作"王先生"，当误。——译者注

儿舞女鼓瑟吹笙。例如，王九思在他的应酬场面之曲中就曾提到过诸如"玉奴""雪儿"这样类型化的歌妓之名[81]。寿曲包含的信息也强烈暗示了供表演的语境，试看东汉寄赠康海寿曲的结句：

我将这不知音无腔调，演歌一曲万年春，祝遐龄天地远。[82] 137

这些曲段在康海寿宴上当着寿主的面被演奏的时候，想见定会到达它的最佳效果。尽管有一些场合之曲确是即兴写成的，然而这些明代中期曲家作品的即时性和自发性却愈发难以判定，因为在这样的场合为寿星撰寿曲已是一种惯例，更可能是祝寿者提前准备、事先完成。而有些寿曲标明是"寄"与寿星（通常由仆童或朋友交付），这也说明这些曲子虽是为应和这种场合而生，却不必在现场挥毫而就[83]。

谋篇布局的结构谨严也许并非这些作家构思散曲时的首要考量，康海在自己的散曲中反复强调曲子的即兴本质，而他的一句代表作将这种本质淋漓尽致地展现出来："得意处便留篇"——此句在他的散曲中出现不止一次[84]。然而这也不意味着康海会因此降低自己的创作质量，他在另一首宴曲中提到"一字字形容着胸次，一行行包藏着意思"[85]，实际上，他也在呼吁他的读者不要轻视这些社交即席应酬之曲的实质内容。

康海有不少曲作都为特定场合应景而撰。例如，在题为《端午》的套数中他写道：

但遇见好时光，动不动浅斟低唱。唤秦娥出洞房①，并燕姬理乐章。[86]

尽管戏曲表演是办寿的保留节目之一（"演戏庆寿"）[87]，但仅有一支与康海相关的寿曲提到了长生主题的戏剧演出[88]；且能确知的是，在这样的场合里，曲家圈子的成员竟无人特别撰写过剧曲（较之散曲）。因此，散曲应是这等场面的表演中最为主流的形式了，这可能要得益于其相对宽松的句法文法以及能够即时表演、适合各种庆典的特性。此外，虽然康海和王九思在寿曲写作上两种文类兼而有之，并无偏废[89]，但《初度录》只收套数，不录小令。套数优于小令，或是因其鸿篇巨帙而更能巨细靡遗地描述走斝传觞的朝欢暮乐和对寿星誉不绝口。

———————————————

① 原著作"与秦娃出洞房"，当误。——译者注

家族团聚与长生不老

应酬场面之作反映了群体生活，因此，散曲创作的文本空间和现实世界的社交空间之间存在着某种紧密联结。嘉宾的出席对于寿宴这样高度社交化的场合来说至关重要，而到场的规模又代表了寿主广密的社会关系和崇高的身份地位。这样的聚焦点也反映在为康海所写的寿曲上，它们往往强调"贺客填门"[90]。

在这样的庆典中，家族成员的捧场兹事体大，因族系重聚的概念乃云霓之望，通常被认为是家族繁荣的标志之一。所以，许多寿曲都强调康氏家族枝繁叶茂、同堂拜寿，如下引华岩山人的散曲：

> 甥孙背后围，子婿尊前绕，昆弟筵前迓。[91]

对于陕西曲家圈子里罢黜离职或退休致仕的前官员来说，天伦之乐有着特别优选的意义，尤其是与那些仕途顺意但却很少能够回家庆寿的宦吏相比较。张炼在奉贺其舅康浩耳顺之年的寿词尾曲里，清楚地表明那些高官的优爵厚禄都无法跟阖家团圆、家人陪伴相提并论：

139

遮莫教紫罗襕挂上身，黄金印悬在肘，都不如满堂儿女甥和舅，岁岁常斟贺寿酒。[92]

张炼的散曲流露出他对官僚生涯的拒意。过去官员任职，往往都得远赴他乡、骨肉相离，相比而言，像王九思、康海这样退隐故里的贬谪官员才能尽享天伦。

对家庭生活的颂扬是这些寿曲根植于现实生活的一个典型表现，具体例证就是散曲中对庆典场景生动而现实地记录和刻画。此外，这些寿曲还呈现出另一个世界——想象中的神仙幻境，境中仙翁随文人梦境而生，替他们实现理想。从祝寿庆典的现世场景切换到神仙幻境的例子，且看鹿苑洞仙的寿曲套数的一支曲子：

笑吟吟仙①翁举寿觞，喜孜孜仙女齐歌唱，韵悠悠仙音傍耳鸣，闹炒炒仙客填门巷。[93]

仙化的进程在此昭然自见。四句里"仙"字每加复现运

①　原著中 immortal（仙）斜体是作者自注，译著中"仙"字加点以区分。——译者注

用，渐将平凡的社交场面置换成非凡的神仙世界：寿星康海被比作"仙翁"，寿宴上的歌妓被唤为"仙女"[94]，曲家所谱写的人间俗乐被替成"仙音"，此外，其曲所提及的"贺客填门"的称寿宾客（此曲作者也是宾客之一）也变作了"仙客"——该称谓在这类曲子中极为常用。在其他寿曲中，康海也被比作谪仙，借用此典来指涉他从政治和朝廷中急流勇退，如张炼称"他本是陆地散神仙，盛世闲人物"[95]。如前所述，康海其实自己也在早前殉情歌妓的杂剧中扮演过真德洞主的角色。

这些作品把康海比作神仙其实很容易理解。庆寿中最为强调的主题是长寿，这与神仙世界存在着同音共律的联系。没有比把寿星吹捧成一位不受俗世生死纷扰的神仙更好的祝寿良愿了[96]。

除长寿主题以外，这些寿曲对神仙长生的关注还与另一流行概念息息相关，即退隐世界乃是从俗世中化出的别境。王廷相颂美康海的退隐如是说："见如今浒西亭就是神仙府，沂东庄不减蓬莱路。"[97]

对阖家团聚的颂扬和对长生不老的愿望代表了两种截然不同的理想：家人相伴乃深植于现实世界，而长生理想则存在于想象空间。然而，这两个世界却因一个共同的因素而能

141

在这些寿曲中合而为一：退休致仕。这些被罢官免职或被迫请辞的文人退隐故里，重享天伦之乐。对他们来说，退隐别业也就此开启一个远离政治权力争夺的凡尘而堪比仙境的理想世界。

这群文人的有些寿曲的内容跟他们在诸如隐逸主题上所撰写的散曲并无本质差异，这些寿曲的性质也能解释何以王廷相与李开先恭贺康海退隐的散曲被这样一本寿曲集收录是合理的。

寿曲以其社交属能而驰名当世，除了纯粹描写愉场面之外，它们其实还有很多可供挖掘的地方。约翰·多兰（John Dolan）在他对早期现代英诗的场合性诗学（occasional poetics）的研究中指出，场合性书写是"圈中所认可的代言人在这些社群价值需要被纪念的时候，特意对它们加以歌颂"[98]。在这里，寿曲就为这样的场合而生：曲家圈子的成员们一方面向仕途多舛的寿主表达同情之情（他们总会说这是寿星刚正不阿的性格所导致），一方面又集体参与对现实政治局势的批评和抵制。如果寿曲个体都能凸显这样的功能，那么像《初度录》这类选集中的寿曲群体又是如何构建一个为曲家圈子所创设的独特的文本和社交世界呢？

142

"吾乡"(Our World)与"吾圈"(Our Community)的确立

我们要如何定义文本和社交空间以及界定它们的界限和参数呢？《初度录》的序文正好也提出了这些问题：

嘉靖甲午六月，舅氏对山先生岁周甲子。关内缙绅大夫，无远近，咸以文章诗赋贺之。其乐府新声，已不下数十百篇，比之管弦，奏之堂序，洋洋乎风骚之余韵也。炼窈闻而叹焉，曰：人生之乐，惟王公贵人足以备之。然其所以为乐，不过饮食声技［伎］，与便僻奔走尔。其交游之盛、文艺之富，或亦减焉。每观舅氏行乐所与，皆世之人豪，又有王公贵人所不能致者。古之风流豪放，为后世所欣慕，如谢安石、苏

143

子瞻之流，炼不知有是否也？私［？］史[99]汇集以献舅氏，命曰《浒西山人初度录》，属炼序诸首。方舅氏归田后，恒称浒西山人，而对山先生，则天下士大夫所共以谓舅氏者，炼弗易焉。时嘉靖十五年丙申秋七月朔旦甥张炼谨序。

标举康海和他的曲家圈子之与众不同的努力贯穿了整篇序文。张炼论辩说康海跟"王公贵人"流连轻佻无聊之乐是有天壤之别的，而出现在这本寿曲集中跟康海"所与"之人则皆"世之人豪"、时代精英，因此，《初度录》可被视作一部"信史"，记录了以康海为代表的一群特定"人豪"的"风流豪放"文士活动。

这个曲家圈子所写的是什么，《初度录》要呈现的是什么，对读者来说都清晰可辨。张炼提醒到，在寿诞庆典场合中所创作的祝寿文学包括但不限于散曲，还有文、诗、赋，但只有散曲被单独刊刻出版[100]。由此而生的这部寿曲选独辟了一个卓尔不群、迥别于其他文类的文本世界。

另一单独的社交世界也由这群为康海撰写寿曲的圈内文人所创设。寿曲以两种不同的形式很好地呈现这一圈子的两大功能：一方面，自寿曲允许作者宣泄自己的挫败失意，并对有关自己何以罢官免职的非议或与曲写作相关的生活方式的指控加以辩护；另一方面，他人所写的寿曲则同仇敌忾、力挺寿星，以为康海所撰的寿曲为例，对他的声援比比皆是——何瑭称："谢东山岂是耽声妓，只恐怕腐儒眼目，差认了豪杰旌旗！"[101]他提到谢安其实就是支持康海，因康海其人其事常与谢安相提并论。

康海显然极为激赏谢安"东山畜妓"[102]的生活方式，他在自己的一首曲子中公然客串了散漫不羁的谢安的角色：

但闲呵携几个知音妓，大奏起东山丝竹，绝胜他八镇旌旗。[103]

这样的曲子大概很能解释何以到了晚明时期康海的形象被描绘成了一个轻佻浪子："对山常与妓女同跨一蹇驴，令从人赍琵琶自随，游行道中，傲然不屑""对山有四姬，目为随身四帅"[104]。

张序还声称谢安常被认为是"风流"典范。"风流"这个词很难英译，一般形容有才学而不拘礼法的行为或人物，同时还带有情色和放荡的意味。该词很好地提醒读者去注意这种另样的生活方式和创作空间，文人一开始写曲这种文类就与此脱不了干系。康海在退隐故里时就宣称"甚风流似俺"[105]，这是在怪诞特异的个性渐成时代新潮的背景下[106]、在晚明文化圈里日渐彰显的另类人格自我塑形的一则实例。事实上，"风流"也成了康海生活作风的标志，与王九思一起"遂为关西风流领袖"[107]。

用"风流"一词的歧义性来描述曲作世界再合适不过了，而写曲之举须由读者来进行阐释和裁决：那些反对撰写散曲和剧曲的人将之视为大逆不道的行为，而持同情态度的人则将这样的离经叛道解读成放荡不羁和不拘礼教的一种表现。

黜退官员加入或形成这样的文士社交圈很容易找到志趣相投的归属感。王九思得知他朋友夏太守辞官归后，遂撰一套数及四同题小令送之，小令的第一首抄录如下：

[南黄钟·画眉序]

归兴近来切，世态炎凉向谁说。叹红尘堆里困煞豪杰。不如扫淮海晴云，独自玩钓台秋月。要些，结个风流社，名利等闲都撇。[108]

应时而作，王九思再次回到自己歌颂田园隐逸之乐的散曲惯用主题上来。写给一位即将以退隐官员身份加入王九思圈子的朋友，这样的隐逸散曲不只是一种自我反省人生的顾影自怜，更是一种同是天涯沦落人之间的情感表达。但仅靠文本的交流显然是远远不够的，还要邀请某人"结个风流社"以分享同病相怜的人的相伴相亲，而这个圈子是不问世故、高节迈俗的。

然而，这样的圈子也并非适合所有人。写曲总与堕落无拘的生活作风埙篪相应，部分原因在于曲创作的生态氛围不免恋酒迷花、声色犬马之嫌。因此，严肃正派的文人都不愿来趟这潭浑水。康海一度拒邀时任翰林院检讨的王维桢（1507—1556）[①]赴席上寿，因为他相信"然吾与令亲辈每燕必有妓乐，不当以此累公"[109]。

显然，这一圈子的"会籍"（membership）是有一定标准的。在一些歌颂隐逸自我生活的散曲中，康海经常将他的友朋和曲家圈子成员称为"知音"[110]，这些人真正能够欣赏的不只有他的音乐，还有他的人格。更有甚者，康海还刻意将一些人摈弃在他们的圈子和社交网络之外，如他自己高调放言："逍遥散诞俺生活，不知音请躲！"[111]不认同这一圈子所赞许之生活方式的"圈外人"（nonmembers）会被驱逐

---

① 　原著作"王维桢（1507—1555）"。——译者注

离场。这是一个以散曲和剧曲创作来寻求超然自适与离经叛道的生活的专属"风流社",是由一群不断在纾解官场失意、追求相互慰藉的受挫文人所独创的自许之地(a world of their own)。

［本章注释］

［1］关于明代祝寿史的讨论，参看邱仲麟：《诞日称觞——明清社会的庆寿文化》，《新史学》11卷，2000年第3期，第104—109页。"寿诗出现于唐代，寿词出现于宋朝，……至于寿序，当始于元"（同上文，第120页）。中国文学祝寿诗词选集参看侯健：《历代祝寿诗词欣赏》，北京：作家出版社，1991。寿词较受学界关注，如刘尊明：《宋代寿词的文化内蕴与生命主题》，《中国文哲研究通讯》第3卷，1993年第2期，第56—75页；沈松勤：《唐宋词社会文化学研究》，杭州：浙江大学出版社，2000，第270—278页。

［2］梁扬、杨东甫：《中国散曲综论》，第45页、第334页。

［3］参看田守真：《〈沜东乐府〉散论》，《四川师范大学学报》（社会科学版），1986年第3期，第12—13页。本书以陈所闻《南北宫词纪》（赵景深校，北京：中华书局，1959；台北：学海出版社，1971年）的排印版为底本，参照吴晓铃《南北宫词纪校补》（北京：中华书局，1961；台北：学海出版社，1971年）的注释补遗；亦见《北宫词纪》，万历本翻刻版，载《历代散曲汇纂》，杨朝英辑，杭州：浙江古籍出版社，1998。

［4］他们有三个套数曲文补入卷二，见吴晓铃：《南北宫词纪校补》，第34—37页。

［5］《沜西山人初度录》，嘉靖本，现藏于台湾"国家图书馆"，藏书编号：14987；参看陈麟沅：《康海散曲集的新发现及其文献价值——读台湾"国家图书馆"所藏〈沜东乐府后录〉二卷》，第78页（修订版见陈麟沅：《明中叶曲家康海资料的新发现及其价值》，载《中国戏剧：从传统到现代》，董健、荣广润编，北京：中华书局，2006，第179—196页）。

［6］对《沜西山人初度录》的系年基于此集收录康海写于1538年的自寿曲，而不收写于1539年他人为康海恭贺其六十五岁寿辰的寿曲之事实，后者见于《沜东乐府后录》，卷下，第3页a—第4页b。

［7］《沜西山人初度录》，第5页b—第9页a，第10页b—第15页a。①

［8］《全明散曲》中未收录的曲家及其散曲作品在本书附录中以星号 * 标示。

---

① 《沜西山人初度录》中二人曲作分别为［正宫·端正好］［双调·新水令］。——译者注

［9］本书对这些寿曲文本及作者的参考引文均出自《浒西山人初度录》，凡与《北宫词纪》相悖的文本异文和作者署名争议都以注释形式加以说明。

［10］例如，王九思：《南山行寄熊子修》诗，载《石仓历代诗选》，曹学佺编，《四库全书》本，卷四百六十九①，第9页b—第10页a。

［11］除非另文标注，本书关于杨武的生平信息皆出于王九思：《明故中宪大夫都察院左金都御史北山杨公墓志铭》，载《重刻渼陂王太史先生全集》，第797—805页。

［12］谈迁：《国榷》，第2979页。

［13］金宁芬：《康海研究》，第163页。

［14］参看康海：《寄北山》、《北山宅夜宴》、《北山》（《有怀十君子词》组曲之一）、《寄北山子》、《寿北山先生》及《北山先生席上作》，分见于《全明散曲》，第1126页、第1136页、第1150页、第1161页、第1178—1180页、第1206—1207页。

［15］参看康海一支似与寿宴相关的散曲《北山席上》，载《浒东乐府后录》，卷上，第6页b；以及题为《吊北山归扶风道中遇雪》的套数，同上书，卷下，第18页a—b。

［16］《浒西山人初度录》，第9页a—第10页a。②

［17］《全明散曲》，第2622—2623页。

［18］由于熊子修生平未详，故本书多取王九思对其父熊恭的传记以获取有限的资料，参看王九思：《老御史传》，《重刻渼陂王太史先生全集》，第882—885页。

［19］《浒西山人初度录》，第15页a—第17页a。③

［20］康海：《中秋柬云梦子》，载《浒东乐府后录》，卷下，第19页b。

［21］参看张炼套数《寿元宵宴集时熊云梦过访》，载《全明散曲》，第1715页。张炼也在自己的多首诗中提及熊子修，其《太乙诗集》（收于《四库全书存目丛书补编》）数处有引。王九思在熊父传记也提到"云梦熊子修尝自

---

① 原著误作卷四百六十。——译者注

② 《浒西山人初度录》中曲牌为［南吕·一枝花］。——译者注

③ 《浒西山人初度录》中二曲分别为［商调·集贤宾］［南曲·高阳台］。——译者注

奉天两访予鄂杜"(《老御史传》,载《重刻渼陂王太史先生全集》,第885页)。康海也在长安送别之际赋诗与熊子修,见康海:《长安别熊侍御子修》,载《康对山先生集》,卷七,第14页b,收于《续修四库全书》,第1335册,第143页。

[22] 关于东汉的生平信息,参看王维桢:《亚中大夫长芦都转运盐使司运使渭川东公行状》,载《槐野先生存笥稿》,卷十二,第11页a—第16页b,收于《续修四库全书》,第1344册,第124—126页。

[23] 康海:《明故中宪大夫四川按察司副使东公封太恭人薛氏合葬墓志铭》,载《康对山先生集》,卷四四,第20页a,同上书,第1335册,第485页。

[24] 这里用的是汉代疏广、疏受叔侄同日辞官的典故。

[25] 王维桢:《亚中大夫长芦都转运盐使司运使渭川东公行状》,载《槐野先生存笥稿》,卷一二,第15页a—b,收于《续修四库全书》,第1344册,第126页。

[26]《浒西山人初度录》,第17页a—第18页b。[①]

[27] 康海:《同德清过渭川精舍》,载《浒东乐府后录》,卷下,第5页a—第6页a。

[28] 康海:《赠渭川》,同上书,第35页b—第36页b。

[29] 参看王九思为东汉之弟东野(1482—1507)所撰《明故承直郎刑部福建清吏司主事东君墓表》,载《重刻渼陂王太史先生全集》,第610—614页。

[30] 康海:《明故中宪大夫四川按察司副使东公封太恭人薛氏合葬墓志铭》,载《康对山先生集》,卷四四,第15页b—第21页a,收于《续修四库全书》,第1335册,第483—486页。

[31] 明代文人刘寓(1514年进士)亦号"华岩",但没有证据表明他跟这个圈子文人之间有任何关联。

[32] 康海的《惜春柬华岩》《赠华岩》都像是为华岩山人所撰的寿曲,分见于《浒东乐府后录》,卷上,第18页a—b;卷下,第32页a—第33页a。"华岩"当是"华巖"的异文。

[33]《浒西山人初度录》,第18页b—第19页b。

---

① 《浒西山人初度录》中曲牌为 [双调·新水令]。——译者注

［34］关于康浩的生平，参看《武功县重校续志》，重刊康熙本，卷二，第9页a，收于《地方志人物传记资料丛刊（西北卷）》，北京：北京图书馆出版社，2001，第6册，第589页。

［35］金宁芬：《康海研究》，第186—187页。康海早前也有一些寄与康浩劝其辞官的信和诗。（同上书，第180—181页。）

［36］康浩在《沜东乐府》跋记中提到"好事者求录踵至"，见《沜东乐府》，卷二，第32页b，收于《续修四库全书》，第1738册，第533页。此跋写于嘉靖甲申（1524年）春三月，而康浩罢官归里不过是上一年十月的事。

［37］《浒西山人初度录》，第22页b—第23页b。康海和张炼倚此曲牌填词的套数，分见于《全明散曲》，第1215—1216页、第1726—1727页。①

［38］关于康河的生平，参看王九思：《明故中顺大夫江西赣州府知府致仕沜川康君墓志铭》，载《重刻渼陂王太史先生全集》，第1041—1051页；许宗鲁：《沜川康君传》，载《少华山人文集》，嘉靖本，台北：台湾"中研院"傅斯年图书馆微缩胶片影印，卷一三，第11页a—第12页b；亦参看金宁芬：《康海研究》，第270—272页。

［39］参看《浒西山人初度录》，第23页b—第25页a；《全明散曲》，第1493—1494页。

［40］此处推断是基于此二套数中的第二首写于1535年康海六十一岁诞辰的事实。

［41］王九思：《明故中顺大夫江西赣州府知府致仕沜川康君墓志铭》，载《重刻渼陂王太史先生全集》，第1050页。

［42］金宁芬在对康海家族的新近研究中未提及康梧，见金宁芬《康海研究》的"家乘"篇（第259—282页）。

［43］《浒西山人初度录》，第30页b—第31页b。

［44］《全明散曲》（第1337页）指出还有一位散曲家也叫"张伯纯"，跟张炼并非同一人，这个错误很可能是由《北宫词纪》交替使用"张炼"和"张伯纯"所致，而又被《全明散曲》不加分辨地沿用。现在就《浒西山人初度录》所收张炼写给康海的寿曲的最早版本来看，撰曲的"伯纯"就是康海

---

① 《浒西山人初度录》中曲牌为［燕过声］。——译者注

之甥，因此必为张炼无疑。

［45］关于张炼的生平，参见《武功县重校续志》，卷二，第12页a—b，收于《地方志人物传记资料丛刊（西北卷）》，第6册，第591页；金宁芬：《康海研究》，第278—279页。

［46］张治道：《张母老夫人八十寿序》，载《嘉靖集》，嘉靖本，台北：台湾"中研院"傅斯年图书馆微缩胶片影印，卷八，第15页a。

［47］《全明散曲》，第1646—1728页。

［48］《全明散曲》，第1715—1716页、第1701—1702页。

［49］《浒西山人初度录》，第26页b—第28页b。

［50］同上书，第28页b—第30页a。

［51］《全明散曲》，第1691—1692页、第1695—1696页。

［52］《北宫词纪》将第一个套数署名吕柟，第二个套数署名张炼，分见陈所闻：《南北宫词纪》，第456页、第429—430页。《全明散曲》的编者注意到这个问题，并把第一个套数分列于两位作者名下俟考，参看《全明散曲》，第1241—1242页（吕柟）、第1691—1692页（张炼）。

［53］吕柟单凭这一散套在《全明散曲》中占有一席之地，并且也被主流参考书如《中国曲学大辞典》列为明代散曲家。

［54］张炼（鍊）所有兄弟的字都以"伯"字居中，如张锐字伯启，张镈字伯始。除此二位之外，"伯赵"可能是张炼另三位兄长张铸、张铉、张镐中的一位。

［55］《浒西山人初度录》，第25页b—第26页b。

［56］康海的一首五言古体诗《清溪老人歌》所致献的对象跟"清溪居士"应是同一人，见《康对山先生集》，卷五，第9页a，收于《续修四库全书》，第1335册，第123页。

［57］《北宫词纪》认为这位作者名叫"史沐"，但据《浒西山人初度录》的序文和文本来看，这位作者应是名"沐"，号"私史"，姓氏待考。

［58］《浒西山人初度录》，第21页a—第22页a、第22页a—b、第30页a—b、第31页b—第32页b。

［59］关于张治道的生平，参看乔世宁：《刑部主事太微张公治道墓碑》，载《国朝献征录》，焦竑辑，卷四十七，第72页a—第74页b，收于《明代传记

丛刊》，第 111 册，第 306—307 页。

[60] 张治道自称"余自正德戊寅（1518）谢病归"，见《嘉靖集》序，第 4 页 a—b；而王九思在《太微后集》序文里则称张治道"正德己卯（1519）弃官来归"[1]，见王九思：《刻〈太微后集〉序》，载张治道《太微后集》，第 1 页 a—b。由此可见，张治道应是在告假还乡期间"弃官"。

[61] 金宁芬：《康海研究》，第 177 页。

[62] 参看张治道：《对山先生集序》，嘉靖（1545 年）本，载康海《对山集》，第 1 页 a—第 2 页 b，收于《四库全书存目丛书》，集部第五二册，第 250—251 页；张治道：《渼陂先生续集序》，载王九思《重刻渼陂王太史先生全集》，第 671—673 页。反之，康海和王九思也为张治道的文集撰序，参看康海：《〈太微山人张孟独诗集〉序》，载张治道《张太微诗集》，第 1 页 a—第 2 页 a；王九思《刻〈太微后集〉序》，载张治道《太微后集》，第 1 页 a—b。

[63]《浒西山人初度录》，第 19 页 b—第 21 页 a。第一曲无法系年，但第二曲提到康海刚年过六十，因此很可能是写于康海六十一岁生日的 1535 年。

[64] 本书第六章将对此详加讨论。

[65] 张治道《作词戏作二绝》，载《嘉靖集》，卷四，第 43 页 a[2]。

[66] 表 4-2 主要关注围绕康海和王九思寿诞所撰（自撰和他撰）的寿曲，兼及一些为该圈子其他成员生日所撰寿曲，而为陕西曲家圈子之外的文士所写的寿曲则未列人表。

[67] 例如，王恽（1227—1304）[3]：《寿李夫人》《寿府僚》，张养浩：《寿日燕饮》，张可久：《寿溪月王真人》，分见于《全元散曲》，第 100—102 页、第 433 页、第 961 页。

[68] 这里提到的四位与下一行提到的四位人物一起，即为民间道教信仰中著名的"八仙"。关于"八仙"在庆寿中具有特定意义的超度剧角色研究，参看 W. L. Idema（伊维德），*The Dramatic Oeuvre of Chu Yu-tun*（1379–1439），esp. p.64.

---

① 原著引《刻〈太微后集〉序》作 1521 年"弃官来归"，当误。——译者注

② 原著误作第 42 页 b。——译者注

③ 原著作"王恽（1236—1304）"。——译者注

[69] 八仙中每一仙人都携有自己标志性的"法器/宝物",有些是乐器,如韩湘子手持玉箫,而张果老则配有一种以竹为筒、其末俱略反外的乐器"鱼鼓"。

[70] 许飞琼和董双成(见下行)都是西王母的侍女。

[71] 嫦娥是服食不老神药后飞升入月的仙女。

[72]《浒西山人初度录》,第25页b—第26页a。

[73] 阮籍和谢安(320—385)都是以放浪形骸的作风而知名的历史人物。

[74] 伊尹和周公各自摄政以维护重建商、周二朝的政权稳定。伊尹流放汤王长孙太甲令其改邪归正重建成明君,而周公则在其兄武王过世之后摄政辅佐武王之子。

[75] "还丹"是指道家炼丹时,仙丹在循环变化之中返璞归真、成丹而复还本处的过程。

[76] 此指左思(约逝于305年①)历尽十年写就的《三都赋》。

[77] 红拂是唐传奇《虬髯客传》中一位隋朝宫廷侍妓,以慧眼识出将军李靖(571—649)的英雄奇才而知名。因此,这个套数既以红拂来指称寿宴上的歌妓,作者也应是把康海比作李靖。

[78]《金缕衣》是一首著名唐诗的题目。

[79] "紫芝"是一种能延年益寿的灵芝。

[80]《浒西山人初度录》,第30页a—b。

[81] 同上书,第2页a。

[82] 同上书,第18页a—b。

[83] 例如,何瑭为康海花甲所撰寿曲中就解释了自己"本待要命驾访仙居,裹粮舂宿米,只为这病身躯行不得远程途"(《全明散曲》,第1118—1119页)。康海也曾为他的友人生辰"寄"寿曲,参看康海:《寄寿南庄先生》,载《沜东乐府后录》,卷下,第55页a—第56页b。

[84] 例如,康海:《席上作》四首其二,载《全明散曲》,第1174页;康海:《河东道中怀浒西别业》,载《沜东乐府后录》,卷下,第5页a。

[85] 康海:《九日宴集》,载《全明散曲》,第1128页。

---

① 原著卒年作306。——译者注

［86］康海：《端午》，载《沜东乐府后录》，卷下，第11页a。

［87］邱仲麟：《诞日称觞——明清社会的庆寿文化》，第134—135页。

［88］参看前引清溪居士寿曲套数的第四支曲，载《浒西山人初度录》，第30页b。

［89］甚至康海自己为数众多的祝寿小令也一首未选。

［90］张太微（治道）写给康海的第二部寿曲，载《浒西山人初度录》，第20页b。

［91］《浒西山人初度录》，第19页b。

［92］张炼：《寿南川舅六十》，载《全明散曲》，第1716页。

［93］《浒西山人初度录》，第22页a。

［94］西王母的侍女董双成是寿曲常用来指代这一场合中歌儿舞女的另一神异
　　　典故。

［95］《浒西山人初度录》，第28页b。

［96］可比较伊维德［W. L. Idema, *The Dramatic Oeuvre of Chu Yu-tun*（*1379-
　　　1439*），p.66］对朱权的超度剧《冲漠子独步大罗天》的研究，他认为"这
　　　也反映了这种舞台上的庆典就是现实生活中礼仪的转换，并突出了为之演
　　　戏、庆喜的那个人"。

［97］《浒西山人初度录》，第8页b。

［98］John Dolan, *Poetic Occasion from Milton to Wordsworth*（New York: St.
　　　Martin's Press，2000），p.2.

［99］原文此字是"秋"或"私"已汗漫难辨。本书倾于作"私"，因为"私史"
　　　是《浒西山人初度录》第一部最后一位作者的名字中一部分，编纂者将自
　　　己的作品放在选集的末尾也是惯例之习。

［100］提请读者再次留意，与其他"正统"（serious）文类不同，曲通常被排除
　　　 在文学选集或文人全集之外，故而用曲以外的文类创作的祝寿作品更有
　　　 可能为文人别集收录而得以传世。

［101］《浒西山人初度录》续集，第2页a。

［102］余嘉锡：《世说新语笺疏》，周祖谟辑，上海：上海古籍出版社，1993，
　　　 第403页。

［103］康海：《六十二自寿》，载《沜东乐府后录》，卷下，第23页a。

［104］蒋一葵：《尧山堂外纪》，卷九十二，第16页b—第17页a，收于《续修
　　　 四库全书》，第1195册，第137—138页。

［105］康海:《南斋漫兴》八首之三，载《全元散曲》，第1122页。

［106］何予明［Yuming He, "Productive Space: Performance Texts in the Late Ming" (Ph.D. diss., University of California, Berkeley, 2003), pp.7 - 8.］指出晚明时期私人表演空间（private performance space）成了这种另样"风流"人格自我塑形的沃土。

［107］蒋一葵:《尧山堂外纪》，卷九十二，第14页b，收于《续修四库全书》，第1195册，第136页。

［108］王九思:《送前人》，载《全明散曲》，第903页。

［109］何良俊:《四友斋丛说》，第127页。

［110］例如，康海小令《看花有感》及套数《同德清过渭川精舍》，分见于《沜东乐府后录》，卷上，第20页b；卷下，第6页a。

［111］康海:《浒西赏花》小令四首其四，载《沜东乐府后录》，卷上，第3页a。①

---

① 本书标题"Songs of Contentment and Transgression"亦参此"逍遥散诞"之句，同见于其另一散套《夏赏》［紫花儿序］，载《沜东乐府》套数卷。——译者注

间

奏

第五章　二地两代曲学大师的交遇

对后世有影响的一段插曲

就在康海高中状元的 1502 年，李开先出生在山东省章丘县，他是十六世纪北方继康海和王九思之后的第三位主要曲家。李开先与康、王的交遇是在 1531 年[1]，而在这之前，年轻的李开先已开始尝试曲创作：

予少时综理文翰之余，颇究心金元词曲，凡《中原》、《燕山》、《琼林》、《务头》[2]四韵书，《太和正音》、《词话》、《录鬼》、《十谱格》、《渔隐》、《太平》、《阳春白雪》、《诗酒余音》[3]二十四散套，张久可［可久］、马致远、乔梦符、查德卿等八百三十二名家，《芙蓉》、《双题》、《多月》[4]、《倩女》[5]等千七百五十余杂剧，靡不辨其品类，识其当行。音调合否，字面生熟，举目如辨素苍，开口如数一二。甚至歌

150

199

者才一发声，则按而止之曰："开端有误，不必歌竟矣！"坐
客无不屈伏。时或强缀一篇，虽中板拍，殊无定声，以此钩
致虚名。然非有神解顿悟之妙，好之笃而久，是以知之真而
作之不差耳。[6]

李开先在此自夸他对知名曲家作品和各类韵书（其
中部分已失传）都了然于心，并宣称他身为曲学行家
（aficionado）的能力和声名要归功于他对曲这一文类的长年
浸淫。另外，李开先还提到："余性好游，敲棋（这一嗜好广
受欢迎）编曲，竟日无休，归则读书夜分，务补昼功。宜人
每戒之曰：'人言白日沿村啜茶，夜晚点灯缉麻，子之谓夫？
且人生气血有限，昼夜兼劳，久之气血兼病矣！'"[7]

李开先早年对曲的兴趣可能是受其同乡袁崇冕（1487—
1566）的影响，"识面在正德末年（1521年），定交在嘉靖初
年。因词曲而识面，因契合而定交"。李开先推重袁崇冕，"盖
词曲乃西野翁倡之，而中麓子继之"[8]。

曾一度汇编成集的李开先早年曲作现已亡佚，仅有序文
因保留在李开先文集中而得以传世[9]。据此序所言，"予少
时综理文翰之余，颇究心金元词曲……继叨窃科第（1529年
进士），厕名郎曹（以户部主事始），征逐流尘，兢兢了公

务之不暇，于是弃置不为，今十年所矣。及归林下（1541
年）……"在这段历程里，最令明代戏曲和散曲研究者感兴
趣并被特别强调的事，当数李开先于1531年因公赴陕之时
与王九思和康海的那次著名的会面了。

　　较之康海（年长27岁）和王九思（年长34岁），李开
先属于年轻一辈。1531年他拜见两位前辈大师，通常被描述
为李开先作为后进弟子为前辈嘉许其才华的场景，如他自言：

　　予尝饷军西夏，路出乾州，偶遇康对山，坐谈即许以国
士，当夜作一正宫长套词赠之，传播长安以及鄠县，而张太微、
胡蒙溪又交口称誉，以为自来会晤过客，无如予者。康又相约，
事竣游武功以及鄠、杜，见渼陂翁。翁闻之，朝暮北望，不
见音尘，意料或不来矣。忽一日造其门，惊讶以为从天降也，
握手庆幸，有如旧交，谈倦则各出所作，互相评定，半夜而
寐或彻夜不寐者凡五六夜，而赓和之作，约有一小册。[10]

　　这段文字出自李开先为王九思所撰传记，它不仅揭示了
他人是如何看待李开先的，而且也表露出李开先希望读者如
何认识他在这段关系中的位置。文字中自矜自夸的语气特别
引人瞩目[11]。

就在拜见的当夜，李开先向康海敬献了一散曲套词。这

一长套值得留意：它包含了三十五支曲子[12]——而一般的
套数通常只是六到十二支曲子而已。

李开先在第二支曲中既流露出对康海的久仰之心，也对
其黜官表示同情：

［滚绣球］

要相逢恨不能，得相逢喜又惊，证果的名实相称。把伤
心世态闲评，热情怀变冷冰，正团圞散晓星。都只为争名求
胜，巧舌头恶浪千层。你如今文高一世人偏憎[13]，学贯三
才[14]志不行，怎能勾①万里前程？[15]

如果康海的旷世之才不能为朝廷所用，他又该何处觅知
音？李开先遂加以解释：

［二十煞］

读书破万卷，诗成神鬼惊。才华炫耀珍珠迸。阳春白雪
那能和，绿水青山谁与盟。远不出长安境，一个是太微才子，

---

① 原著作"勾"字作"够"。——译者注

一个是紫阁先生。[16]

　　此曲首句援引的是杜诗中描述李白及杜甫自己的名句，把康海与唐代诗坛的双子星座相提并论，是李开先对其最高的礼赞。对于这样一个天赋异禀的人来说，身边就应该有真正理解他的为人、欣赏他的妙曲的知音——李开先声称他们就是康海的友人、陕西曲家圈子中的王九思、张治道。

　　李开先对康海最终能够脱离尔虞我诈政治纷争的龌龊世界而重回故里林下感到十分欣慰，并如是说："做一个投林的倦鸟，胜强如出海的飞鹏"[17]，他还描摹了康海在友邻和乐曲陪伴下对自己的隐居生活是如何的心满意足：

　　[十一煞]
　　有时节列华筵召友生，唤红裙拂锦筝，良时永夜同欢庆。醉来不倚鲛绡枕，月上空闲翡翠屏。编捏些随时令，教的他会，唱与咱听。[18]

　　李开先在自己的某些曲子中甚至直接"回应"康海之曲。例如，在下面这首曲子中，他引用了康海作品常用的马援的典故（第一章曾有讨论）：

155

［四煞］

繁华风里灯，功名水上萍，晦明迁转全难定。朝中忽起明珠谮，塞外虚存铜柱名[19]。叹马援逢权佞，见机的是扁舟范蠡，五柳渊明。[20]

这个长达三十五曲的套数略显冗长，将传统煞尾的固有模式打破，从第十三曲到第三十四曲总共二十二支煞曲加插其间，李开先因执迷（self-indulgence）于此非同一般的规模而多遭微词。只有置于创作的原初语境下，此长套的目的和功能才能完全彰显：此曲是年轻的李开先初见康海当晚所写，创作如此鸿篇巨帙，无非是想要极力表现自己的撰曲才能，此外，在篇幅远超常作的长套中也能更为从容地饾饤辞藻以表达对康海的敬意和赞誉。此举颇为有效——李开先给康海和长安的其他文人留下了深刻印象。

那么，为什么李开先会选择曲这种在当时并不是最常用于首次拜谒时向前辈致意的文类呢？在这样的场合，文人互动最通常是写诗[21]。一个可能的解释是，王九思和康海对曲的兴趣已是声名远播，而李开先以投其所好的方式予以回应，且他在此文类上的天赋也让他能够打动王、康二人并跻身于他们的社交圈中。

三位主要曲家之间的关系非常奇妙，我们不妨通过他们在写给对方的作品中所持语气来探析微妙的"权力结构"（power structure）。一般来说，年轻的低阶官员李开先被认为对王九思和康海执弟子礼，也有学者认为，李开先跟王九思、康海的相遇"深刻地影响了他的用舍行藏和文学追求"[22]。李开先自己也一度承认"予初碌碌，赖二翁称扬有名，鄙作亦赖之得进"[23]。

与这些前辈大人物交善，对李开先的仕宦显然大有裨益，譬如康海就曾高度评价道"闻天下之善士如开先者"，并把他举荐给时任吏部尚书的唐龙（1477—1546）[24]。然而，这次交遇对李开先文学创作，特别是曲体写作的实际影响，则需要慎重掂量。在李开先拜见之前，康、王都已是知名曲家，且各有曲集刊刻问世，但这不像某些学者认为那样，康海和王九思在散曲和剧曲创作领域就是李开先的导师，这次拜会也并非促使李开先尝试写曲的契机[25]。入圈之前的李开先的个人经历表明他熟悉此文类，谒见康海时已然写得一手好曲，否则他不可能在见面的当晚写出这一长套来。

另外，李开先对自己身兼曲论家和行家身份的自信是显而易见的。虽然王九思比他年长三十四岁，但李开先仍初生牛犊不怕虎地指出王的一出戏中某些章句的押韵错误"请予改作"[26]；还称"曩游鄠县，王渼陂（九思）使人歌一套商调词，试予评之"——王九思对李开先的才识深以为许[27]。王九思认为李开先是值得信赖的词曲行家，并表达了对后者在这一文类上的天赋和能力的肯定和认同。章丘地方志所载的李开先传记如是描述了这次会面：

158

> （李）尝奉使关中，康修撰德涵、王检讨敬夫，凤搅词名，意不可一世。见开先词，皆亟加赏命，折节倒屣[28]，不敢称前辈。[29]

这段描述多有章丘方志的编撰者对本地人物的自夸，但它也不纯属无稽之谈。一位文人可以同时属于不同的圈子，在其中的角色作用也不尽相同。李开先是时只是一名低阶官员、一个不起眼的年轻人、一位诗才和文才都不过尔尔的文人；但他在曲创作上的技巧和才华确为他赢得了极高的声誉，并以此涉入高阶文人的圈子。

在长安与康海、王九思及其他文人"盘桓二十余日"[30]，李开先"至河南而病作矣"，"翁远闻之，同对山遣仆相视"[31]。1531年秋，李开先写了一组多达一百一十阕、题为《卧病江皋》的小令，但这组散曲到1544年才得以刊行，在当时的传播和受众情况不甚明了[32]。

王九思、康海与李开先在1531年的这次面对面的会见，对于两大世代、两大地域（陕西和山东）的文人来说是千载难逢的大事，但对李开先曲创作的直接影响恐怕相当有限。这次短暂的会面之后到康海1541年辞世之前，王九思和康海持续散曲创作数十年，但都主要是在他们自己的圈子里而并未涉及李开先。

王九思在1533年前后刊印了他的第二本散曲集，康海在1539年刊行自己的集子，而这些曲集中没有一首曲作提到过李开先。另外，编于十六世纪三十年代后期、为康海祝寿的散曲集《初度录》所收录的李开先唯一的散曲是他于1531年致献给康海的套数。显然，此集编者对编选标准并不严格，因为，李开先的作品根本不是祝寿之曲。更关键的是，这篇作品的入选正暗示了李开先并未参加康海的寿宴（这对曲创作活动来说是非常重要的社交场合）。从1531年到1541年间，三位文人之间一直保有联系，李开先提到"别后逢便即书，表一长卷，余者尚有二三十通"[33]。然而，陕西一聚之后，李开先并没有以曲作跟康海、王九思发生关联。事实上，自1531年创作了《卧病江皋》之后，并没有证据表明李开先

159

在此间有从事曲创作。

李开先以其官宦事业与职责为由解释了这段时期他何以未能续操写曲之业：

> 继叨窃科第，厕名郎曹[34]，征逐流尘，就就了公务之
> 不暇，于是弃置不为，今十年所矣。[35]

李开先自我辩白的潜台词可能是，他相信对于文人士大夫来说，写曲是不合适的，或者说至少不应是主要的文学活动。因此，跟学界普遍看法相左的是，李开先与康海、王九思的会面并没有对李开先的曲创作有直接影响，或是激发他写出更多曲作。实际上，从1531年末到1541年，李开先似乎中断了写曲。

160 这一时期的李开先以"嘉靖八才子"身份闻名于世，"八才子"都是通过相近两次进士考试的一群才俊[36]。李开先与其他五位——唐顺之（1507—1560）、熊过、陈束（1507—1539）、任翰、吕高（1505—1557）均在1529年进士及第；另两位王慎中（1509—1559）和赵时春（1509—1567）则在1526年更早一届的考试中登科。李开先在一首诗中回忆了他的九位彼此友善，既有诗才文采，又有治国之能的朋友[37]，

其中六位列名"八才子"之间，此外还有三位分别是李舜臣（1523年进士）、刘绘（1535年进士）和罗洪先（1504—1564，1529年状元）。这些文人以社会和仕宦纽带联结在一起，在官场上相互扶持[38]。李开先自己也说，在文人群体中，写作和谈论的主要文类是"诗"和"文"而非"曲"，例如，在同供职于户部仓部司之时，他和吕高就曾与一群文人"相与和诗论文，日有长益"[39]。李开先还在王慎中传记中说"予文之进也，以其教之也"[40]。

因此，尽管早年对曲颇有兴趣，李开先在入仕后对该文类亦敬而远之，这种情形在1531年李开先拜见康海和王九思之后仍未发生质变，他为康海所撰的套数以及随后的一百一十首小令组曲，应当被视为李开先这段时期日常文学活动的异数。这两部作品的写作语境至关重要：一部本质上是场合书写，以致献给当时可谓最有名的曲家；另一部则是写于缠绵病榻之际——在此两种情形下，作曲的时机都是李开先将自己置于官员身份之外的时候。

李开先对曲回避的情况要到1541年才会改观。这一年，三位核心人物曲创作活动的运作机制出现了两个重大变化：其一，康海在这一年去世，享年六十六岁；其二，四个月后，李开先黜官罢职。

161

1541 年：转捩点

    康海的健康状况自 1540 年九月持续恶化，于十二月十四日（公历 1541 年 1 月 10 日）寿终正寝[41]。比起已是年过七十的古稀老者王九思，康海的陨落对曲创作的影响要更大一些，这意味着，一度受益于那一时期两位曲家大师联手提携的陕西曲家圈子失去了主心骨。从刊行于十六世纪四十年代的王九思的第三本散曲集《碧山新稿》来推测，王仍在继续作曲和参与活动。然而，此集虽在 1547 年之后方才首次刊刻问世，但其序文却是 1541 年写成的，这也表明了，该集里大部分散曲是在康海辞世这年之前业已撰成。

    显而易见，作为与他共同经营曲作三十年之久的最要好的朋友兼最亲密的战友，康海的离世对王九思的曲创作有着直接的冲击。在一定程度上来说，以曲作为二位文人通力协

作的文学活动已不复存在，康海的离世也意味着创作曲的应
酬场合次数锐减。1540 年至 1543 年之间，王九思也因沉疴
之躯及丧子之痛而中断了撰写自 1527 年他六十大寿起一直
延续的自寿曲的传统[42]，他不复以曲祝寿，可能也跟康海
的离世有关。

就在康海去世几个月之后，李开先被免职罢官。1541 年

四月某夜，太庙失火，"殃及池鱼"，所有四品以上官员都被
朝廷要求"自陈乞休"。遵旨上疏自请辞官的官员只有十二
人被免职，李开先就是其中之一[43]。导致李开先黜官的原
因仍存争议和不确定性，但可知的是，李开先与内阁首辅夏
言（1482—1548）关系不和，正是这位当权者最终"内批"
了他的"请辞"[44]。

李开先辞官归里，回到山东老家。跟王九思和康海一
样，致仕后的李开先也在自己家乡待了很长时间。前文已述，
1531 年与两位前辈大师的相遇对当时混迹官场的李开先并没
有直接影响，直到李开先也遭遇类似的官场挫败的十年之后，
它才彰显出意义：李开先被黜除官之际，康海与王九思的退
隐生活方式成为一种诱惑性的蓝图（model）。据李开先回忆：
"吾自退归林下，不蓄声妓，有劝以可寄情取乐者，时亦效仿
康对山之为。"[45]

在这段时期，李开先以北方最知名的藏书家、优秀的棋手、俗文学（如民歌）的爱好者和编撰者等身份名扬四海。这些活动跟李开先"十年一觉京城梦"的生活方式形成对照，但对他来说其实并不陌生，或者说，李开先重回少年时代对散曲和棋艺的耽湎可能更确切一些。罢职免官令李开先复归于剧曲和散曲的世界，在这里，他即将要扮演比以往更为重要的角色，曲创作的第二波高潮将由李开先接手引导。

163 　　李开先退隐之后写了不少散曲作品，但跟康海、王九思不同的是，他似乎并未将其汇编成集[46]，而仅以独立的组曲存于一些钞本和刊本里，如一组百阕《中麓山人小令》、一组同题为《四时悼内》的小令和套数以及杂题散曲如《悼殇词》《中秋对月忆子警悟词》等[47]。此外，他还刊印过一部民间歌调散曲集，惜已亡佚[48]。

　　李开先在剧曲上也同样多产，他所有的知名剧本都写于退隐之后，例如，他的《宝剑记》是明代中期最有名的传奇之一。他还撰有一些院本剧，同时又是戏曲批评专著《词谑》的作者（曲论在这一时期北方并不多见）。他的曲学博识为王九思与其他文人所推重，并为他人曲集撰写过大量序文，在该领域的专业性由此可见一斑[49]。此外，李开先还因选辑元人杂剧十六种（今存六种）而名高天下，并参与两位元

212

代曲家及他自己同代友人的散曲集的编纂工作[50]。

辞官归里不久后，李开先就在当地的曲家圈子中担当起了领袖角色，详情我们将在接下来的几章中加以审视。在此期间，李开先曾将他的百阕散曲的钞本寄给王九思，而王因此也赓和了百首次韵之作，两组曲子合并刊印，题为《南曲次韵》。是时，王九思饱受视力衰退的摧折，已经无法阅读文本，而不得不"付之歌工"[51]。此后，王九思还收到李开先《宝剑记》的钞本，并在 1549 年为其作跋一篇，文中对李开先的曲学专才表示出极高的敬意：

后获公序其有《西埜［野］子（袁崇冕）乐府》，品题南北下上今古，极为精当。余闻之，殊增愧汗。自恨不获早领公言，卤莽至此，贻笑人人，固知其不能免矣。昔人谓"词为诗外一重天"[52]，岂非然哉！[53]

李、王之间这样的交流，几乎令人忘记李开先序齿较王九思年幼一辈的事实。

从李开先退隐的 1541 年起到王九思逝世的 1551 年，二人在曲作上的联结就仅限于如上场合，而且所有交流似乎都是通过信件往来，并无任何记录表明二人在此期间有过亲自会面。李开先绝大部分的曲创作活动都在山东本地进行，与王九思的协作极为有限。

换言之，尽管李开先已经以重要曲家之姿登场，并在退隐后蹈袭了近似康海的生活作风，但他并不是康海的替身。李开先在曲场域上的影响并不在于复兴曾经活跃在康海和王九思身边的陕西文人圈的曲活动，而在于形成以他自己为中心的山东新圈子。

1541 年之后，陕西本地的散曲和剧曲创作域界又是怎样呢？当然，曲创作活动并未完全戛然而止。康海之甥张炼在 1566 年前后刊刻了自己的散曲集，其中包括一些写给圈内成员的散曲，例如 1558 年为其舅康浩所撰的寿曲[54]；他也为自己的诞辰撰写自寿曲，显然这是对源自其舅康海及王九思的这一传统的延续[55]。

同样来自该地域的另一位文人许宗鲁（1490—1559，1517 年进士）亦操持与王九思和康海类似的生活方式，而后被视为二子的后继者：

家本秦人，承康、王之流风，罢官家居，日召故人，置酒赋诗，时时作金元词曲，无夕不纵倡乐。关中何栋[56]、西蜀杨石，浸淫成俗。熙朝乐事，至今士大夫犹艳称之。[57]

许宗鲁是康、王同一时期的较年轻的一辈，但他们之间确知并无曲作交流，这可能是因为许宗鲁1552年方才致仕归隐。他假以"酒狂道人"之名写曲，并刊印自己的散曲集[58]。

然而，陕西地方圈的曲创作世界在失去他们的领袖（也是王九思最亲密的伙伴）康海之后已不复昔时，散曲和剧曲创作最活跃的黄金时代已经过去。康海逝后，王九思唯一的代表性曲作就是他赓韵李开先原作的百阕小令组曲。这是北方曲创作潮流趋势变化的显著标志：一位新的领袖、一个新的场域现已登上历史舞台，北方的曲创作中心悄然转移到了李开先的家乡山东。

[本章注释]

[1] 关于李开先的生平研究，参看卜键：《李开先传略》，北京：中国戏剧出版社，1989；岩城秀夫「李開先年譜」『未名』8、中文研究会、1989、pp.63‑106；《李开先年谱》，牛汝章等编，章丘：政协章丘县文史资料研究委员会，1990；曾远闻：《李开先年谱》，济南：齐鲁书社，1991；李永祥：《李开先年谱》，济南：黄河出版社，2002；八木沢元『明代劇作家研究』、esp. pp.172‑244，中文翻译见八木泽元：《明代剧作家研究》，第145—207 页（李开先章节）。对李开先的英译简介参看 *DMB*, pp.835‑837.

[2]《中原音韵》和《琼林雅韵》是北曲韵书，分别编于元代及明初；《务头集韵》在朱权《太和正音谱》序文（第 2 页，收于《中国古典戏曲论著集成》，第三册，第 11 页）中曾被提及；《燕山》也应是韵书，全名待考。

[3]《太平乐府》和《阳春白雪》是元代杨朝英所辑的两本散曲集。元人曾瑞（逝于约 1330 年）的散曲别集名曰《诗酒余音》，但在这里（以及另一篇序文中），李开先将其跟《太平乐府》《阳春白雪》放在一起，表明它极可能也是一本曲选总集。《词话》《十谱格》《渔隐》待考。

[4]《韩彩云丝竹芙蓉亭》《双蕖怨》《才子佳人多月亭》是归于王实甫（活跃于十三世纪晚期）名下的三本失传的杂剧，参看邵曾祺：《元明北杂剧总目考略》，第 113 页、第 115 页、第 118 页。李开先称第二本杂剧题为《双题怨》，《太和正音谱》亦如是记录，此说多被认为其是《双蕖怨》之误。若非李开先原样照搬《太和正音谱》，则似可推断此剧在明代中期广为人知的题名应是《双题怨》。

[5] 全名《迷青琐倩女离魂》，作者郑光祖（约 1260—1320）。

[6] 李开先：《〈南北插科词〉序》，载《李开先全集》，第 466 页。

[7] 李开先：《诰封宜人亡妻张氏墓志铭》，同上书，第 632 页。

[8] 李开先：《豫作乡宾西野袁翁墓志铭》，同上书，第 590 页。

[9] 李开先：《〈南北插科词〉序》，同上书，第 466 页。①

[10] 李开先：《渼陂王检讨传》，同上书，第 767 页。

---

① "披翻架阁，得旧作《南北插科》数阕。"——译者注

216

[11] 对李开先的自我形塑（self-fashioning）与自我抬升（self-promotion）的详论将在本书第八章展开。

[12] 散套《奉天见赠》的全本存于《浒西山人初度录》（第 10 页 b—第 15 页 a）。另一更为知名、题为《赠康对山》的版本见陈所闻：《北宫词纪》外集，一卷，第 3—6 页，收于吴晓铃校《南北宫词纪校补》，后收入《全明散曲》，第 1846—1849 页。后者是仅有二十二支曲子的删简本，且第五支曲是残本。

[13]《北宫词纪》本中"憎"作"忌"。

[14]"三才"指天、地、人。

[15]《浒西山人初度录》，第 10 页 b；《全明散曲》，第 1846 页。

[16]《浒西山人初度录》，第 12 页 a—b；《全明散曲》，第 1847 页。由于曲文不全，故此曲在《北宫词纪》和《全明散曲》中被标为［十四煞］。

[17]《浒西山人初度录》，第 12 页 b；《全明散曲》，第 1847 页。

[18]《浒西山人初度录》，第 13 页 b；《全明散曲》，第 1848—1849 页。

[19] 马援到交趾，立铜柱，为汉之极界也。

[20]《浒西山人初度录》，第 14 页 b；《全明散曲》，第 1849 页。

[21] 如柯霖［Colin S.C. Hawes, *The Social Circulation of Poetry in the Mid-Northern Song: Emotional Energy and Literati Self-Cultivation*, p.154］所论，在明清文人之间，诗作为促进社交关系和提升个人社会身份的途径越发受到重视。

[22] Patricia Sieber（夏颂），*Theaters of Desire: Authors, Readers, and the Reproduction of Early Chinese Song-Drama, 1300–2000*, p.92.

[23] 李开先：《渼陂王检讨传》，载《李开先全集》，第 767 页。

[24] 康海：《与唐渔石》，载《对山集》，卷九，第 47 页 b—第 48 页 b，收于《四库全书存目丛书》，集部第五二册，第 374—375 页。王九思和张治道也推波助澜，见康海：《与张孟独》，载《对山集》，卷九，第 49 页 b，同上书，第 375 页；张治道：《与唐渔石书》，载《嘉靖集》，卷七，第 1 页 a—b。唐龙在十六世纪二十年代前期担任陕西提学副使之时与康海极为相熟。在此笔者要感谢一位匿名读者指出这一点。康海和唐龙的书信往返记录，参看金宁芬：《康海研究》，第 182 页、第 185—188 页、第 207 页、第 231 页。

［25］Patricia Sieber（夏颂），*Theaters of Desire: Authors，Readers，and the Reproduction of Early Chinese Song-Drama，1300–2000*，p.92.

［26］李开先:《词谑》，收于《中国古典戏曲论著集成》，第三册，第278—279页。

［27］同上书，第276页。

［28］此典故指涉年长位高的蔡邕（132—192）"闻粲在门，倒屣迎之"，因为急于接见王粲（177—217）而倒穿着鞋去迎接这位天才少年。

［29］《章丘县志》，康熙（1691年）本，卷六，第38页a，收于《清代孤本方志选》，第一辑第三册，北京：线装书局影印，2001，第421页。

［30］至少有张治道、胡侍这两位其他陕西文人也参与了这次聚会，见张治道:《相逢行赠李伯华进士》，载《张太微诗集》，卷四，第31页a—第32页a。

［31］李开先:《渼陂王检讨传》，载《李开先全集》，第767页。康海甚至还给李开先提供药方："此病仆少时亦有之，正心脾之气不足所致，常服平补镇心丹，得效甚捷，可试为之"，见康海:《与李伯华》，载《对山集》，卷九，第48页b—第49页a，收于《四库全书存目丛书》，集部第五二册，第375页。

［32］高应玘:《〈卧病江皋〉序》，载《李开先全集》，第1169页。

［33］李开先:《对山康修撰传》，同上书，第763页。康海给李开先的部分信札和诗作也见于康海文集中，如康海:《与李伯华》《与中麓子》，载《对山集》，卷九，第48页b—第50页a，收于《四库全书存目丛书》，集部第五二册，第375—376页；《梦中麓子》，载《对山集》，卷二，第33页a—b，同上书，第290页。

［34］1540年李开先被任命为太常寺少卿。

［35］李开先:《〈南北插科词〉序》，载《李开先全集》，第466页。

［36］从李开先自己的作品中可知，"八才子"的提法在1531年开始流行，见李开先:《〈吕江峰集〉序》，同上书，第445页。李还评论了每位才子的文学创作的风格。

［37］参看李开先为他九位朋友所写组诗《九子诗》之序，同上书，第47页。

［38］例如，李开先将自己在吏部的擢升归功于王慎中的举荐，而后同样把吕高举荐给王廷相。

［39］李开先:《江峰吕提学传》，载《李开先全集》，第779页。

［40］李开先：《遵岩王参政传》，同上书，第 786 页。王慎中和唐顺之后来成为"唐宋派"的领袖人物，主张文章写作要以唐宋时期的主要散文家为楷模。

［41］韩结根：《康海年谱》，第 249—250 页；金宁芬：《康海研究》，第 257 页。

［42］参看王九思 1544 年所撰七十七岁自寿曲的序文，载《全明散曲》，第 981 页；同参看本书第四章表 4-2 王九思自寿曲年谱。

［43］《明世宗实录》，台北：台湾"中研院"历史语言研究所影印，1961—1966，卷二四八，第 9 页 a；*DMB*, p.835.

［44］关于李开先免职原因的讨论，参看黄维若：《论李开先罢官》，《戏曲研究》第 14 辑，1985 年，第 220—235 页；卜键：《李开先传略》，第 36—44 页。

［45］李开先：《亡妻张宜人散传》，载《李开先全集》，第 717 页。

［46］晁瑮（1541 年进士）的私家藏书书目中录有《中麓乐府》一书，见晁瑮：《晁氏宝文堂书目》，上海：古典文学出版社，1957，第 146 页。此书现已不存，故无法确知它究竟是收录李开先其他散曲的集子，还是《中麓山人小令》的别名。李开先的诸多作品也未提及他曾经将自己的散曲汇编成集。

［47］李开先曲作的版本著录详情参见本书附录。

［48］李开先为《市井艳词》曲集所写的四篇序文都保存在他自己的文集里，见《李开先全集》，第 469—471 页。

［49］关于李开先的曲论研究，参看张增元：《李开先曲论初探》，《中华戏曲》第 14 辑，1998，第 133—148 页；杨栋：《中国散曲学史研究（续编）》，济南：山东大学出版社，1998，第 96—119 页。

［50］对这些剧曲以及刊曲之业的讨论将在本书第七章展开。

［51］参看王九思对李开先百阕散曲的跋文，载《李开先全集》，第 1208 页。

［52］这句诗让人联系起李清照（1084—1151？）"词别是一家"的提法。虽然王九思用的是"词"这个术语，但显然这里他的讨论范围也包括了"曲"。

［53］王九思：《书〈宝剑记〉后》，载《李开先全集》，第 1035 页。

［54］张炼：《寿南川舅八十》，载《全明散曲》，第 1701—1702 页。

［55］例如，张炼为自己九十诞辰所撰寿曲《九十自寿》，载《全明散曲》，第 1727—1728 页。

［56］何栋也以拥有自己的家乐戏班而知名，参看刘水云：《明清家乐研究》，上海：上海古籍出版社，2005，第 511—512 页。

［57］钱谦益：《列朝诗集小传》，第 362 页。

［58］许宗鲁：《刻乐府小记》，载《少华山人文集》，卷七，第 21 页 b—第 22 页 a。他在此序中刻意与自己的散曲作品划清界限，只说该集出于他并不确知的某位"酒狂道人"之手，而在序文结尾部分，他又以作者的口吻来解释他写这些散曲的意图。此外，许宗鲁有四首采用"酒狂道人"第一人称、题为《酒狂吟》的诗作，表明这很可能就是他的笔名字号，参看许宗鲁：《少华山人续集》，嘉靖本，台北：台湾"中研院"傅斯年图书馆微缩胶片，卷六，第 16 页 b—第 17 页 b。

第二部

山东：李开先

第六章 当地曲社及以远的散曲圈

本书在导论中曾提到，应该把文人与他所属的圈子联系起来加以考查，然而，不同文类在文人圈里的流行程度是不尽相同的："古来诗有会固矣，词惟富文堂一会尔，或有之，然余莫之前闻也。"[1]李开先在此提醒读者，围绕作曲而形成文社在他的时代是凤毛麟角之事。那么，本章对以李开先为核心而凝聚成的山东曲家圈子的讨论，就从富文堂这个独特的地方性曲社谈起。

李开先故里的曲社

富文堂汇聚了一群以作曲为乐的文人。李开先并非建社者，但他罢官归里、受邀进入曲社之后不久便很快登上了盟主之位。对于自己加入曲社时的情形，他这样回忆道：

170

> 予自辛丑引疾辞官，归即主盟词社。见其前作，俱是单词，众友以为只精此，散套杂剧无难事矣。每会，属予出题，间涉小套，众必请而更之……[2]

李开先入社之前的曲社以及同一时期山东其他地区的曲创作活动，几乎都无据可考[3]。有了李开先这样的主要曲家的参与主持，这群文人方才得以青史留名。

据李开先的记录，曲社成员名单大致如下：

龙谿乔金宪、黄山夏二守，西野、东村，袁、谢二乡老，双溪、北滨、松涧、泰峰，杨、刘、姜、陈四县尹及予，为词会数年，而处士乃社中之善作能识者也。虽历下进士谷少岱，亦慕名赴会。[4]

除了李开先，还有其他九位社员，他们都是章丘本地人：乔岱（号龙谿，1478—1542）、夏文宪（号黄山，1528年举人[5]）、袁崇冕（号西野，1487—1566）、谢九容（号东村，1551年前去世）、杨盈（号双溪，1483—1558）[6]、刘北滨、姜大成（号松涧，1494—1551）、陈德安（号泰峰，1525年举人）以及王阶（号云峰，1492—1566）[7]。这些文人在文学史上从未被提到过，地方志所载的生平信息也极为有限，故对他们的了解主要来自李开先为他的这些友人所写的传记和墓志。像乔岱、姜大成这些人跟李开先一样，是结束仕途后退隐故里的致仕官员[8]。在该曲社中至少有三位，即乔岱、袁崇冕和谢九容，确知是撰有相当数量的散曲作品的。

乔岱在1523年"以母老休致"之前官至山西按察司监察御史[9]，此后以作曲颇负盛名，但大多数人仅将他视为一位优秀的北曲家而已。李开先的看法则打破了对乔岱实际才华的曲解：

龙谿非惟能作，而且善讴，南词时亦有之，但非其所好。以为非其所长，是岂知词与先生者耶？……龙谿殁已二十余年，遍索其词，才得数分之一，欲为刻之，太少不成册，姑存之，略为一序于其前。在日曾许为之序①，及今以此副其托。其词语老健，词意新奇，见者不问姓名，知其为北人也。所存虽少，语云："宁取碎金，勿取锭银。"况又有片玉颗珠，出乎碎金之上者哉！[10]

乔岱在世时显然并未刊印自己的散曲，而后李开先替他收集整理，但似乎亦未结集刊刻，这一推测的理由是乔岱既极少被后代文人提及，也没有曲作存世。

上章已经提到，袁崇冕跟李开先相识于十六世纪二十年代，此后情深友于四十余年，在曲创作领域更是知音。他们志同道合，对制谜、下棋等活动都有共同爱好[11]。袁崇冕系出"累世宦族"，生于陕西，是时其父正在此地为官，李

---

① 原著作"在日曾许之为序"，当误。——译者注

开先称其说话"犹是西音"。他的两个兄弟以父为范，考取进士，而他则选择另一条截然不同的道路——从商买地。袁崇冕在当地乡民中很受敬重，他的社会地位与退隐官员相比并无差别。

袁崇冕同样也在曲创作中享有名望，李开先赞誉他"雅善金、元词，自视高出一世"，是跟自己旨趣相投而品味独到的"曲学行家"："外客有携词相访者，中麓子默书可否于纸上，待西野翁品定，不但一字不差，虽百试亦不差矣。"[12]袁崇冕据知著有三本散曲集，其中至少有一集由李开先于1560年前后刊刻[13]。章丘地方志上的袁崇冕条目援引了他人对其散曲的称赞，其中既包括王九思、李开先等知名曲家，也有如杨维聪（号方城，生于1490年①）[14]、刘世伟（活跃于十六世纪四十年代）[15]等在曲作领域不太引人注目的角色。从他们的评语判断，袁崇冕终生皆以曲家身份享有极高声誉。

谢九容也谱有两卷散曲[16]。李开先在为谢的曲集作序尊其为"老作家"，曲作"格古调平，音谐字妥"[17]。

李开先所列的曲社成员中唯一非章丘本地人是谷继宗

173

---

① 原著杨维聪生年作1500。——译者注

（号少岱，1526 年进士）。谷继宗曾有一段时间因失明而依居在李开先的南村[18]。这位来自历城①的著名曲家多为后世曲评家所留意，王世贞称其"所为乐府，微有才情"[19]；徐复祚（生于 1560 年）则将其置于明代初中期的散词、小令名家之列[20]。

174　李开先自述的富文堂词会成员名单绝非完本，他还在其他场合提到过谢九叙（逝于 1551 前，1522 年举人，可能是谢九容兄弟）[21]等人。还有一位李开先的门人高应玘（号笔峰，活跃于 1540 年前后）[22]，李把他视为曲社新人[23]。高应玘的散曲集《醉乡小稿》中有相当数量的作品都是写给社内成员的应酬场合之曲，如恭贺李开先弄璋之喜的小令、写给谷继宗的寿曲以及对袁崇冕原作的赓韵之曲等[24]。

纵览这群文人跟李开先的聚会，他们通常在一起撰品散曲或是观听戏曲。据李开先的回忆，"每月朔日，轮次设酒，各出新作，品较进止，无者有罚"[25]。高应玘一首名为《元宵词会分韵》的小令就描述了这类聚会的某次活动情形：

---

① 历城、章丘均属今山东济南的市辖区，二地相距不远。——译者注

［普天乐］（北曲）

富文堂，元宵夜，一时际会，六代骄奢[26]。烟花散彩云，
箫管吹明月。海岱英华词林社[27]，太平年风景原别。羊肠
共结，鸾笺醉写，绿酒重赊。[28]

由此曲可知，虽然曲社通常在朔日定期聚集，但有时文
人雅集也会选在特定时节，例如农历正月十五元宵节。

然而，富文堂并没能"长寿"，李开先自叙："慨自龙溪
乔金宪（岱）捐馆（1542年），雅会遂寝，几欲复之，又以
丧吾内人，不忍作乐，事散而复聚，知在何时？"[29]

虽然富文堂的不复存在意味着余下成员不能以一种正式
和定期的聚会为基地来撰写和分享他们的散曲作品，然而，
这并不是说他们的曲创作活动就此偃旗息鼓。这群文人继续
作曲，并形成了一个融合读者、作者和评者的综合主体。譬
如，高应玘在1544年左右刊印了他的老师李开先的《卧病
江皋》，王阶为其所作跋文，既广征博引已故的乔岱的作品，
也提及刘北滨，而这二位都曾是曲社成员[30]。

此外，李开先的声名也在接下来的数十年间不断召唤新
的曲家参与他们的散曲、剧曲创作活动，山东商河人张自慎
（号诚菴）就是其中一位[31]。本是廪生的他，在批评朝廷的

175

176

文章被告发之后，不得已避祸而逃至章丘，在此一留就是十年，后来成了李开先的门生[32]。张自慎是个多产的剧作家，据知其"著金元乐府三十余种"，遗憾的是，它们都没能流传下来。他在北曲上的才华为时人"眼中独见"、极受推崇[33]；同时，他还以汇编者和纂编者的身份在李开先重刊元杂剧的事业中出力甚多。

　　另一位旅居章丘并与李开先相熟的文人是苏洲①，其更为人所知的名字是"雪簑道人"或"雪簑渔者"[34]。不同于李的其他文人朋友，苏洲是个另类角色、神秘人物，就连为他撰写了小传的李开先也对他的家世背景知之甚少。苏洲原籍河南，随"卖酒为业"伯父度日。伯父"肆中偶有一人醉卧而毙，告于所司，上下使用，遂困穷逃散，雪簑亦落落无所依"。他以"虽王公长老亦不之让"的"狂妄简傲"姿态而闻名于世。据李开先说，苏洲"字书、弹琴、蹴鞠、歌唱，皆可居海内第一流"[35]。高应玘也曾在一首散曲中提及他的"炼师"身份[36]。

　　大约在 1547 年，苏洲与李开先相熟之后便开始涉入曲家圈子，他定期拜访李开先，有时也客居在李家，曾有一次"慕

---

①　原著作"苏州"，据《章丘县志》和《雪簑道人传》当以"苏洲"为是。——译者注

名相访，馆于别院……不旬日，共得八十一（曲）焉"[37]。他还以在南曲上的造诣而知名，这一点很值得注意，因为，李开先的曲家圈子里的大部分文人都是写北曲的。对李开先的曲创作来说，苏洲这个朋友弥足珍贵，因李开先自己对写作南曲散曲和南戏传奇都有着特别的嗜好[38]。

李开先作为大师和行家的声名如此之盛，甚至还吸引了远在南方浙江的门生——比如，吕时臣（号甬东野人）于1555年前往拜见李，花了"自春至夏而秋历三时"拜师学习写诗作曲[39]，并从曲社其他成员如袁崇冕、高应玘那里接受写曲方面的指点[40]。

曲艺人也向李开先寻求庇助，试举济宁瞽者乐师刘守（号修亭，生于1466年）一例，其刘九之名更响一些[41]。瞽师往往属于曲艺者的底层，多为文人所轻。李开先"素不延接瞽者"，也可能多多少少来自"一二友人尤甚焉"的这种偏见。在被李开先婉拒了两次之后，刘九"乃使一小童传言"："愿一相见，有可采则少留，否则长往，不苦求也。"[42]李开先最终接见了刘九，发现他于歌弹之外，"博雅记诵、市语方言，且效其声音"无不所长，"卜算符咒、医药方术、天文地理、内养外丹，悉通大略"。刘九因此令李开先"自恨得之晚"，成为其座上宾，并进而成为曲家圈子中的一员。《词谑》

的这段记述就是典型的李氏文风:

予家酒会，词客咸集。就中袁西埜［野］长于北词，而
短于南；吕东埜［野］长于南词，而短于北；刘修亭无目，
板眼最正[43]，东埜时或有失。予尝戏之曰："西埜不知南，
东埜不知北，修亭有板无眼，东埜有眼无板。"座客无不鼓掌
大笑。[44]

刘九还曾参与过李开先的一次文人聚会，与会者包括吕
时臣以及李开先赞其"善歌"的文人士大夫李冕（号脉泉，
1490—1563，1526 年进士）等[45]。他们众人合歌一曲，唱
的是李开先散曲组歌《四时悼内》套数中的《冬夜悼内》[46]。

以上的讨论都集中于李开先在山东家乡所展开的曲活
动，表明他如何以自己的声望吸引包括访客、门生、艺人在
内的更多人参与章丘当地曲创作活动，并不断丰富该圈子的
多元性。然而，要充分理解李开先作为曲家大师的名望高度，
还需注意到他的作品的接受范围已经超出他的家乡章丘，甚
至波及山东之外。接下来，我们就来看李开先写于 1544 年
的百阕小令组曲的创作和传播实例。

当地之外：从曲百阕到跋近百

一个文人通常以其作品与他人互动共享，作者可能会把文本给好友、亲朋、老师、学生和其他同伴看，但通常文学文本的流传都只限于作者的直系圈子之内。

李开先的一组百阕曲是则有趣的个案，它的一个清代手抄稿本收录了长长一系列的跋文，当中保存的无价信息既有关于这组曲的传抄和接受情况，也附录这些跋文作者的生平简历（姓名、籍贯、官衔等），让我们能够更好地理解明代中期融合散曲作者、读者和评者的这一圈子的创作实情[47]。

1544 年，也就是罢官的三年后，李开先写就了这组曲子，并在序文中自陈了这组散曲的写作由来：

偶有西郡[48]歌童投谒，戏擅南北，科范指点色色过人，因作［傍妆台］小令一百，付之歌焉。[49]

在此个案中，创作模式跟舞台演出联系紧密，可见是一位优伶邀约李开先为其写下这百阕曲。

李开先的百阕曲在当时文坛流传甚广[50]。清钞本现存的九十五篇跋文出自八十六位文人之手[51]，其原底本可能收录更多，因为生平附录提到的跋文作者有九十人之多[52]。他们当中既有声名显赫的文学名家如王九思、杨慎和冯惟讷（号少洲，1513—1572），也有名不见经传、极少或者干脆没有被文学史所提及的文士。

这里有些跋是文人阅读曲作之后留下的评论，例如皇甫汸（号百泉，1497—1582，1529 年进士）颂赞李开先作品之后说"愿附贱名于末简"[53]；有些跋是对先前跋文直接回应，而在引述前跋之后再加点评之辞[54]；还有一些似乎是从别处摘录而来，比如不同刊本的序言[55]。一些跋文应是在 1544 年组曲完成之后不久随即写成[56]，而系年最晚的跋文则写于 1546 年，可见，这些文章都是写成于那两到三年之间。

从李开先的序文可知，他这组曲子最初是为一位歌童表演所写，但这些散曲是如何流传到这个直接语境之外的？其他文人又是如何得知它们的？这百阕组曲是通过传唱搬演，还是通过案头文本的方式得到传播，抑或兼而有之？

在百阕曲的第一篇跋文中，作者谢九容提供了一些有意思的信息：

> 中麓李子，言出而人信之，词出而人传之，其为［傍妆台］也，稿尚未脱，歌喉已溢里巷中矣。索借者众，应酬为难，因取副墨，寿之木工，歌而和之者将遍东国[57]，独里巷也而已哉？[58]

这些曲子至少在李开先的家乡是被广为传唱和搬演的，但谢跋也提到确有必要对这些散曲进行刊刻以满足日益增长的传阅需求。"元一代散曲家中，能在当时就有散曲专集面世者，寥若晨星；而明代散曲家们不少人自己在世时就刻印专集"[59]，这也反映了明代文人对散曲创作态度的转变。

刊行散曲意味着这种文类在传播上呈现出新的形式。口头表演和案头文学的差异对于听众和读者来说是显而易见的，跋文作者之一胡侍曾感慨自己"恨不解丝竹，不能协之管弦耳"[60]。然而，散曲以钞本或刊本的案牍文本方式传播也意味着它们能流入更宽泛的读者圈子，因有些文人在散曲的音乐艺术上造诣不深、只能欣赏曲词的辞藻之美（"佳词

182

捧诵之下，如登骚雅之坛"）[61]。一位来自上海的文人陆深（号俨山，1477—1544）甚至这样建议："不必付之歌喉，但时时把玩，则当饥而忘味，当寝而忘疲。"[62]这不仅仅是文人读者能够忽略音乐性而单纯欣赏散曲文辞的问题，更重要的是，这倡导了一种阅读散曲的全新模式。当一首散曲以写本方式进行传播时，它就从表演语境中获得了独立性。

这些跋文告诉我们，该文本流传甚广，不仅包括北方的陕西、河南和京城，也出现在南方的昆山，甚至更为偏远的云南[63]。这百阕曲是如何令这些分属不同地域的文人为之写下如许跋文的呢？

文本传播是在不同层级中展开的。第一层级应该是作品甫一完稿就看过李开先散曲唱段舞台演出或是读过手稿钞本的人。值得注意的是，在八十六位跋文作者中，竟有三十八位来自山东，十五位来自章丘，还有其他一些作者籍贯虽在外省、是时却在山东为官。这意味着这套散曲在传播初期具有浓厚的地方性，其直接观众或读者多是本地人或是本省人。

183 在这群跋文作者中，有七位同时也是李开先所在当地富文堂词会的成员：谢九容、夏文宪、谷继宗、袁崇冕、杨盈、陈德安和姜大成；并且，他们中有六位列名于前十五篇跋文作者当中，谢九容和夏文宪的跋文分列第一和第三位[64]。

如果按照之前的推测，跋文大致是按时间先后排序的话，那么，李开先的散曲显然最早是在他的曲家圈子成员内部传阅的。正是这些人跟李开先定期雅集共同写作和阅读散曲，并欣赏散曲配乐的演出，从而构成了传播最原初的层级。

然而，文本的流传并不是只限于山东曲家圈，它也传到了当地以外的临近省州，李开先在陕西曲家圈子的友人构成了次一级的读者和跋者群。虽说康海已在1541年去世，而包括康浩、王九思、张治道、胡侍等在内的其他圈内成员无不参与了这组曲子的传播，尽管他们似乎并没有直接出现在李开先直系的山东曲家圈子里。王九思和康浩不仅撰写了跋文，还各自次韵原作赓和百首。第五章已经提及，在十六世纪三十年代早期，张治道和胡侍既知晓又盛赞李开先的散曲。张治道寄赠李开先的许多作品都证实了二人自陕西一别之后一直保持着联系[65]；他还另有十首赓和李开先百阕组曲的作品，惜今不存。胡侍则似乎并不太热衷于作曲，他只是列席由前述文人所组织的曲会，虽说如此，胡侍对散曲和剧曲却都非常感兴趣，像他对元曲及南曲、北曲的评论，后来都被李开先所转引[66]。显然，在陕西初见十余年之后，这些 184 陕西文人以读曲、撰跋、次韵李开先百阕小令等方式，继续构成了李开先"大"曲家圈子的一部分。

其实，有一些文人是直接从李开先手上获取钞本的，他们当是李开先的好友或旧识，当中有人肯定是曾开口索要过，一位跋文作者甚至吵嚷着他没能如愿以偿：

> 近闻高调百阕，传播士林，脍炙人口，而仆犹未一见，岂以为未喻此耶？何以不见寄也？[67]

这位作者的抱怨起效了，他在后续之跋中表达了谢意："见惠大雅之调，读之使人一唱三叹焉！"[68]

而有些人则从直接读者手上间接地获取文本，在不同场合中与友人一起阅读曲文、观摩唱曲是他们得知李开先百阕组曲之途径，且以一位跋文作者邹伦（号太湖）为例：

> 奉常中麓李公，投簪林下，以其余兴漫成[傍妆台]百阕，寄两江子。两江子召予饮鸣玉亭，出词命歌，四座停杯，侧耳倾听。[69]

185　　读者圈的确立并非必然基于共同的生活空间，超越地理边界的虚拟圈子也能通过散曲的传播、赓和与序跋来实现构建。一位跋文作者在聆听了李开先的百阕曲与王九思的次韵曲的演唱之后如是描述他的感受："歌二公之词，即如二公在座。"[70]这样的圈子无视作者们物理空间上的隔绝，而建立在对文本的共享之上。

也有些直接读者会携带实体文册出行，比如杨选（号东江，1512—1563，1544 年进士）：

余南使[71]，得佳制一册，携至南阳，遇南宫白健斋节推，与观之。后余回自滇中，复过南阳，闻健斋爱是曲，不忍释手。[72]

文本会随着漫游变出更多的分身，百阕曲的一个钞本或刊本可能会衍生出更多的摹本，进一步为这些曲子的传播推波助澜，如张应吉（号东泉，1522 年举人）就在他的跋文中告知李开先："高词止携一册至是，见者争传录之，已遍关中矣。"[73]

提供模板

　　让我们更为直观地想象文本的传播情况：假定作者所撰稿本是文本生成的中心，那么，这一文本生成就会跨越地域空间，涟漪式波及（ripple）不同的读者圈子。在这过程之中，文本不断复殖增倍，为更广泛的受众所接触。李开先的百阕曲并非只是自我复制和扩散的源头，更重要的是，写作模式本身也在传播过程中不断被推进和复制。换言之，像李开先百阕曲这样的文本传播让读者和观众都参与后续而至、形式相近的曲创作活动，而他的组曲原作则在传播中提供了一个模板（template），激发着接踵跟进的散曲创作。

　　首先，李开先自己在序文中清楚阐明了百阕组曲的文法特征：

起结句同而字异，杂以常言，援笔即成，七法[74]不差，十九韵[75]皆尽。[76]

百首曲子无一例外全部采用"重头小令"的特定形式，即"曲中于前后数首重同一调者"[77]。这种结构可在李开先187百阕曲的头两支曲子里一窥究竟：

[傍妆台]

第一首

闹垓垓，龙蛇白昼走庭阶。饶君拨的天关转，推的地轴开。村拳怎打迷魂阵[78]？野脚难登拜将台[79]。千钧力，八斗才，得归来处且归来。

第二首

笑呵呵，挂冠归去免张罗。闲披鹤氅朝玄帝，焚龙脑[80]188礼弥陀。酒逢知己千杯少，话不投机一句多。胡将就，没奈何，得磨跎处且磨跎。

两首曲都倚[傍妆台]曲牌而填，此外，它们也清楚地表明，这百阕组曲的起句和结句各自沿袭了相近的文法格式[81]。

如前辈学者所指出，"重头之至多者，莫如李开先之百阕［傍妆台］"[82]。以同一曲牌写一百首散曲的尝试并不始于李开先，如元代散曲大师乔吉曾"以《西湖》为题，写过一百首重头小令，名公为之作序"[83]；但到了李开先似乎才出现采用同一曲牌来创作鸿篇巨帙的小令组曲的倾向，之前并没人如此常用此一文体形式。举例来说，比如李开先写于1531年的《卧病江皋》，就是以同一曲牌所写的一百一十阕小令[84]，再如他致献康海的长篇套数，其中的煞曲也是由二十二支曲子构成。从这一点来说，在1544年写成的百阕曲可被视为李开先散曲创作独特风格的一座巅峰[85]。

不管怎样，这种特立独行的写作随即催生了其他文人创作的大批散曲作品。伴随文本的流传，文人读者与作者以次韵相回应，赓作不仅沿用与原作相同的韵字和格式，在规模上也庶几近之。

王九思于次年（1545年）完成他的百首次韵之作[86]，同样如此的还有康浩、张鲲（号南溟，1517年进士）、邹伦[87]，他们都试图亦步亦趋、等值足量地相和原作。也有文人像张治道、孙述（号西墅）等，则仅分和十首、五十首不等[88]。唯一例外的是韩儒（号中岩），他的一百二十首和作甚至多过李开先原作[89]！此外，另有文人诸如宋相（号龙山）所

189

撰赓曲的确切数量则不得而知[90]。这些赓和之曲的实际数量
一定远远超过了目前我们已知的五百八十六首（见表 6-1）。

表 6-1　李开先百阕组曲赓和次韵情况

作者	和作数量	创作年份	和作题名
王九思	100 首	1545 年	南曲次韵
康浩	100 首	1545 年后	词赓百韵
张鲲	100 首	1545 年后	？
邹伦	100 首	？	？
张治道	10 首	？	代啸录
孙述	50 首	？	小令续貂
韩儒	120 首	1546 年	？
宋相	？	1545 年后	调笑余音
冯惟敏	6 首	？	效中麓体
新乐王	？	？	诗外微撒
马理	？	？	？

除了文人读者之外，李开先组曲还引起了当时山东衡王
府新乐王的注意。李开先不仅唤起郡王亲自赓韵的兴致，也
表达了对郡王印刻自己作品的感激之情：

新乐贤王[91]，尚文乐善，宗藩中之出色者也。雅爱予　190
词，从而和且刻之，名为《诗外微撒》。音韵协和，字画精好，

众作瞠乎其后，众刻风乎斯下矣。予之词传而益远，予之幸大而无穷。书成，敬致数言，聊为一谢云。[92]

191　　对李开先百阕曲一呼百应的潮评反响在李自己的序言中做了最好的描述：

　　自愧草率，幸而偶投时好，和之者奚啻数百人，而渼陂王太史为最；刻之者奚啻数十处，而漳涯李太守[93]为佳。盖王隐鄠杜，擅秦声而负重名；李官真定，得吴工而为善本。敦朴如马谿田，亦有和章；简僻如舞阳县[94]，亦有镂板。他可知矣！[95]

　　王九思的次韵当是其中最有名气的作品。李开先1544年写就原作之后寄与王九思，王随后于次年春天完成了交互之作，以下是王九思对这次赓和的说辞：

192　　中麓山人寄予［傍妆台］百首，盖其归田后作也。暇日，付之歌[96]工，冯［凭］几而听之，感愤激烈，有正有谑，洋洋乎盈耳哉！可喜也，亦可叹也；可好也，不可忘也。久而技痒，忘其身之老也。欲和之，目昏弗克自检，间令小孙

244

朗诵一二，识而和之，且和且歌，或作或辍，两阅月完矣。校之元倡，工拙相去奚啻千里。虽然，君以强仕之龄、绝人之资、博洽之学，加以感愤激烈之气，推山倒海，傲睨一世，凌驾千古，予老而衰矣，如之何其可及也！兴之所至，不能已已，盖亦各言其志云尔。汇次成帙，题曰《南曲次韵》，而述其所由如此。金玉在侧，觉我形秽，览者幸无诮焉可也。时嘉靖乙巳春二月甲辰碧山七十八翁自序。[97]

　　为李开先百阕曲次韵百首的王九思在此情此景中扮演着多重角色——除了读者、评者身份之外，他还把原作与和作一并刊刻出来。事实上，李开先百阕曲的早期版本都没能流传下来，因此，现存最早的李开先百阕曲就保存在与王九思和作合刊的 1545 年的集子里。在这一版本中，李开先的每首原作之后紧跟着王九思的和作，篇末有题记提到，这些作品是由一位别号"渠田野夫"的文人所收集整理的[98]。

　　以下所引为王九思次韵散曲之一例，其起句以及沿用李开先原曲的步韵之字，皆以加粗字体标示：

（李开先原作 第一首）

　　闹垓垓，龙蛇白昼走庭阶。饶君拨的天关转，推的地轴

193

开。村拳怎打迷魂阵？野脚难登拜将台。千钧力，八斗才，得归来处且归来。

（王九思和作 第一首）

闹垓垓，蜂黄蝶粉舞香**阶**。看东圃荼蘼绽，西苑牡丹**开**。纷纷红紫春如画，处处笙歌月满**台**。江湖客，李杜**才**，明朝有意抱琴**来**[99] [100]。

显然，李开先的原作之于王九思和其他文人而言成为一种可供仿效的模板，事实上，这一模板被广泛仿写，以至于后来成为以李开先命名的一种固定文式——"中麓体"[101]，冯惟敏（1511—约1580）六阕组曲就直接题为《效中麓体》[102]便是明证。

李开先百阕曲不只提供一定的样板，而且还触发了在融合了读者、观众和批评家的圈子里的散曲创作的连锁反应。正如一个文本的传播要依靠读者的不同层级传至更为广泛的读者群，散曲的社交性书写不仅直接取决于李开先的百阕曲本身，也有赖于接踵而至的次韵之作。换言之，早前的次韵之作亦能激发起别的文人再加赓和。

以康浩为例，他曾就李开先的原作也写了百首次韵之曲。

一开始，康浩恐怕自己无力胜任次韵之举："中麓含讪泄郁，故多感慨激烈之言。予久栖林下，死灰绝焰，难于赓和。"[103] 然而，当他读到王九思和作后改变了主意："寻睹渼陂翁次韵，狂奴故态勃然复兴，三日之内，始次百首，题曰《词赓百韵》。"[104]对康浩来说，只有在圈内文人为他树立榜样的情况下自己来叨陪末座，他的散曲写作才变得可行。事实上，这几百首次韵之曲的创作都是这一社交语境下催生的产物。这似乎无关才华诗艺（尽管散曲写作的确也需要专业素养），而更像是依赖于一定的场合和理由来写作。

李开先之曲成了模板之后，激发了数以百计的次韵散曲的产生，而这些次韵散曲又转而催生出更多作品。散曲创作就在这样一个融合了读者、作者和评者的圈子里生成。在这样的社交语境中，原创性大概既非作者所想，亦非读者所求。比如，康浩曾说他的百首曲的写作应归功于"李中麓（开先）之造端，张别驾（应吉）之启予"[105]。从陕西曲家圈散曲创作的附和互动可见，圈中成员作曲的主要目的是参与社交场合。

然而，产生于这种场景的散曲的重要意义并没有由此削弱，事实上，这些跋文里隐含了一个关键的问题：读者是如何阅读这些散曲的？两篇跋文作者就提出了近似的问题，他们引文出处一致，但关注点却不尽相同：

张甫川曰："……《诗》云：'知我者谓我心忧，不知我者谓我何求。'听其词者，原其心可也。"[106]

孙西墅曰："……《诗》云：'知我者谓我心忧，不知我者谓我何求。'予之赓歌，其心忧乎？其有求乎？知者当必谅之。"[107]

两种说法表明，那些能理解和不能理解作者意图的读者在解读这些散曲作品的时候会如何南辕北辙：前一篇跋文作者关注的是通过李开先组曲原作去理解李开先本人，而后一篇的作者则是期待别人通过自己的次韵之作来理解自己。

然而，两位作者都表露出"诗言志"、词曲可为作者心志之载体的根本性的理念。有些赓和李开先原作的次韵作者解释自己此举目的是"各言其志"，这一提法不仅出现在王九思的跋文里，而且也同样被另两位作者康浩和张鲲所援引[108]。

正如第二章所讨论那样，王九思的剧曲意在被读为"言志"，而要在诸如赓和李开先百阕曲这样高度社交性的场合里的私人表述中去寻求这种理念的回响，似乎是函矢相攻、缘木求鱼。当然，跋文中肯定听不到批评李开先的声音，也没有悖于原作的次韵作品，以样板之姿出现的李开先组曲，不仅提供了格式上的规范，也强化了先在原作中得以表露、然后再在赓作或跋评中予以赞同的一系列理念。在这样的语境中，"言志"首先意味着个体要在圈内成员共持的理念或情感上发声支持。

作者和读者虽创造出共有的评论话语空间，但这些跋文作者的身世身份却反映出李开先人际关系网络的错综：这远非一个能够精确界定的文人流派或群体。

在这个汇聚了散曲读者和评者的圈子里，有些人与李开先同年（1529 年）科举及第[109]，有些人是他任京官时的同僚[110]，有些人则是在此曲写成的 1544 年当年通过进士考试[111]。因此，这里展现的是一种文类通过文人网络进行社交性创作、传播、消费的情形。

在这些作者中，有一位是李开先的前同僚，即来自河南光州、雅好曲作的刘绘（号嵩阳）。他与李开先曾共事京城，待及致仕之后，李开先常有"寄来词曲"[112]。刘绘也跟另一位主要曲家康海有所过从，他在 1538 年左右在陕西与康海会面，并为后者所邀勾留数日。某次"为置酒鞫域中，康（海）自起拨琵琶，先生（刘绘）挝鼓三掺作渔阳声，宫羽转激，四座尽倾”[113]。

　　然而，钟情于曲的刘绘可能只是一个特殊个案，它很难证明所有次韵和跋文都纯粹出于作者的文学兴趣，因为我们对这些作者的曲创作知之甚少。它支持了本书提出的这些散曲是社交性产物的观点。“这群”文人参与阅读和写作散曲，不过是因为他们生命中出现了“这次”社交活动而已。回到之前所引李开先的话——“敦朴如马谿田，亦有和章”，马理是一位知名儒士，原本是最不应出现在沉溺散曲的文学活动中的，然而，甚至连他都参与进来的事实说明，散曲创作是多么深入地扎根于这些文人圈子和社群的社交语境中。

　　曲家圈子是散曲创作、传播和消费的重要机制，但它在这些功能上也会有不那么“乐观”的例证，比如，李开先同样使用单一曲牌写于1531年的一百一十阕组曲《卧病江皋》，就没能吸引到像他在1544年创作的百阕曲那样的关注力度。这两组曲子的差别待遇似可从李开先曲家地位的高下差异来加以解释：1531年，李开先只不过是“个体”曲家而已，而到了1544年，他已经晋升为山东当地，甚至可能是整个北方曲家圈子的盟主了，是时曲作活动的中心已在康海逝世后从陕西转移到了山东。圈内成员的鼎力支持和李开先通过文本的圈内流传所聚集的公众号召力，促成了他此后散曲的成功与流行。

[本章注释]

［1］李开先：《〈东村乐府〉序》（写于1547年后），载《李开先全集》，第397页。

［2］李开先：《〈醉乡小稿〉序》，同上书，第418页；亦见李开先：《归休家居病起蒙诸友邀入词社》诗二首，同上书，第89页。

［3］例如，杨应奎（1480？—1541？）在他的散曲集《陶情令》中提到过自己的友人圈。

［4］李开先：《云峰王处士墓志铭》，载《李开先全集》，第675页。

［5］夏文宪与李开先同年应举，其生平简介参看《章丘县志》，卷五，第9页a，收于《清代孤本方志选》，第一辑第三册，北京：线装书局影印，2001，第311页。①

［6］《章丘县志》，卷六，第25页a，同上书，第395页。

［7］李开先：《云峰王处士墓志铭》，载《李开先全集》，第673—676页。

［8］参看李开先：《屯留知县姜君合葬墓志铭》，同上书，第614—617页。

［9］参看李开先：《山西按察司佥事前监察御史龙溪乔公合葬墓志铭》，同上书，第555—558页。

［10］李开先：《〈乔龙溪词〉序》，同上书，第437页。

［11］袁崇冕的生平资料主要源自李开先：《豫作乡宾西野袁翁墓志铭》，同上书，第590—591页；亦参看《章丘县志》，卷六，第38页b—第39页a，收于《清代孤本方志选》，第一辑第三册，第422—423页；王士禛（1634—1711）：《池北偶谈》，北京：中华书局，1982，第336—337页。

［12］李开先：《豫作乡宾西野袁翁墓志铭》，载《李开先全集》，第591页。章丘方志的编纂者还收录了一则轶事记录说袁崇冕对曲的看法跟李开先相同，见《章丘县志》，卷六，第39页a，收于《清代孤本方志选》，第一辑第三册，第423页。

［13］李开先：《西野〈春游词〉序》，载《李开先全集》，第494—495页。

［14］杨维聪是1521年的科举状元。

［15］《章丘县志》，卷六，第38页b—第39页a，收于《清代孤本方志选》，第

---

① 原著出处页码误作卷六第24页b。——译者注

一辑第三册，第 422—423 页。刘世伟，山东阳信人，嘉靖中官至宁州州同，参看永瑢辑《四库全书总目》中刘世伟《厌次琐谈》条目（卷一百二十七，第 1100 页）。

[16]《章丘县志》，卷六，第 39 页 a，收于《清代孤本方志选》，第一辑第三册，第 423 页。谢九容只附带在袁崇冕传记之末略被提及，他跟袁崇冕都没有举人之衔。

[17] 李开先：《〈东村乐府〉序》，载《李开先全集》，第 397 页。

[18] 李开先：《贺谷少岱丧目重明序》，同上书，第 415—416 页。

[19] 王世贞：《曲藻》，收于《中国古典戏曲论著集成》，第四册，第 36 页。

[20] 徐复祚：《曲论》，同上书，第 241 页。

[21] 李开先：《屯留知县姜君合葬墓志铭》，载《李开先全集》，第 616 页。

[22] 关于高应玘的生平，参看《章丘县志》，卷六，第 41 页 a—b，收于《清代孤本方志选》，第一辑第三册，第 427—428 页；《中国戏曲志：山东卷》，北京：中国 ISBN 中心，1994，第 693 页。

[23] 李开先：《〈醉乡小稿〉序》，载《李开先全集》，第 418 页。现藏于中国国家图书馆的《醉乡小稿》（档案号：SB17575）[①] 的版本只有高应玘写于 1553 年的自序而不见李开先的序文。高应玘还是失传杂剧《北门锁钥》的作者，见傅惜华：《明代杂剧全目》，第 110 页。

[24] 高应玘：《醉乡小稿》，第 1 页 b—第 2 页 a，第 13 页 b。

[25] 李开先：《山西按察司佥事前监察御史龙溪乔公合葬墓志铭》，载《李开先全集》，第 557 页。

[26] 此句檃栝贺铸（1052—1125）《水调歌头·台城游》词"六代浸豪奢"之句。

[27] "海岱"，地名，指山东位于渤海和泰山之间的地区。

[28] 高应玘：《醉乡小稿》，第 13 页 a—b。

[29] 李开先：《〈东村乐府〉序》，载《李开先全集》，第 397 页。

[30] 王阶：《〈卧病江皋〉后序》[②]，同上书，第 1183 页。

---

① 收入《明代诗文集珍本丛刊》，第九十七辑，北京：国家图书馆出版社，2019。——译者注

② 原著作"《〈卧病江皋〉序》"，当误。——译者注

[31]"流寓",《章丘县志》,卷六,第 46 页 b—第 47 页 a,收于《清代孤本方志选》,第一辑第三册,第 438—439 页。

[32]于慎行:《赠张就山隐居》,转引自《山东艺术发展研究》[①],谭源材等编,北京:中国广播电视出版社,1992,第 33 页。李开先多以"门人"指称张自慎。

[33]万伯修评语,转引自王士祯:《池北偶谈》,第 337 页。

[34]《章丘县志》,卷六,第 46 页 b,收于《清代孤本方志选》,第一辑第三册,第 438 页。苏洲的生平资料主要取于李开先:《雪簑道人传》,载《李开先全集》,第 750—751 页。

[35]苏洲的书法遗墨至今仍保存于章丘一些寺庙的石碑上。

[36]高应玘:《赠苏雪簑炼师》,载《醉乡小稿》,第 10 页 a。

[37]李开先:《〈烟霞小稿〉序》,载《李开先全集》,第 396 页。

[38]苏洲曾为李开先的南戏传奇作序。

[39]曾远闻:《李开先年谱》,第 113—114 页。

[40]"词又请于袁西野、高笔峰",见李开先:《题〈高秋怅离卷〉》,载《李开先全集》,第 218 页。

[41]李开先为刘守写过传记,见李开先:《瞽者刘九传》,载《李开先全集》,第 751—752 页。曲选总集收录有署名刘守的一个套数,见《全明散曲》,第 843—846 页。

[42]李开先:《瞽者刘九传》,载《李开先全集》,第 752 页。

[43]"板"字面义是"木板",指的是以敲击木板以按拍的"强拍",而与之相对的"弱拍"则是指以鼓签或手指按拍,谓之"眼"。这里,李开先把"板眼"术语分拆二字,以"眼"的字面义来取乐瞽师刘九。

[44]李开先:《词谑》,收于《中国古典戏曲论著集成》,第三册,第 282 页。

[45]李冕的生平简介参看《章丘县志》,卷六,第 22 页 b—第 23 页 a,收于《清代孤本方志选》,第一辑第三册,第 390—391 页。

[46]李开先:《词谑》,收于《中国古典戏曲论著集成》,第三册,第 280 页。

[47]该清代钞本(档案号:SB14805)现存于中国国家图书馆,当中极为宝贵

---

① 原著作"《山东艺术发展史研究》",当误。——译者注

的生平信息的列表在路工所辑的《李开先集》（北京：中华书局，1959，卷三，第870—902页）中被悉数删除，但在卜键新辑的《李开先全集》里得以保留，见《李开先全集》，第1225—1230页。[①] 由于无法随意翻阅，手抄原本对于大多数读者来说仍是难得一见，故本书所有涉及该组散曲和跋文的研究皆引用自《李开先全集》本，若与手抄原本有出入之处，则在注释中予以标明。

[48] 此处可能是指陕西。

[49] 李开先：《〈中麓小令〉引》，载《李开先全集》，第1189页。此序在清钞本中题作《中麓山人小令引》。

[50] 例如，陈泰峰[②]和白东川之跋文，分见于同上书，第1206—1207页、第1211页。

[51] 这些跋文见同上书，第1204—1225页。跋文不止一篇的作者如下：方两江（两篇）、崔岱平（两篇）、张南溟（两篇）、康渭滨（三篇）、王九思（两篇）、顾秋山（两篇）、张龙冈（两篇）、白东川（两篇）。

[52] 这意味着现存跋文并非全貌，最后一篇跋止于排在名单上第八十六位的郝鸣阴（字鹤亭）。关于附录传记生平信息，参看清钞本的原始完整名单，《李开先全集》本仅收录八十九位作者，漏载第三十一篇跋文作者雒昂，见同上书，第1227页。

[53] 同上书，第1220页。

[54] 例如，第二十四篇跋文作者（叶洞菴[③]）赞同第二十一篇跋文作者（张甬川）的点评，同上书，第1208—1209页。

[55] 例如，王九思的跋文就跟他《〈南曲次韵〉序》是同一篇。《南曲次韵》是李开先的百阕散曲与王九思的次韵之作的合刊。

[56] 第二十九篇跋作者陆深逝于1544年，因此，假定这些跋文是按编年排序的话，那么，所有在陆文之前的跋文都当是作于1544年同一年里，即李开先的百阕散曲谱成之年。

---

① 原著所引皆出自卜键辑本2004年版，应与其2014年新版《李开先全集（修订版）》（上海：上海古籍出版社）相区别。——译者注
② 原著作"陈太峰"，当误。——译者注
③ 原著作"梁洞菴"，当误。——译者注

［57］"东国"指山东地区。

［58］《李开先全集》，第 1204 页。

［59］梁扬、杨东甫：《中国散曲综论》，第 48 页。

［60］《李开先全集》，第 1211 页。

［61］例如，王昺①（杏里）之跋，同上书，第 1204 页。

［62］陆俨山（陆深）之跋，同上书，第 1210 页。

［63］此时谪贬于云南的杨慎也收到了李开先作品的钞本，见杨慎之跋，载《李
开先全集》，第 1211 页。

［64］这七位跋文作者排序如下：谢东村（第一）、夏黉山（第三）、谷少岱（第
六）、袁西野（第十二）、杨双溪（第十三）、陈泰峰（第十五）。他们当中
唯一排序偏后的是姜松涧（第五十七）。

［65］例如，张治道：《中麓篇为李伯华赋》《寄李伯华》《闻李中麓园亭盛寄
此》，分见于《嘉靖集》，卷二，第 4 页 b—第 5 页 a；卷三，第 18 页 b；
卷五，第 15 页 b—第 16 页 a。

［66］比如，胡侍"元曲"，载《真珠船》，卷四，第 42 页 b，收于《四库全书
存目丛书》，子部第一〇二册，第 334 页；以及李开先：《〈张小山小令〉
序》，载《李开先全集》，第 439 页。

［67］白东川之跋，载《李开先全集》，同上书，第 1211 页。

［68］白东川之跋二，同上。

［69］《李开先全集》，同上书，第 1224 页。

［70］康浩之跋，载《李开先全集》，同上书，第 1219 页。

［71］杨选曾出使云南，见《章丘县志》，卷六，第 24 页 b，收于《清代孤本方
志选》，第一辑第三册，第 394 页。

［72］《李开先全集》，第 1215 页。

［73］同上书，第 1211 页。

［74］阿部泰记（见阿部泰記「戯曲作家李開先の文学観—南曲《傍桩台》を中
心に」『中国文学論集』5、九州大学中国文学会、1976、p.32、n1）提出
应以"十法"修正"七法"之说，其根据是周德清（1277—1365）在《中

---

① 原著作"王南江"，当误。——译者注

原音韵》中所诠释的"作词十法"。然而，对于明代曲家和曲论家来说，基于《中原音韵》而提出自己的取法标准是非常普遍的现象，康海就在自己曲作中坚持"七法"之说，例见于康海的《〈太和正音谱〉序》，或参看蔡毅：《中国古典戏曲序跋汇编》，第 27 页；周维培：《论中原音韵》，北京：中国戏曲出版社，1990，第 132—133 页。

[75] 关于十九韵的名序，参看周德清：《中原音韵》，收于《中国古典戏曲论著集成》，第一册，第 181—209 页。有趣的是，李开先竟选用北韵系统来写南曲，参看见阿部泰記「戲曲作家李開先の文学観—南曲《傍桩台》を中心に」『中国文学論集』5、九州大学中国文学会、1976、pp.26‐32。

[76]《李开先全集》，第 1189 页。

[77] 任讷：《散曲概论》，卷一，载《散曲丛刊十五种》，上海：中华书局，1930，第 20 页 a—b；羊春秋：《散曲通论》，长沙：岳麓社，1992，第 36—37 页。

[78]"迷魂阵"这一词在小说和戏曲里很常用，但表述不尽相同，它通常指迷惑敌人的战形或陷阱。今天山东西部的阳谷县北仍有"迷魂阵"遗迹，据传保留了孙膑（约前 380—前 316）智斗庞涓（活跃于公元前四世纪中期）所采用的战斗布局。

[79] 此指陕西西南的汉中市的一座亭台，刘邦（即汉高祖，公元前 202—前 195 年在位）在此拜韩信（约前 228—前 196）为大将。李开先通晓历史，当知此典，但还值得注意的是 1520 年此亭台翻修时康海写的一篇文章，见康海：《拜将坛记》，载《对山集》，卷一四，第 20 页 b—第 21 页 b，收于《四库全书存目丛书》，集部第五二册，第 447—448 页。在此要特别鸣谢某位未署名的评论者为笔者指出这点。

[80]"龙脑"是一种用产于婆罗洲的樟脑制成的名贵香料。

[81] 第一首曲押"皆来"韵，韵字为第一（垓）、二（阶）、四（开）、六（台）、八（才）及九（来）字。第二首曲各行的韵字——呵、罗、陀、多、何、砣——则属"歌戈"韵。对这一曲牌的韵式与要求，参看罗锦堂：《南曲小令谱》，香港：河洛出版社，1964，第 37 页（简体中文版见罗锦堂：《北曲小令谱·南曲小令谱》，西安：陕西师范大学出版社，2017，第 115—116 页）。

[82] 任讷:《散曲概论》,卷一,第 20 页 a。

[83] 参看梁扬、杨东甫:《中国散曲综论》,第 262 页。

[84]《李开先全集》,第 1170—1182 页。《卧病江皋》迟至 1544 年才得以刊刻,这可能也跟写于是年的百阕组曲的流行有关。

[85] 同题多作的形式后来也被李开先运用到诗歌创作上,例如 1544 年李开先写成《田间四时行乐诗》同韵百首,1565 年又有边塞纪行的百首诗《塞上曲》。这些巨幅组诗附以跋文以单行本刊行,一如这里讨论的百阕组曲的情形,见同上书,第 240—251 页、第 352—357 页,亦参看横田辉俊「李開先の詩について」広島大学文学部編『広島大学文学部紀要』22(3)、広島大学文学部、esp. pp.88‐91。

[86] 王九思:《〈南曲次韵〉序》,载《重刻渼陂王太史先生全集》,第 1361—1362 页。

[87]《李开先全集》,第 1219—1220 页、第 1224 页。

[88] 同上书,第 1215 页、第 1225 页。

[89] 同上书,第 1217—1218 页。

[90] 同上书,第 1223—1224 页。

[91] 新乐藩府在山东青州,"新乐王"应指宪宗之孙朱厚慊(封于 1524 年,逝于 1553 年),参看《明史》,张廷玉辑,卷一百四,第 2966 页;《历代人物谥号封爵索引》,杨震方、水赉佑编,上海:上海古籍出版社,1996,第 221 页。此人也可能是朱厚慊的儿子朱载玺(封于 1557 年,逝于 1593 年),卜键支持此说(见《李开先全集》,第 505 页)是基于其和作的完成时间(距李开先原作写成十余年之久的嘉靖四十年)晚于封爵的嘉靖三十六年(1557 年)的假设。

[92] 李开先:《〈诗外微撒〉序》,载《李开先全集》,第 505 页。

[93] 漳涯可能是指河北真定①(今正定)附近的漳水,李太守身份待考。

[94] 舞阳县在河南南阳府②。

[95] 李开先:《〈诗外微撒〉序》,载《李开先全集》,第 504 页。

[96] 原本作"歆",但明显有后世覆写的痕迹,参看王九思:《〈南曲次韵〉

---

① 原著作"湖北",当误。——译者注

② 今属漯河。——译者注

序》，载《重刻渼陂王太史先生全集》，第 1361 页。此处从清钞本的王跋，除了以"歌"代"歆"，余处皆同。

[97] 王九思：《〈南曲次韵〉序》，同上书，第 1361—1362 页。

[98]《南曲次韵》（1545 年版本），现藏于上海图书馆，档案号：800882、800883，第 33 页 a。"渠田野夫"身份待考。跋文作者之一的张应吉曾提到"渼陂作者，先抄奉（李开先）焉"，见《李开先全集》，第 1211 页。

[99] 此句化用李白《山中与幽人对酌》诗的结句。

[100]《南曲次韵》，载《重刻渼陂王太史先生全集》，第 1363—1364 页。

[101] 钱谦益也曾提到李开先创作过一组"嘲谑杂出"的"俚诗"，亦名曰"中麓体"，见钱谦益：《病榻消寒杂咏四十六首》，载《牧斋有学集》，卷一三，转引自岩城秀夫『中国戯曲演劇研究』①，創文社、1973、p.560。

[102] 冯惟敏：《海浮山堂词稿》，第 115—116 页。

[103]《李开先全集》，第 1219 页。

[104] 同上。

[105] 同上。

[106] 同上书，第 1208 页。

[107] 同上书，第 1225 页。

[108] 同上书，第 1212 页、1213 页、1220 页。

[109] 有名可考的至少有十一人：曾铣、孙光辉、叶洪、左杰、李绅、郭宗皋、陈锭、罗洪先、皇甫汸、胡侍、吴孟祺。其中罗洪先是 1529 年科举考试的状元，也是王阳明学派的知名思想家（*DMB*，pp.980 - 984）。②

[110] 例如其中的欧阳铎，参看《李开先全集》，第 1210 页。

[111] 例如杨选、陈甘雨。

[112] 刘绘：《答李太常中麓书》，载《刘嵩阳先生集》，卷一四，第 15 页 a。

---

① 原著作"『中国古典劇の研究』"，当误。——译者注

② 《嘉靖八年进士登科录》［载《登科录（点校本·中）》，收入《天一阁藏明代科举录选刊》，龚延明主编，邱进春点校，宁波：宁波出版社，2016，第 402—442 页］未见胡侍之名，此人当是 1517 年进士，见《正德十二年进士登科录》，同上书，第 276 页。——译者注

[113] 张佳胤:《中宪大夫重庆府知府嵩阳刘公暨配胡孺人墓志铭》，转引自金宁芬:《康海研究》，第 250 页；亦参看刘绘自述，见刘绘:《与全翰林九山书》，载《刘嵩阳先生集》，卷一六，第 5 页 b。

第七章

剧曲活动与曲作刊刻

李开先完成他早期名剧是在 1547 年，这距离王九思和康海在陕西进行剧曲创作的鼎盛时期已逾二十年。此时康海已经过世，而王九思则在 1549 年以八十二岁高龄为李开先传奇作序，再过两年以后他亦寿终正寝。

　　根植于剧曲写作和刊刻的沃土，李开先所在的山东曲家圈子与王九思和康海所属的陕西圈子有诸多不同。在北方，诸如南戏的兴起和单折戏的发展这些历史变化对新生代的剧作家有一定的影响。李开先撰作了陕西圈子未有尝新的曲体——传奇，并试以院本形式写了几出短剧，此外还在晚年持续参与了许多元杂剧剧本和散曲的刊印工作。与之相比，陕西曲家圈子则几乎只把关注的目光聚焦在散曲上，圈中撰写杂剧的仅见王九思和康海两位，而其他成员甚至都未见为二人的剧曲写序。

　　而在山东的圈子里，尽管富文堂同样主要致力于散曲创作，但围绕在李开先身边的一群文人也都从事与剧曲相关的活动，他们多有为李开先传奇作序，从而形成了当地剧曲评论圈的有机部分。李开先的门人中有些自己就是知名且多产的剧作家，有些则积极协助其师的刊印事业。因此，山东曲家圈子的构成不仅囊括了剧曲作家、观众、读者、评者的主体部分，而且也涵及私家刊刻剧曲的汇校编审班子的早期实例。

200

北人写南戏：《宝剑记》

与王九思和康海擅名北杂剧不同，李开先并不以杂剧见长，而是在明代中叶繁盛起来的南戏传奇上另辟蹊径。他至少著有两部传奇：本节标题提到的《宝剑记》以及《登坛记》（惜已失传）[1]。此外《断发记》也常被认为是其所撰，但仍存争议[2]。

1547 年夏撰成的《宝剑记》[3]由《水浒传》中的林冲故事片段改编而来，李开先及其圈内文友都认为《水浒传》地位极高——"《史记》而下，便是此书"[4]。通常杂剧仅有四折，而南戏的出数则未有限制。《宝剑记》谨遵南戏格式，全剧五十二出。剧中武生林冲向皇帝奏本参劾，直指朝中阴谋小集团，结果招致奸臣太尉高俅及其同党的怨恨而设计陷害，意欲除掉林冲。高太尉以观赏林冲宝剑为名，诱骗他携剑进入白虎节堂，而在军机重地私带兵器乃是重罪。林冲宝剑被高太尉掳走，他本人则被定罪刺配沧州。尽管高太尉及其子高朋费尽心机想要在流放途中刺杀林冲，但林冲每次都幸得逃脱。最终，林冲杀死了高氏派来谋害他的两个差人而被逼上梁山。林冲获罪之际，高朋图谋强占林妻张贞娘。贞娘誓死不从并逃出魔掌，高朋遣人捉拿，此人被赐林冲宝剑，但他后来膺服于贞娘的美德和尊严而将宝剑给了贞娘。林冲与众梁山好汉揭竿而起攻打高氏父子并最终得胜，高俅被斩，林冲重回朝廷官复原职并获提拔。某日，林冲经过贞娘藏身的尼庵，认出了宝剑，分别三年后夫妻遂再团圆。

前人对此剧的研究多集中在传奇与小说的差异上[5]。《宝剑记》不同于《水浒传》的主要变化在于高朋谋占林妻的情节被挪置于林冲流放之后而降为次要的情节主线。如此一来，私人恩怨便不再是林冲与高太尉冲突的直接诱因，二人之间的矛盾转而凸显在由林冲上本弹劾高太尉所引发的朝廷政治斗争上，因此，现代学者将《宝剑记》视为"开忠奸剧的风气之先"[6]。

一如之前王九思《沽酒游春》的主旨，这一情节也力邀读者和评者把剧中事件与李开先个人经历关联起来。就像王九思的《杜子美沽酒游春记》和康海的《东郭先生误救中山狼》被当作论战一样，李开先对高俅父子的刻画也被明代批评家视为是对内阁首辅严嵩（1480—1567）[1]父子的影射，"李中麓之《宝剑记》，则指分宜父子"[7]。另外，有学者也倾向于将林冲这一英雄形象起初不受待见的遭遇与李开先自己不为赏识的才能联系起来，而把《宝剑记》解读为李开先政治诉求和抱负的流露[8]。

《宝剑记》跟王九思《沽酒游春》一样算是自我表现之作，但它或许并非李开先独力完成。曾为《宝剑记》作序的苏洲不确知该剧的作者是谁："予游东国，只闻歌之者多，而章丘尤甚，无亦章人为之耶？或曰：'坦窝始之，兰谷继之，山泉翁[2]正之，中麓子成之也。'然哉？非哉！"[9]不止苏洲，事实上，我们对《宝剑记》是否真是如此写成以及谁是坦窝、兰谷、山泉，都一无所知，他们从未出现在与李开先亲近的文人名单之中，甚至可能纯属虚造[10]。而在此值得留意的并非是这些人的身份，而是与李开先和《宝剑记》相关的戏剧创作模式。这部传奇常被认为有集体创作的痕迹，并能很好地展现一本剧作在一个曲家圈子里是如何被写成和再写成的。

---

① 原著作"严嵩（1480—1565）"。——译者注
② 原著作"山泉公"，当误。——译者注

《宝剑记》当是基于早期的戏曲文本改编，跟李开先几近同一时代的王世贞就曾说此剧"亦是改其乡先辈之作"[11]。《新编林冲宝剑记》的全名也暗示了此乃该传奇的"新版"、而非由李开先原创首编，尽管他确在《宝剑记》最终版的写定上着力甚多，但实际的贡献仍然成谜。

　　不管实际牵涉情况如何，《宝剑记》中的政治形势确实容易让当时许多文人不假思索地将其跟李开先的际遇联系在一起。苏洲在他的序文中提到，李开先"尝拉数友款予，搬演此戏，坐客无不泣下沾襟"[12]。李开先另一同年密友皇甫汸（同于1529年进士及第），在此剧写成后不久曾往章丘拜见李开先，并赋诗赞其"雄心每向词中发，变态都将戏里看"[13]。显而易见，李开先的同仁和友人都不把这部作品当作纯属虚构的戏作，而视为李开先抱负的抒发和对当时政治环境的影射。

　　《宝剑记》是李开先（至少是目前已知的）最早的戏曲作品，也可能是王九思等较早一代的北曲家们唯一曾经读过的一部。如上章讨论的百阕曲的情形一样，李开先手书遣使至，"以新制《宝剑记》见示"王九思。尽管这次王九思并未赓和，但他撰写后记一篇（系年1549年），此文与传奇随后遂一并刊行[14]。

苏洲的序文中有一段记述是关于《宝剑记》刊刻的重要
信息：

邑侯平冈，恐是记失传，托刻之。盖政而兼文者也。诚
心直道，以翰林清贵而出是官，劳心抚字，苦志①辞章，不
知身为迁客，宜其有是举也。[15]

《宝剑记》的刻印得到了 1546 年至 1548 年之间任章丘
知县的陈东光（1535 年进士）的资助，值得留意的是，陈
东光跟像李开先一类的曲家之间存在共通点：他也是贬谪
官员。

苏洲之述很好地论证本书研究的一个主要论点：圈子是
由对一种文类的参与来决定的。如是所见，一个特定的，尤
其是那些被官场士人文化所斥绝的文人群体，会以曲的写作、
传阅和刊刻等途径加以联结。这里的情形有别于第四章所提
到的未受邀于康海寿宴的王维桢，是时，王维桢供职翰林，
出席这样离经叛道的社交活动是不适宜的，但在这里，陈东
光"迁客"的政治运命和身份却给了他跨进散曲和剧曲世界

---

① 原著作"苦心"，当误。——译者注

的通行证。因此，按苏洲的说法是，陈东光参与资助传奇刊刻之举完全可被称为"宜"。

《宝剑记》在李开先的圈子里广获追捧，苏洲在序文中甚至称誉其"当不啻《琵琶记》之多"，后者公认是早期南戏典范之作。《宝剑记》在山东特别是李开先故里章丘受到好评[16]，然而，与王世贞的一次会面却让李开先认识到，并不是所有，特别是在他的圈子与本地之外的人也会持同样意见，如王世贞如是追述：

> 二记余见之，尚在《拜月》《荆钗》之下耳，而自负不浅。一日问余："何如《琵琶记》乎？"余谓："公辞之美，不必言。第令吴中教师十人唱过，随腔字改妥，乃可传耳。"李怫然不乐罢。[17]

王世贞约在1557年与李开先会面，很可能那时他有缘亲赏其戏或亲读其文。虽然王世贞也不否认李作辞藻华美，但他也痛批了其剧在音韵规范上的瑕疵。晚明批评家吕天成（1580—1618）论及李开先，说他虽"熟腾北曲"，而"间著南曲"则"生扭吴中之拍"[18]；另一批评家沈德符（1578—1642）也指出李开先的《宝剑记》"生硬不谐，且不知南曲之有入声，自以《中原音韵》叶之，以致吴侬见诮"[19]。

要理解这些对李开先拙于南曲写作的批评，必须先认识到李开先以南传奇之法试写《宝剑记》是非同寻常之事。年长一辈的北曲大师，如康海和王九思，他们只进行北杂剧的创作，尽管也偶在南曲散曲小试牛刀，但据知并没有写过南曲剧曲作品[20]。因此，李开先是最早创作南戏传奇的北籍曲家之一。

到十六世纪初，随着经济文化中心移至江南，南戏的影响与日俱增，甚至在北曲一枝独秀的宫廷藩府之内也能感受到它的影响力[21]。山东是南北漕运与商路上的必经之地[22]，而章丘则是明代中叶南北贸易、商货往来的重镇，居于此地的李开先更容易受到自南方传来的新的音乐和文学潮流的影响[23]。

学界多认同《宝剑记》并非以是时正渐趋流行的昆曲曲调写成的[24]，李开先在传奇的第一出曲子里就明确说自己"换羽移宫按旧腔"[25]。就戏曲声腔来说，李开先所用的"旧腔"当是是时山东盛行的海盐腔[26]。虽然此剧所用的声腔究为何种仍不得而知，但可以肯定的是，这种声腔在山东应是广已普及，山东当地观众对此不会感到陌生，因为序文中完全没有提到《宝剑记》所用"南曲"或"新曲"声腔的字样，那么显然，李开先所写的南戏传奇对他当地的曲家圈子来说并无任何异样，对那些熟悉他曲作的人来说尤是如此，因为李开先久已表现出对南曲的浓厚兴致[27]。

吕天成对于李开先"间著南曲"之说是不确的[28]。李开先现存散曲作品大多是用南曲曲牌写成的。他对南曲的兴趣还可解释他何以特别留心向他的同仁们指出一个事实：与认为乔岱和康海只能写北曲的普遍看法相反，其实他们"南曲时亦有之"[29]。

李开先在为袁崇冕散曲集所撰序文有论，"传奇戏文虽分南北……其微妙则一而已"[30]。李开先也被他的友人及富文堂词会成员奉为真正的曲家大师，因为他既精熟北曲，也有与之媲美的南曲素养。一位圈中文人在《宝剑记》后序中赞其"知北十法、知南九宫"[31]，这完全与圈外评论云泥殊路。

如果李开先确是这样一位南曲大师，何以《宝剑记》会受到王世贞和其他文人如此严厉的批评呢？这些批评之声甚至影响到此传奇的后世接受史。例如，在仍然相信全本《宝剑记》未有传世的1930年前后，青木正儿（1887—1964）编写《支那近世戏曲史》囿于明代评论家对此剧的批评而得出结论："诸家之论如此，（《宝剑记》）当非佳品也。"[32]

与其把这些似成定论的明代批评家观点视为历史事实，

我们不妨反思考察它们得以形成的原因。已有学者指出，这些批评可能是晚明"以传奇高峰时的（昆曲）格律标准去检验兴盛之初的《宝剑记》"的结果[33]。这种说法对晚出如沈德符、吕天成等批评家来说或许适用，但跟李开先同时代的王世贞也已指摘李开先传奇之"过"，这意味着批评之声不单是套用后世更为严苛的标准加以判断的问题了。

这些北方作家的作品在明代曲论中是如何被评论的，《宝剑记》就是一个很好的范例。我们对北方曲家的认识，很大程度上是塑形于在此时期曲论上占据主流的南方批评家的。因此值得谨慎考量的是，大部分我们所"知"的北方曲作实绩都是被"南方滤镜"（southern filter）处理后呈现的。

王世贞对北方曲家的评价最能代表南方批评者对北方剧曲家和散曲家的价值取向，以此可例示这种"南方滤镜"。来自江苏的王世贞将康海、王九思和李开先视为"北人"[34]，无论有意与否，他在"他们"（北人）和"自己"（南人）之间划了一条泾渭分明的界限。所以，王世贞之流的南方曲论家会以挑剔怀疑的眼光去审读北人所写的南曲也就不足为奇了。确实，如前所见，王世贞的说法是，李开先的作品需经由来自吴中地区的南曲大师在声韵上加以雅正[35]。

"南方滤镜"在王世贞对另一山东文人冯惟敏的评论中

表现得更为明显，他在称赞冯"独为杰出"的同时，也不忘指摘冯曲唯一瑕疵在于"北音太繁"[36]。采用"北音"或呈现"北调"，渐次成了南方曲论家对北方曲家的基本攻讦[37]。

承认在阅读这些曲评时"南方滤镜"的存在，能让读者对《宝剑记》的看法更加客观，这些负面评价有时会遮掩该传奇在当时广受欢迎的程度和对后世南戏发展的影响力度，表现之一是该剧多次被诸家戏曲选本所辑录，诸本曲谱也常以之为范例[38]。

吕天成和祁彪佳（1602—1645）都曾提到李开先在《宝剑记》中"自撰曲名"[39]。通过参照后世曲谱来检视《宝剑记》中所用曲牌，这一说法是能立得住脚的。据卜键的研究，《宝剑记》全剧一百八十余支曲牌中，有十二支被后世曲谱选为定格，这意味着该剧是这些曲牌最早也是最经典的出处[40]。像［四娘子］（第十七出）、［踢鞭儿］（第十九出）等曲牌"均不见于曲谱"，很可能是李开先的"内自撰句"[41]。《宝剑记》另一显著特征是李开先加入了一些市井艳词、时尚小令，如第五十一出里尼姑所唱数支市井俗曲都为沈德符所列"时尚小令"所收[42]，更重要的是，李开先在自己的《词谑》中也提到"市井艳词百余，予所编集"[43]。

《宝剑记》的贡献还不仅仅在于新的曲牌曲句和市井艳

词，像晚明剧作家陈与郊（1544—1611）就受益于李开先《宝剑记》"旧稿重加删润"而写了《灵宝刀》[44]。然而，无论是历代舞台搬演还是诸家曲集选录，"亦多知有'宝剑记'，而不识有'灵宝刀'也"[45]，虽然陈与郊的戏文在声腔上力纠李开先之"过"，以更悦于南方听众[46]。

在对《宝剑记》的讨论总结之前，我们再来看一段鲜被征引、来自稍晚于李开先的梁辰鱼（约1519—1591）的说辞（他的传奇《浣纱记》被视为最早的昆曲戏）。他在赞誉明代中期南戏《明珠记》时提到，《明珠记》"远可方瓯越之《琵琶》""近不让章丘之《宝剑》"[47]。梁辰鱼的这番评论既不像《曲品》收录的那些戏曲评点，也没有成为像王世贞或沈德符那样对《宝剑记》一锤定音的价值判断。且不论有多么非正式，梁辰鱼之说仍然释放出关于《宝剑记》地位和声望的重磅且清晰的信息。不管《宝剑记》的声腔乐韵有多悖违南曲大师们的标准，它仍当之无愧是南戏传统中的一部别的作家无法视而不见、后世作品不能不加以比照的经典之作。

院本与单折戏传统

《宝剑记》令"坐客无不泣下沾襟"，而李开先的六短剧系列的其他戏曲作品则以其喜剧效果闻名。他在一篇系年于1560年末的序文中自述了这些短剧的创作缘由以及刊刻其中两本的原因：

中麓子尘事应酬之暇，古书讲读之余，戏为六院本，总名之曰《一笑散》。一、《打哑禅》，二、《园林午梦》，其四乃《搅道场》、《乔坐衙》、《昏厮迷》，并改窜《三枝花大闹土地堂》[48]。借观者众，从而失之。失者无及，其存者恐久而亦如失者矣。遂刻之以木，印之以楮，装钉数十本，藏之巾笥。有时取玩，或命童子扮之，以代百尺扫愁之帚而千丈钓诗之钩[49]。更因雕工贫甚，愿减价售技。自念古人遇岁荒，乃以兴造事济贫。谚又有"油贵点灯，米贵斋僧"之说，遂以二院本付之，不然刻不及此。[50]

"一笑散"是一味减缓牙痛的药粉，以此为名的六院本总集很可能用意都在博取读者、观众一笑为娱[51]。六院本中仅得两本得以刊刻并留存至今，即《园林午梦》和《打哑禅》[52]。

李开先把这些剧本与金代（1115—1234）的早期中国戏曲在样式上互相联系，将它们称为"院本"。"院本"，字面意思即"行院之本"，通常是短篇闹剧，其语言粗鄙、诙谐猥亵，舞台效果常更有赖于脚色的表演而非剧本本身[53]。

现存两剧本充分佐证了院本的娱乐功能和表演潜力[54]。《园林午梦》故事设于一位渔翁的梦中，以早期戏曲经典中两位旦脚崔莺莺和李亚仙之间的讽刺斗嘴以及丫鬟红娘、秋桂各护其主为主要情节[55]。《打哑禅》则围绕三个主要角色展开：长老、犯戒的小僧、屠子。屠子纯凭运气，用自己的手势回应长老的手势，从而揭破长老所给出的哑禅，尽管他彻头彻尾误读了手势义[56]。

两剧本都是单折戏，然而，伴随二剧而衍生的副文本（paratexts）却相对丰富：李开先不仅写了一则总序，而且为二剧分写小跋之余再写有一篇总跋，紧跟其后还有由李开先

213

二门人分撰的两篇跋文[57]。

层出不穷的副文本很好地将两部院本短剧置于李开先圈子的阐释性语境中来引导读者对它们的理解。在上述所引概要说明中，李开先以随性的语气介绍院本乃出于自娱，对其意义则未置一词。事实上，李开先几乎以一种歉意的口吻说他是以"戏作"为旨写这些短章闹剧的，如果不是前述的特殊情况，"不然刻不及此"。他的序文预设读者会被这些诙谐滑稽的剧情所逗趣，而此二剧在喜剧效果上也确实未负众望。

在读过各院本之后，读者又被引入其他层面去鉴赏剧本。《打哑禅》和《园林午梦》的跋文充斥着普世道教和禅宗的术语和思想，如李开先在后一戏跋文中谈到，他在仕宦期间常被异梦所扰，但"及退居园林"就再没有过了（"周公不复亲孔矣"），他还提到说，自己的院本作品并非只关消遣，而是期待他的听众、读者能够"索诸言外"[58]。

李开先的一位门人为了"推广其（师）意"而别撰一跋，阐明"一切富贵利达，言语文章，皆归于空（sūnyatā）"，"挟私而争尔我者，如梦中有争，觉则一空而已"（跟剧中崔莺莺和李亚仙之争相仿）[59]。此外，李开先还提到"但有志禅学者，吾先赠之以二宝（如意净明珠、降魔金刚杵），而后继之以院本刻本焉"。显然，他认为自己的剧本有助于指点迷

214

津、普度众生，因此，他的娱情也赋予文本以超脱觉悟的第二层意义。

品鉴这些院本的两种不同读法在李开先另一门人杨善的跋语中有最佳之概括：他先是承认这些剧本让他"大笑出声"，也相信"几千万人"的读者、听众亦能体会如此之效；但作为一名了解内情并具有敏锐洞察力、深解其师在短剧中真正意图的读者，他也不忘强调此二院本的言外之蕴，"就《午梦》以觉门，感《哑禅》而悟道"[60]。

在李开先和他的友人、门人之间的内部圈子中，这些剧本在传阅过程中既被当作娱乐消遣，也被视为对普世佛道思想的戏剧化揭示；而对后世的读者而言，这些剧本更突出的存世价值在于它们所代表的戏剧形式。《园林午梦》和《打哑禅》都是单折短剧，这在明代已是流行的剧本样式，一朝作品超过百种[61]。短剧在数目上的激增似可反映出明代文人"自娱自乐"的精神，它"适应当时时尚文化的需求"[62]。李开先这两个院本该如何纳入中国戏剧传统中单折戏发展史呢？

前辈学者倾向于为该文类勾勒出线性的历史脉络[63]。²¹⁵李开先的此二院本常与系名王九思的《中山狼》院本一起，被视为南方曲家如徐渭（1521—1593）所写《狂鼓史》[64]、汪道昆（1525—1593）所辑单折杂剧四种合集《大雅堂杂剧》等后世单折戏的先声。按时序的传统来说，单折戏是在明代中期渐兴的戏剧新样式，王九思先是以此新体写成《中山狼》，李开先紧随其后，最后在徐渭手中得以发展成熟[65]。

然而，此图系疑窦丛生：王九思《中山狼》真是最早的单折戏吗？它对李开先的院本及之后盛于晚明及清代的单折戏的影响到底如何？李开先的六院本一定早于徐渭和汪道昆的剧本吗？

学者意欲将《中山狼》院本定为中国戏剧史上最早的单折戏，有刻意划掉那些他们声称是"不成熟"的早期例证之嫌。例如，以附录保存在1498年版的《西厢记》中一篇署名自称"晚进王生"的一折剧[66]通常被认为是为《西厢记》所补撰的一折戏而非独立之作，其理由是它附录在《西厢记》文本之后且从未单独刊行过[67]。

另一所谓"不成熟"的单折戏是据称由沈龄在1520年写成的四本单折戏的组剧《四节记》（参看第二章）[68]。因这些剧本构成了组剧，学者通常亦不把它们视为独立剧本。然而，笔者认为它们其实可被看成单独作品，事实上也具备独立功能。"秋景"折、"冬景"折在四本中最常为选本所辑[69]，这意味着它们是可以独自搬演的。

此外还有一部陈铎所作《太平乐事》的单折戏，目前对它研究不多[70]。此剧并不标为院本，但正如伊维德所指出的那样，它近似于院本，或者说是院本集锦。此剧由二十五支分属不同宫调的北曲组成，但并不像传统杂剧那样被编排成套数，另外，它还大量穿插单独的对句[71]。该剧很可能要早于《中山狼》院本，或至少是同时之作。因此，即使《中山狼》确由王九思所作，但它是否像一般认为那样是最早的单折戏仍可持疑。

同样，尽管李开先的院本通常被认为要早于徐渭和汪道昆之剧，很可能是徐、汪二人都要比李年轻近二十岁的缘故，但这未必凿凿成据。李开先的院本是在他年迈之际（1560年左右）方予刊刻，虽然写成时间可能会更早一些，而在同一时段里，徐渭和汪道昆完全可能业已完成他们自己的单折戏了[72]。

此外，要对这些单折戏运用线性历史研究法，有两个步骤至关重要。即使能够重建这些剧本的写作时序，这里依然存在一个更大的问题：如何确信较早的单折戏就能影响到了较晚的作品？尽管"单折"在形式上都很相似，但这些短剧彼此间还是有诸多不同。例如，与李开先的院本创作受王九思之启发的说法相左[73]，二剧在文体特征上的显著差异会导向相反的推论：跟杂剧中一折的情况相同，《中山狼》院本限于用同一宫调构成套曲；而李开先的院本则随意套用独立的曲子（也没有构成套数）。

李开先自己对院本这一文类的理解并没有留下多少资料，仅见他曾简短提过"或命童子扮之"，这也表明了院本并非只供案头阅读，而其序跋中充斥的长篇累牍的佛道教义亦对了解这种戏剧样式没有多大参考价值。

姜大成在为李开先南戏所撰后序中提到若要"知音"，此人须在一堆要求中"知杂剧""知戏文"（南戏雏形）、"知院本"[74]。显然，在李开先的山东曲家圈子中，院本被认为是有别于北杂剧和南戏文的一种戏剧样式。即使无法确知圈子成员对院本的具体定义，但从李开先的两个院本来看，也可确知它与《中山狼》院本所呈现的特征是有本质差异的。而就徐渭和汪道昆的作品来说，它们又是另一形式的单折戏，有着一套不同的文体特质和主题关涉，后来渐以"南杂剧"为人所知[75]。

因此，通常采用这种线性历史眼光去描述明代单折戏的涌现是很成问题的，它未必能够真实反映明代的实情；应该说，把李开先和其他明代中期剧作家所写的这些剧本视为对短剧的发展共势与需求的不同（有时也是共时）响应更为妥当。

刊刻之业

作为本地曲家圈子的领袖，李开先与日俱增的影响力在十六世纪五六十年代臻于鼎盛。在此时期，李开先的主要身份渐从曲作的创作者转型为编纂者和汇辑者[76]。如前文所论，李开先积极于刊刻之事，他不仅刻印自己的作品，也刊行他所在曲社成员的作品。但到了文学生涯的后期，李开先对刊刻元曲表现出特别的兴趣，而这值得跟他刊刻友人的曲作区别开来另作讨论，因为后者更像出于一种社交姿态。

李开先编选了两部元杂剧集以及两位他所钟爱的元曲家张可久与乔吉（"其犹唐之李、杜乎？"[77]）的散曲别集（以小令为主）。此外，在他的曲学专著《词谑》中也选录了一些元代套数。是什么原因促使李开先刊印这些元曲，他希望通过编撰和刊刻之业来实现什么目的呢？

219

李开先年少时就对元散曲和杂剧兴味盎然，他坚信曲"俱以金、元为准，犹之诗以唐为极也"[78]。李开先的元曲刊印事业得力于他汗牛充栋、自称逾万卷的私家藏书[79]。例如，元杂剧现存三十种元刊本都曾一度为李开先收入囊中[80]，据说他还曾收有《王粲登楼》杂剧的一个元钞本，现仅存何煌（1668—1741年后）《脉望馆钞校本古今杂剧》版的校语，后经郑骞（1906—1991）基于何煌校语重新辑出[81]，而此重辑本在今天常被当作现存三十种之外的"第三十一"种元杂剧[82]。

220   根据李开先的选集自序可知，他从自己这些元杂剧藏本中甄选部分结集予以刊行，题为《改定元贤传奇》：

> 夫汉唐诗文布满天下，宋之理学诸书亦已沛然传世，而元词鲜有见之者。见者多寻常之作、胭粉之余。如王实甫在元人，非其至者，《西厢记》在其平生所作，亦非首出者，今虽妇人女子，皆能举其辞，非人生有幸不幸耶？选者如《二段锦》、《四段锦》、《十段锦》、《百段锦》、《千家锦》①，美恶兼蓄，杂乱无章。其选小令及套词者，亦多类此。予尝病焉，

---

① 原著引文有"《千段锦》"，当衍。——译者注

欲世之人得见元词，并知元词之所以得名也，乃尽发所藏千余本，付之门人诚菴张自慎选取，止得五十种。力又不能全刻，就中又精选十六种。删繁归约，改韵正音，调有不协，句有不稳，白有不切及太泛者，悉订正之，且有代作者，因名其刻为《改定元贤传奇》。[83]

正如伊维德所指出的那样，这里值得注意的是，序文例证了何以"元杂剧（及散曲）并非被视为表演底本（尽管也可能并不排斥），而首先是跟早期文学的刊本同样的阅读文本"[84]。

李开先清楚地表明，他编选这部元杂剧集只是出于他对现有平庸选本的不满，而希望以《改定元贤传奇》向读者提供一个能真正代表元曲魅力的选本。他认为，元杂剧并不只限于在他看来远非登峰造极之作的《西厢记》，他以批评者视角表达出一种独立的意见，常以发现元杂剧和散曲中的"遗珠"为乐，似可以此来展现自己广博的阅读经验和卓绝的文学感知。

炮轰《西厢记》为陪衬之作像是李开先以曲论家之姿拔高自己的"遗珠"价值的惯用策略——拿"它们"跟现世臻

品做比较。譬如,当他宣称张可久的套数①才是元散曲的"古今绝倡"时,他感慨时代中人"独重"更为流行的马致远的作品。而此处与他对《西厢记》的批评更具类比性的是,李开先对于他人对文学误判的解释与《改定元贤传奇》序文的表述几乎一字不差:"人生有幸不幸耳!"[85]

《改定元贤传奇》的成书时间湮灭难辨。假定李开先序文中所提到《十段锦》恰是如今存世的1558年初版的话,那么,我们似可推断《改定元贤传奇》当是刊印于1558年之后[86]。数十年来,它一直是一部消失在二十世纪学界视野之外的谜之选集,在最近才在南京图书馆"重"见天日之前,此书一直被认为藏于台湾[87]。据此书序文可知,李开先原本打算刊刻十六种,但传世版本仅存六种,每种一卷[88],排次如下:马致远《青衫泪》《陈抟高卧》,乔吉《扬州梦》,白朴(1226—1306)②《梧桐雨》,乔吉《两世姻缘》及王子一《误入天台》[89]。除第一部《青衫泪》首页亡佚之微瑕,六种戏都算以全本存世。

六种戏也收于其他选集里,故《改定元贤传奇》并未呈现前所未知或未见的新戏。然而,李开先选本的意义在于,

---

① 即《湖上晚归》。——译者注
② 原著作"白朴(1227—1306)"。——译者注

它提供了元曲文本是如何刊刻和传播的早期个案。将李开先

刊刻元杂剧之举放置于当时的历史语境中来审视至关重要：在已知的元代剧曲七百种存目中，只有一百六十种杂剧以这样或那样的形式流传至今，而其中又仅有三十种保存在元刊本里[90]。也就是说，绝大部分现存元杂剧皆有赖于晚明刊本而传世，据学者考证它们皆"自明内府本出"[91]。

在"重现"《改定元贤传奇》之前，前辈学者如孙楷第（1898—1986）①和郑骞把元杂剧的彼时存世版本依其文本特征而分为四大类[92]：

第一类：《元刊杂剧三十种》。

第二类：万历本六种：

1.《杂剧选》（1598年序）；

2.《阳春奏》（1609年序）；

3.《古名家杂剧》（刊于1573年至1620年之间）；

4.《古杂剧》（又称"顾曲斋本"，刊于约1615年至1622年之间）；

5.《元明杂剧》（又称"继志斋本"，刊于约1615年至1622年之间）；

---

① 原著作"孙楷第（1898—1989）"，当误。——译者注

6.《脉望馆钞校本古今杂剧》[赵琦美（1563—1624）辑]。

第三类：《元曲选》（刊于1616年至1617年之间）[臧懋循（1550—1620）辑]。

第四类：《古今名剧合选》（刊于1633年）[孟称舜（1600—1655）[①]辑]。

《改定元贤传奇》当是刊于1558年至1568年之间，从年序上来看要比第二、三、四大类中的所有明刊元杂剧选集都早。近年来，诸如解玉峰（1969—2020）、赤松纪彦、伊维德等学者都在《改定元贤传奇》的文本特征和意义上细加检视[93]。一般而论，李开先选本在文本上更近于第二类万历本元曲选而异于臧懋循的《元曲选》，正如解玉峰指出的那样，"凡其（《改定元贤传奇》）异于《元曲选》的地方，也正是其他明刊杂剧与《元曲选》的相异之处"[94]；他还基于这种文本的类同性而推测其他明刊本和《改定元贤传奇》可能同出一源，或是受到后者的影响，或即本之于《改定元贤传奇》[95]。但这些明刊本和李开先选本之间确切的文本渊源已很难确证，部分是因为后者的复杂性。

笔者另撰他文已有论及，《改定元贤传奇》并未严格按照

---

① 原著作"孟称舜（1589—1684）"。——译者注

选集的标准格式来编辑成书，这可能是因为有许多人参与了此书的编辑过程。与其另一大作《词谑》对比，我们可以清楚地看到李开先在元杂剧选集中的作用是相对有限的：他不过是资助刊印和为选集提供文本资源而已，《改定元贤传奇》更应被视为是李开先所在的地方曲家圈子的集体努力和团队协作的结晶[96]。

李开先在该集的后序中回忆道：

同时编改者，更有高笔峰、弼少庵、张畏独三词客，而始终之者，乃诚蓭也。譬诸修书有总裁[97]，有纂修，试场有考试，有同考，而予则忝为总裁与考试官云。[98]

李开先地方曲家圈的几位成员，包括上章所提到的张自慎、高应玘，在编辑和修订文本中担负了一定的工作。编委会的另一些成员如张畏独[99]、弼子方（字少庵）[100]的生平资料则所存甚少。张自慎在此事业中似乎出力最多，以至于清代某书目甚至将《改定元贤传奇》系于他的名下[101]。在李开先的资助和"指导"（象征意味大于实际功能）下，他在山东曲家圈子里的门人组成的编委会成为刊刻项目的"总指挥"。

夏颂关于"再制作者身份"（reproductive authorship）的概念有助于更好地理解明代文人如何通过选编元代戏曲来创造出编者身份（editorial impersonations）和凸显出自己的声音[102]。李开先和臧懋循就是夏颂挑出用来支撑她"再制作者身份"理论的两位文人。然而，李开先和臧懋循在元曲编选活动中的涉入程度有所不同：臧懋循是刻意地改变了元杂剧早期版本的面貌而创造出属于他"自己"的文本[103]，李开先的刊刻之举并不能这样定义。

李开先在《改定元贤传奇》的后序中自称"总裁兼考试官"，有学者解读为李开先通过刊刻之举扮演着"一位自封的官方纂修和地方考官"，以此悄然挑衅"明代朝廷对官员任免权的独断"[104]。在这里，李开先提到诸如总裁或考官的职能，应该是出于诙谐打趣而非一本正经。此外，李开先在编辑过程中始终保持自疏（self-distancing）的姿态也很难支持说《改定元贤传奇》是他蔑视朝政的野心之作。更符合常理的说法是，李开先似乎是在再次确认自己在地方层面上的文化盟主地位，而非追求国家层面上的虚有其名的高爵显位。

本章注释

[1] 傅惜华：《明代传奇全目》，北京：人民文学出版社[①]，1959，第34—35页。

[2] 支持李开先为《断发记》作者之说中最具说服力的研究来自岩城秀夫，他基于细致考察该传奇的用韵体系而提出如是结论，见岩城秀夫『中国戯曲演劇研究』[②]、創文社、1986、pp.282‑284；岩城秀夫「解說」神田喜一郎编『中国戲曲善本三種』、思文閣、1982、pp.593‑594。但仍有学者对作者归属问题存疑，如傅惜华（见傅惜华：《明代传奇全目》，第453—454页）将此剧列为佚名之作，亦参看孙崇涛：《风月锦囊考释》，第195—196页、注18；欧阳江琳：《〈断发记〉作者考辨》，《中山大学学报》（社会科学版），2001年第6期，第19—22页。该剧是否应该归到李开先的名下尚待进一步的证据。

[3]《登坛记》亦在同年写成，见李开先：《〈市井艳词〉又序》，载《李开先全集》，第471页。还有一部嘉靖重刻版《宝剑记》（不早于1549年）收录于《古本戏曲丛刊》初集。本书中《宝剑记》的引文都出自《李开先全集》，第923—1035页。此剧亦有笺本传世，但似限于山东而流传不广，参看潘惟风：《宝剑记校注》，济南：济南出版社，1993。

[4] 李开先：《词谑》，收于《中国古典戏曲论著集成》，第三册，第286页。

[5] 参看王晓家：《水浒戏考论》，济南：济南出版社，1989，第175—180页；严敦易：《〈宝剑记〉中的林冲故事》，载《元明清戏曲论集》，郑州：中州书画社，1982，第144—151页。

[6] 郭英德：《明清传奇史》，南京：江苏古籍出版社，1999，第111—118页。

[7] 沈德符：《顾曲杂言》，收于《中国古典戏曲论著集成》，第四册，第207页；亦参看《曲海总目提要》，董康编，天津：天津古籍书店，1992，第208页。

[8] 参看卜键、朱建新：《〈宝剑记〉论略》，《艺术百家》，1987年第2期，第76—85页；徐扶明：《李开先和他的"林冲宝剑记"》，载《元明清戏曲研究论文集》（二集），北京：人民文学出版社，1959，第282—303页。黄

---

① 原著作"作家出版社"，当误。——译者注
② 原著作『中国古典劇の研究』，当误。——译者注

维若（见黄维若：《论李开先罢官》，第220—235页）指出，在李开先塑造的林冲形象中有他自己的"影子"，并将传奇情节跟李开先仕宦生涯对应起来。对于林冲在小说和传奇中不同的性格化之比较，参看甘子超：《异类的忠臣——〈宝剑记〉之林冲形象简析》，《戏剧》，2004年第3期，第72—78页。

[9] 苏洲：《〈宝剑记〉序》，载《李开先全集》，第928页。

[10] 笔者试图辨认这些人的身份，只取得了些许进展。"坦窝"是文人陈铨（1481年进士）的字号，但似乎他与李开先并无多少交集，见《鄢陵志》，嘉靖本，刘切辑，卷五，第26页a—b，天一阁藏明代方志选刊影印，上海：上海古籍书店，1982。"山泉翁"可能是山东寿光人刘澄甫（1508年进士），他隶属于数位山东致仕文人所组建的某诗社，并有题为《海岱会集》的社内作品结集刊行。有趣的是，李开先在为蓝田（1477—1555）所撰的墓志中曾提到过"刘山泉"，见李开先：《文林郎河南道监察御史北泉蓝公墓志铭》，载《李开先全集》，第580页。然而，要把刘澄甫与《宝剑记》的作者直接联系起来还需辅以进一步的证据。

[11] 王世贞：《曲藻》，收于《中国古典戏曲论著集成》，第四册，第36页。

[12] 苏洲：《〈宝剑记〉序》，载《李开先全集》，第929页。

[13] 皇甫汸：《访同年李伯华于章丘》，载《皇甫司勋集》，《四库全书》本，卷二十八，第8页a。皇甫诗末小字加注提及李开先"新撰《宝剑传奇》"。曾远闻（见曾远闻：《李开先年谱》，第88—89页）将皇甫汸这次章丘之行及其致献李开先的三首诗系年于1547年农历八月之后。

[14] 王九思：《书〈宝剑记〉后》，载《李开先全集》，第1035页。

[15] 苏洲：《〈宝剑记〉序》，同上书，第929页。

[16] 同上书，第928页。

[17] 王世贞：《曲藻》，收于《中国古典戏曲论著集成》，第四册，第36页。

[18] 吕天成：《曲品》，同上书，第六册，第211页。

[19] 沈德符：《顾曲杂言》，同上书，第四册，第203页。对明代南戏入声险韵的讨论，参见 George A. Hayden, "The Rhymes and Pronunciation of Ming Drama," *Chinese Studies*（汉学研究）6, no.1（1988）: 65 - 94, pp.75 - 76.

[20] 本书对曲家的南北归属依据明代文人评述所呈现的明朝惯例。例如，王世

贞（见王世贞：《曲藻》，收于《中国古典戏曲论著集成》，第四册，第 36 页）就把康海、王九思和李开先归为"北人"。

[21] W. L. Idema（伊维德），"Traditional Dramatic Literature," in *The Columbia History of Chinese Literature*，ed. Victor H. Mair（梅维恒）（New York: Columbia University Press，2001），chap.41，p.823.

[22]《山东通史·明清卷》，安作璋、朱亚非编，济南：山东人民出版社，1994，第 274—289 页。关于明代的漕运系统和大运河，参看 Denis Twitchett and Frederick W. Mote（eds.），*Cambridge History of China*，vol.8，*The Ming Dynasty, 1368–1644, Part 2*，（Cambridge: Cambridge University Press，1998），esp. pp.596‐603（中译本见崔瑞德、牟复礼：《剑桥中国明代史：1368—1644 年》（下卷），杨品泉等译，北京：中国社会科学出版社，2006）。

[23] 高鼎铸：《山东戏曲音乐概论》，北京：人民音乐出版社，2000，第 7 页。

[24] 例如，严敦易：《〈宝剑记〉中的林冲故事》，第 150—151 页；亦参看《山东艺术发展研究》，第 40 页；高鼎铸：《山东戏曲音乐概论》，第 10 页。

[25]《宝剑记》，载《李开先全集》，第 931 页。"旧腔"所对应的"新腔"可能是指昆曲。

[26] 卜键：《李开先传略》，第 166—167 页；高鼎铸：《山东戏曲音乐概论》，第 10 页。此外，如果李开先的"新编"是基于"改其乡先辈之作"，《宝剑记》则可能会呈现南方和山东声腔的混杂。

[27] 阿部泰记（阿部泰记「戯曲作家李開先の文学観—南曲《傍粧台》を中心に」『中国文学論集』5、九州大学中国文学会、1976、pp.26‐28.）论述了李开先对新腔的态度迥别于杨慎、胡侍等同辈文人。

[28] 吕天成：《曲品》，收于《中国古典戏曲论著集成》，第六册，第 211 页。

[29] 李开先：《〈乔龙谿词〉序》，载《李开先全集》，第 437 页。

[30] 李开先：《西野〈春游词〉序》，同上书，第 494 页。关于李开先对南北曲的看法，亦见李开先：《〈乔龙谿词〉序》，同上书，第 436—437 页。

[31] 姜大成：《〈宝剑记〉后序》（系于 1547 年），同上书，第 1034 页。

[32] 青木正儿『支那近世戯曲史』、弘文堂書房、1935（1930）、p.21. 中译本见青木正儿：《中国近世戏曲史》，王古鲁译，上海：商务印书馆，1936，第

180 页。

[33] 卜键:《李开先传略》,第 160—161 页。

[34] 王世贞:《曲藻》,收于《中国古典戏曲论著集成》,第四册,第 36 页。

[35] 此处可与后世批评汤显祖(1550—1616)《牡丹亭》的著名个案相较参看:《牡丹亭》以汤显祖的江西方言"宜黄腔"写成,却因不符合昆曲标准而被沈璟(1553—1610)等苏州批评家加以苛责。

[36] 王世贞:《曲藻》,载《中国古典戏曲论著集成》,第四册,第 37 页。

[37] 另外,北人中也有批评"南方"标准的。例如,山西曲家刘良臣(1482—1551)力主"刚劲""朴实"的北曲风格,"予西北鄙人也,不敢从东南之说为软美之调",见刘良臣:《西郊野唱引》,载《全明散曲》,第 1332 页。然而,自南方批评家雄踞曲评主流以来,这种声音显然孤掌难鸣。

[38] 列表呈现散出或曲牌在后世曲选和曲谱的收录援引情况,参见卜键:《〈宝剑记〉散出、曲牌流传表》,载《李开先全集》,第 1993—1997 页;亦参看朱崇志:《中国古代戏曲选本研究》,第 63 页。

[39] 卜键(见卜键:《李开先传略》,第 161 页)认为,此处指的是李开先对集曲曲牌的创制。

[40] 同上书,第 165 页。

[41] 转引自吕天成:《曲品校注》,吴书荫校注,北京:中华书局,1990,第 191 页、注 3。

[42] 沈德符:《顾曲杂言》,收于《中国古典戏曲论著集成》,第四册,第 213 页。

[43] 李开先:《词谑》,同上书,第三册,第 287—288 页。

[44] 陈与郊:《灵宝刀传奇》,载《水浒戏曲集》第二集,傅惜华编,上海:上海古籍出版社,1985,第 99—157 页。

[45] 参见傅惜华:《题记》,同上书,第 3—4 页。

[46] 柯丽德[Katherine Carlitz, "Printing as Performance: Literati Playwright-Publishers of the Late Ming," in *Printing and Book Culture in Late Imperial China*,ed. Cynthia Brokaw(包筠雅)and Kai-wing Chow(周启荣)(Berkeley: University of California Press,2005),p.287]指出,陈与郊的每个入声韵都非常合律,甚至他还刻意在旁批中提请读者留意。

[47] 参看梁辰鱼:序文《补陆天池无双传二十折后》,载《全明散曲》,第

292

2198 页。梁辰鱼续补的《明珠记》在明代剧目中又名《无双传补》。

[48] 1574 年《迎神赛社礼节传簿四十曲宫调》的钞本上有院本《土地堂》剧
目，这意味着此剧当时是用以表演的，转引自廖奔、刘彦君：《中国戏曲
发展史》，太原：山西教育出版社，2000，第三卷，第 249 页、注 2。

[49] "扫愁之帚"和"钓诗之钩"是酒的常用典故。

[50] 李开先：《院本短引》，载《李开先全集》，第 1145。此序又名《〈一笑
散〉序》，亦收入李开先文集，见同上书，第 427 页。

[51] 曾永义：《明杂剧概论》，台北：学海出版社，1979，第 255 页。

[52] 另有题为《皮匠参禅》的剧本被沈德符《顾曲杂言》提到并为姚燮
（1805—1864）《今乐考证》收录，见傅惜华：《明代杂剧全目》，第 93 页。
从沈德符将其与《园林午梦》相提并论的情况来判断，《皮匠参禅》可能
是《打哑禅》的别名。

[53] W. L. Idema（伊维德），"*Yüan-pen* as a Minor Form of Dramatic Literature in
the Fifteenth and Sixteenth Centuries," *Chinese Literature: Essays*, *Articles*,
Reviews 6（1984）: 53‑75, p.68. 前人对院本的研究，参看胡忌：《宋金
杂剧考》，上海：中华书局，1959；田中謙二「院本考」『日本中国学会
報』、日本中国学会、1968、pp.169‑191；James Irving Crump（柯润璞），
"Yüan-pen, Yüan Drama's Rowdy Ancestor," *Literature East & West* 14,
no.4（1970）: 473‑490；洪赞：《金杂剧院本考》，台北：文史哲出版社，
1975。

[54] 排印版参见《李开先全集》，第 1143—1158 页。二院本早期版本的文献详
情参见附录。

[55] 英译自 Stephen H. West（奚如谷）and W. L. Idema（伊维德）trans/eds.,
The Moon and the Zither: The Story of the Western Wing（Berkeley: University
of California Press, 1991），Appendix II, pp.429‑436.

[56] 对此二院本的文学特质的详细提要和深入分析，参看曾永义：《明杂剧概
论》，第 255—258 页；W. L. Idema（伊维德），"*Yüan-pen* as a Minor Form
of Dramatic Literature in the Fifteenth and Sixteenth Centuries," pp.63‑66.

[57]《李开先全集》，第 1145 页、第 1149 页、第 1156—1158 页。

[58] 李开先：《〈园林午梦院本〉跋语》，同上书，第 1149 页。

[59] 崔元吉之跋，同上书，第1157页。

[60] 杨善之跋，同上。

[61] 陈爽（见陈爽：《中国古代早期的独幕剧——明代一折短剧研究》，扬州大学硕士论文，2004，第58页）整理单折戏总计118种，其中现存全本60种，仅存曲文的14种，亡佚44种。曾永义（见曾永义：《明杂剧概论》，第71页）则计数为92。

[62] 陈爽：《中国古代早期的独幕剧》，第12页。伊维德（W. L. Idema, "Female Talent and Female Virtue: Xu Wei's *Nüzhuangyuan* and Meng Chengshun's *Zhenwen ji*," 载《明清戏曲国际研讨会论文集》，华玮、王瑷玲编，台北：台湾"中研院"中国文哲研究所筹备处，1998，第553页）也指出，徐渭的短剧"反映了私家戏班越发受到追捧"，这意味着以满足主人及其男性友人的消遣需求为主的演剧更愿意从短剧戏单上挑选，而不选主要面向社群节日或家族祭祀场合、为多且杂的观众演出的长剧本。

[63] 这在陈爽的《中国古代早期的独幕剧》中阐述得最为清晰；亦参看曾永义：《明杂剧概论》，第253—268页；徐子方：《明杂剧研究》，台北：文津出版社，1998，第66—68页。

[64] 对《狂鼓史》的研究和翻译，参看 Shiamin Kwa（柯嘉敏），"Songs of Ourselves: Xu Wei's（1521–1593）*Four Cries of a Gibbon（Sisheng yuan）*"（Ph.D. diss., Harvard University, 2008），pp.38–71, pp.197–224.

[65] 陈爽：《中国古代早期的独幕剧》，第6页。

[66] 徐子方（见徐子方：《明杂剧研究》，第66页）指出这是"目前能够看到的最早单折戏本子"，"但在同时（1498年前后）剧作中，这种形式却没有再出现"，对后世并没有产生多大影响，因此，他倾向于将单折戏的兴起放在南杂剧的传统下以系名王九思的《中山狼》开始算起。

[67] 依此传统，后来梁辰鱼也写了题为《无双传补》的单折剧附于陆采的《明珠记》第二十出之后，见祁彪佳：《远山堂剧品》，收于《中国古典戏曲论著集成》，第六册，第154—155页。此剧已佚，其唱词以一套数保存在梁的散曲集中，见梁辰鱼：《江东白苎》，彭飞点校，《散曲聚珍》本，第7—9页。

[68] 明代曲论家指出这组剧标志着剧本分写四折或更多，然后再汇成一组之风

气的肇始。"一记分四截,是此始",见吕天成:《曲品》,收于《中国古典戏曲论著集成》,第六册,第 226 页;"一纪四起是此始",见祁彪佳:《远山堂曲品》,载《中国古典戏曲论著集成》,第六册,第 129 页。

[69] 孙崇涛:《风月锦囊考释》,第 146—147 页。

[70] 据知对此剧内容和文体特征的研究仅见 W. L. Idema(伊维德),"*Yüan-pen as a Minor Form of Dramatic Literature in the Fifteenth and Sixteenth Centuries*," pp.66 - 67.

[71] 同上。

[72] 徐渭的《狂鼓史》写成于 1557 年至 1558 年之间,汪道昆的单折杂剧四种合集完成于 1560 年,分见于徐朔方:《晚明曲家年谱》,第二卷,第 96—98 页;第三卷,第 24—25 页。

[73] 陈爽:《中国古代早期的独幕剧》,第 14 页。

[74] 姜大成:《〈宝剑记〉后序》,载《李开先全集》,第 1034 页。

[75] 关于南杂剧,参看徐子方:《明杂剧史》,第 222—227 页。"南杂剧"之术语当是源于胡文焕在明万历年间所编的《群音类选》,此书有一分类名为"南之杂剧",收录了徐渭和程士廉的两部剧作。吕天成也在他的《曲品》(收于《中国古典戏剧论著集成》,第六册,第 220 页)特设一类"不作传奇而作南剧者",仅列徐渭和汪道昆两位曲家及其杂剧。从这些术语的使用上可知,万历年间戏剧舞台为南戏传奇所主导,曲论家在总结此间戏剧之时已经注意到一些与众不同之处:有些曲家仍在创作在当时已不多见的杂剧,而这些杂剧又不同于当时曲选中的北杂剧(即元杂剧)。

[76] 李开先有年可考的最后曲作是忆子主题的一散套,序于 1553 年,见《李开先全集》,第 1246—1249 页。李开先的院本刊于 1560 年左右,但写成要早于此时。

[77] 李开先:《〈乔梦符小令〉序》,同上书,第 439 页。关于李开先对此二位元曲家的散曲的看法,参看杨栋:《中国散曲学史研究》(续编),第 112—116 页。

[78] 李开先:《西野〈春游词〉序》,同上书,第 494 页。

[79] 李开先自矜地说自己"藏书不啻万卷,止以万卷名楼",还提到"乃效刘氏《七略》,分而藏之。楼独藏经学时务,总之不下万卷。余置别

所，凡五书"，见李开先:《藏书万卷楼记》，同上书，第 826 页。卜正民
[Timothy Brook，"Edifying Knowledge: The Building of School Libraries in Ming
China," *Late Imperial China* 17，no.1（1996）: 93 - 119，p.93] 指出，"'万
卷楼'之名在宋代就开始使用，但只象征性彰显藏书之富，只有到了明代
初中期才渐有书阁在馆藏上真正达到这个数量"。

[80] 岩城秀夫「元刊古今雑劇三十種の流傳」『中国戲曲演劇研究』[①]、創文社、
1973、esp. pp.565 - 570。

[81]《校订元刊杂剧三十种》，郑骞编校，台北：世界书局，1962，第 445—
460 页。

[82] 关于《王粲登楼》杂剧的不同版本，参看 W. L. Idema（伊维德），
"Educational Frustration，Shape-shifting Texts，and the Formative Power of
Anthologies: Three Versions of Wang Can Ascends the Tower," *Early Medieval
China* 10 - 11，pt.2（2005）: 145 - 183.

[83] 李开先:《〈改定元贤传奇〉序》，载《李开先全集》，第 461 页。英译自
W. L. Idema（伊维德），"Li Kaixian's *Revised Plays by Yuan Masters*（*Gaiding
Yuanxian chuanqi*）and the Textual Transmission of Yuan *Zaju* as Seen in Two
Plays by Ma Zhiyuan," *Chinoperl Papers* 26（2006）: 47 - 65，p.50.

[84] W. L. Idema（伊维德），"Li Kaixian's *Revised Plays by Yuan Masters*（*Gaiding
Yuanxian chuanqi*）and the Textual Transmission of Yuan *Zaju* as Seen in Two
Plays by Ma Zhiyuan," p.51.

[85] 李开先:《词谑》，收于《中国古典戏曲论著集成》，第三册，第 292 页。

[86] 岩城秀夫「元刊古今雑劇三十種の流傳」『中国戲曲演劇研究』[②]，p.561；
解玉峰:《读南图馆藏李开先〈改定元贤传奇〉》，《文献》，2001 年第 2 期，
第 162 页。佐藤晴彦（佐藤晴彦:《〈改定元贤传奇〉的出版时期》，载
《中国非物质文化遗产》第十一辑，广州：中山大学出版社，2006，第 1—
9 页）对《改定元贤传奇》中诸如"哩""慌"等词汇用法的研究也表明，
现存版本的刊印不应早于嘉靖末期。卜键认为此本刊印时间应稍晚，大约
在李开先及其门人开始选编这些元杂剧的 1566 年，但未见支撑证据，见

---

① 原著误作"『中国古典劇の研究』"，当误。——译者注
② 同上。

卜键:《〈改定元贤传奇〉简介》，载《李开先全集》，第 1701 页；他还进
一步推测李开先为《改定元贤传奇》所撰两篇序文亦作于同年。如果他所
论属实，那么，《改定元贤传奇》仅在李开先投身张可久和乔吉的散曲集
的刊刻前数月即告完成。

[87] 解玉峰:《读南图馆藏李开先〈改定元贤传奇〉》，第 158—160 页。现藏
于南京图书馆的这一版本档案号为 115015。

[88] 影印本参看《续修四库全书》，第 1760 册。六种戏的现代排印版参看《李
开先全集》，第 1701—1808 页。然而排印版的缺点是，它不仅调整剧目排
序，而且还改变文本序次。例如，为了与明后期版本保持一致而重置楔子
的位置。因此，本书所引《改定元贤传奇》一律以续修四库本为准。

[89] 这里本书采用的是此剧另一更常约定简化的标题，而标示于《改定元贤传
奇》该戏版心中央的另一简称则是《刘阮天台》。

[90] W. L. Idema（伊维德），"Traditional Dramatic Literature," p.801. 对元杂剧
的各版本以及元刊杂剧三十种的重要性的深入研究，参看 W. L. Idema,
"Why You Never Have Read a Yuan Drama: The Transformation of *Zaju* at the
Ming Court," in *Studi in onore di Lanciello Lanciotti*, ed. S. M. Carletti,
M. Sacchetti and P. Santangelo（Naples: Istituto Universitario Orientale,
Dipartimento di Studi Asiatici, 1996），pp.765 - 791.（中译本见伊维德:《我
们读到的是 "元" 杂剧吗——杂剧在明代宫廷的嬗变》，宋耕译，《文艺研
究》，2001 年第 3 期，第 97—106 页）；Stephen H. West（奚如谷），"Text
and Ideology: Ming Editors and Northern Drama."。

[91] 孙楷第:《也是园古今杂剧考》，上海：上杂出版社，1953，第 149—153 页。

[92] 同上书，第 150—151 页；郑骞:《臧懋循改订元杂剧评议》，载《景午丛
编》上集，第 418 页。此引各版本详情皆来自郑骞:《元明钞刻本元人杂
剧九种提要》，同上书，第 422—432。

[93] 解玉峰:《读南图馆藏李开先〈改定元贤传奇〉》；赤松纪彦:《〈改定元
贤传奇〉小考:〈陈抟高卧〉与〈青衫泪〉》，载《中国戏剧：从传统到现
代》，第 149—156 页；W. L. Idema（伊维德）。"Li Kaixian's *Revised Plays
by Yuan Masters*（*Gaiding Yuanxian chuanqi*）and the Textual Transmission of
Yuan *Zaju* as Seen in Two Plays by Ma Zhiyuan."

[94] 解玉峰：《读南图馆藏李开先〈改定元贤传奇〉》，第 163 页。

[95] 同上。

[96] Tian Yuan Tan（陈靝沅），"Rethinking Li Kaixian's Editorship of *Revised Plays by Yuan Masters*: A Comparison with His *Banter About Lyrics*," in *Text*, *Performance, and Gender in Chinese Literature and Music: Essays in Honor of Wilt Idema*, ed. Maghiel van Crevel（柯雷），Tian Yuan Tan and Michel Hockx（贺麦晓）（Leiden: Brill, 2009），pp.139 - 152.

[97] "总裁" 意指 "官修篇幅较大的书，例以进呈领衔的大臣" 或类似，此术语英译自 Charles O. Hucker（贺凯），*A Dictionary of Official Titles in Imperial China*（Stanford: Stanford University Press, 1985），p.534.

[98] 李开先：《〈改定元贤传奇〉后序》，载《李开先全集》，第 462 页。英译自 W. L. Idema（伊维德），"Li Kaixian's *Revised Plays by Yuan Masters*（*Gaiding Yuanxian chuanqi*）and the Textual Transmission of Yuan *Zaju* as Seen in Two Plays by Ma Zhiyuan," p.49.

[99] 张畏独的生平资料几近空白，除李开先之外，没有任何地方提及他。

[100] 弝子方和李开先皆娶张琦之女。弝子方曾为李开先文集作跋，后来收在李开先集中，见弝子方：《弝子方跋》，载《李开先全集》，第 390—391 页。

[101] 见《千顷堂书目》，卷三二，转引自八木沢元『明代劇作家研究』，p.247.

[102] 参看 Patricia Sieber（夏颂），*Theaters of Desire: Authors, Readers, and the Reproduction of Early Chinese Song-Drama, 1300–2000*, esp. chap.2.

[103] 关于臧懋循编辑原则的概要讨论，参看郑骞：《臧懋循改订元杂剧评议》，载《景午丛编》上集，第 408—421 页；W. L. Idema（伊维德），"Why You Never Have Read a Yuan Drama: The Transformation of *Zaju* at the Ming Court," esp. pp.773 - 775。关于臧懋循对具体剧本的编改，可参看 Stephen H. West, "A Study in Appropriation: Zang Maoxun's *Injustice to Dou E*," *Journal of the American Oriental Society* 111（1991）: 283 - 302（中译本见奚如谷：《臧懋循改写〈窦娥冤〉研究》，《文学评论》，1992 年第 2 期，第 73—84 页）。

[104] Patricia Sieber（夏颂），*Theaters of Desire: Authors, Readers, and the Reproduction of Early Chinese Song-Drama, 1300–2000*, p.100.

第八章 散曲兼剧曲大师

李开先的作用及影响

乃章丘西埜袁先生以耕耨之暇，负三长之美，与邑之二三君子，结为词会。退则分题，晤则课词，咸取裁于大奉常中麓李先生，务以元人之作为准焉。[1]

袁崇冕在其小令散曲集的序文中呈现了富文堂撰曲情形的一些有趣细节。例如，元曲家的作品被奉为圈中成员的艺术标准，以及在此曲社中负责推动和践行这一标准的应是德高望重的人。这一任务落到了李开先肩上——据序文所称，他扮演了评判所写曲作水准的文学仲裁者的角色。

与王九思、康海的情况类似，以李开先为中心的曲家圈子及其文学活动也是通过曲家大师和盟主的创作而得以轮廓初现并存名于史。在地方层面上，兼任曲辑者、曲刊者和曲

228

论者多重身份的李开先对他的圈内近友们的曲作实绩非常热心，如前已述，他既为乔岱整理散曲作品，也为袁崇冕刻印散曲集[2]。

无论是由李开先本人还是由其门人、客人、友人所刊刻的该圈子中的绝大部分曲作，皆由李开先亲自作序，李以此来宣示他在当时的曲创作域界中屹立不倒的地位。此外，他在《词谑》中对如袁崇冕、张自慎及其他圈内成员的散曲的引述，成了这些作品赖以存世的唯一文本资源[3]。因此可以说，李开先确是探讨围绕在他身边的这群文人和该曲家圈子中的散曲作品的标杆。

是什么导致了普通曲家和盟主曲家的差别呢？李开先早在科举及第之前就已表现出对曲的兴趣并尝试散曲创作，但当时他对当地曲创作活动的影响微乎其微。当他罢官归里回到章丘，这种情况才得以改变。李开先逐渐成了一位颇富影响力的地方要人，在自己家乡过着富足的生活，据知他所建院、厅、楼，至少有二十七处[4]。重操旧业，积极投身曲创作活动后，他迅即晋升到盟主地位。在这两段时期之间，李开先的才华并未发生翻天覆地的变化，而令他在曲活动中起到领袖作用的是其新地位和新财富所提供的平台。

兼为文化盟主、散曲及剧曲大师的身份，也让李开先在他退隐后成为曲作的鼎力支持者。李开先在一些序文中提到他为满足那些"偶有"（coincidentally）"投谒"的"歌童"而作曲的情形。考虑到他作为资深行家的身份，这些"投谒"应该并非纯属"偶有"，更可能是他的声望以及寻其宠遇的希冀吸引了这些戏子前往章丘。李开先也以拥有自己的家乐戏班而闻名，一位慕名前往李宅拜见的访客曾提到李开先班子有"戏子几二三十人，女妓二人，女僮歌者数人"[5]。

如前所见，包括李氏门人、访客甚至当地官员在内的很多人都参与了曲作的汇编和刊刻之事。换言之，以李开先的影响力，章丘在十六世纪四十到六十年代已经成为曲创作的一个主要中心。像当时同样来自山东却非本县籍的曲家冯惟敏就承认说："今之词手，章丘人擅场矣。"[6]

本书第六章已有论述，李开先在他周围的曲创作活动中的中心角色并不限于章丘一地，而是触及更为广泛的文人圈。对李开先作品超出地方圈子之外的回应，需结合他的社交世界来解读。李开先坐拥一个广博繁复的社交网络——有学者曾统计过，跟他过从较为密切的不下五百人[7]。年至迟暮，"性本好动"的李开先自己也抱怨"甚至风雨之夜，客常满座，十餐有七八次对客"，坦言"从今欲减延待"，他在自家府上的门口张贴的告示以一种直率而轻松的口吻表达他病体稍安以来不得不减少应酬的理由[8]。李开先表面上说要疏于酬宾，但将此解读成他对自己交游极广的自我吹嘘也未尝不可。

230　　正是李开先这位有着盘根错节社交关系的退隐文人士大夫，将自己的曲作从章丘的地方语境推及更为广泛的读者圈。例如，当年李开先以公差途经陕西而结成的社交联系，让这群陕西文人后来也成为他自己的曲家圈子的重要组成部分。此外，李开先的仕宦圈子（如他1529年进士及第的同年、故旧京官同僚以及1544年的进士圈等）在他散曲的创作、传播和接受的程度和规模上也迥然有别。

大师的炼成：李开先的自我形塑

李开先从事曲创作大致可以分为几个阶段。他在年少时就表现出对作曲的兴趣，但 1529 年步入官场之后的十年间，除了一次以低阶身份在与贬谪官员王九思和康海相遇的场合以曲相寄之外，李开先几乎与此文类再无交集。直到 1541 年罢官去朝之后，他才又重操旧业再度写曲并成为曲社盟主。而后在十六世纪五六十年代，他在弟子门生的簇拥和协助下，以知名曲家大师身份专注于汇编和刊刻散曲与剧曲以及撰写曲学专著。

我们可以从一位大师的炼成中清楚地勾勒出李开先在曲创作域界的名望和地位跃升的轨迹。而其中少为人所注意以及本书试图揭示的，是主角李开先自己所扮演的角色：他自己积极参与这一生成进程而非置身事之外。事实上，这一过程还可被视为李氏的自我形塑和自我提升。

　　李开先曲家地位切中肯綮的转捩点出现在他迫辞官职后初返故里之时。正如第六章所提，根据李开先自己的说法，他一回到章丘就几乎立即被推为当地曲社的盟主，但相关文献记载却对他加入曲社的实际情形闪烁其词。黜官之际，他写给在章丘的友人乔岱的信中请求对方为他在当地曲家圈子里"预置"一席之地：

231　　辛丑之春，余将投劾而东，先以书贻之，曰："自登仕籍，故园久荒……不日归来，词林雅会，能预为置一坐榻乎？"公复书唯唯。余至家之数日，即召入会中。[9]

　　显然，李开先在此公开表达了他想要加入富文堂的期望。在1529年进京之前，李开先与乔岱和袁崇冕在曲趣上已是款曲相通。官场受挫失意迫返山东故里之时，他便求助于这个"本土"人际网络圈。这个计划对他来说完美奏效：乔岱引荐李开先进入山东当地曲文化圈之后，他很快就成了圈中领袖。

　　进入官场之后弃之不理、退隐之后随即重操旧曲，李开先热心于加入曲社之举应该如何解释呢？对曲这种文类的选择值得关注。李开先对自己在曲作上的才华技巧与知识能力尤为自负，跟前辈曲家王九思和康海初次见面时，他就给对方留下了深刻印象（或者说，他告诉我们他确是如此）。李开先对自己的作曲能力有着超乎寻常的自信，这也进一步巩固了他在当地曲家圈文人中的大师地位。

在某散曲集的序文中，李开先巨细靡遗地列出一份与他同时代，尤其是他所在的文人圈中的诗、文、书的大师名单。于此情境，他把自己放在了曲作领域，说跟他人相比，"予独无他长，长于词"[10]。显然，作者清楚地了解自己的特长所在，在李开先本人看来，他在曲作上的造诣能使他较之其他文人独树一帜。

李开先进入曲创作场域并最终成为圈中领袖的举动可看成是他追名逐誉之愿望——或套用布尔迪厄的术语，在地位沦失之后追求"符号资本"形式——的一种表现。夏颂也指出，"在李开先自请永辞返回故里别业之后，他有意识地参与那些家境殷实的晚明文人能触及的各种领域"[11]。然而，写作散曲和杂剧与李开先的其他文化之举——如藏书、求画、办学等——截然不同，考虑到曲体的低贱地位，这里所讨论的符号资本具有更为复杂的形式，即它未必拥有文学创作通常所期待的声名，认识这一点至关重要。李开先所撰写的康海传记提到了时人对传主的批评，他必是对曲创作的负面影响深有所悟[12]。

尽管如此，李开先等文人们沉迷作曲还是有一些原因的。如柯丽德所提，王九思和康海在不断倡行以"曲"作为文人自由精神、超越传统的载体的理念上功不可没[13]。作曲隐含了培育自我与这种文类各方面的特质加以联系之意图，当曲创作和曲圈子开始跟逍遥散诞的生活方式紧密联系起来之后，它们就成了仕途受挫的文人作家转而投向的选择之一。创作曲作、参与曲社意味着对某种特殊的生活方式的体认，是区别于一般文人的"独家符号"（distinctive signs）[14]。李开先以地方曲坛盟主身份所获取的声誉并不同于作为文坛或诗坛领袖的情形，而是更近于世人对王九思和康海的看法和感觉——李开先情愿他人将他与这两位前辈曲家大师相提并论，这一念望在他毫不掩饰以自夸自喜口吻提到他们的相遇时表现得最为明显[15]。

然而，单靠自我宣告并不足以将某人抬升到大师神坛之上，建立声名、成就大师的过程还得取决于他人的观点，比如李开先当地曲社及更为广泛的曲家圈子里的成员及友人，他们亦通过对他的认可来促成这一进程。李开先在圈内极受尊重，不仅是由于他身为退隐文人士大夫的社会地位，而且也源于其渊博非凡的曲学造诣，此且以隶属他曲社的姜大成

233

之论为证：

或有问乎松涧子者："世鲜知音。何以谓之知音也？"曰： ²³⁴
"知填词，知小令，知长套，知杂剧，知戏文，知院本，知北
十法，知南九宫，知节拍指点，善作而能歌，总之曰知音。"
问者乃笑曰："若是者，不惟世鲜，且无之矣！"予曰："子
不见中麓《宝剑记》耶？又不见其童辈搬演《宝剑记》耶？
呜呼！备之矣！园亭揭一对语云：'书藏古刻三千卷，歌擅新
声四十人。'有一老教师亦以一对褒之：'年几七十歌犹壮，
曲有三千调转高。'久负诗山曲海之名，又与王渼陂、康对山
二词客相友善。壮年谢政，镇日延宾，备是数者，谓之知音，
盖举世绝无而仅有者也。"[16]

在这篇为李开先传奇所写的序文中，姜大成显然拔升了
李开先在曲作上的专业能力，而此序也可被解读为对李开先
在他们曲家圈子中盟主地位的一次认证，因为它明确把李开
先推为"唯一"真正配得上知音之衔的散曲及剧曲大师。李
开先以其1544年写成的百阕散曲赢得了可观的声名，写于
三年后的此序则强调了李氏的曲才并不限于散曲一类，而是
各体皆擅，涉及诸如唱腔、演技等舞台演出的各方面。

公众认可和自我宣告并不总是那么泾渭分明，尤其是当作者有意识地在自己的作品中转述那些多加美言的序文和评论的时候。在此个案中，让这一情形变得更错综迷离同时也令人感到好奇的是，姜序也收录在李开先文集中，并附上了一句注语"托姜松涧为之言"[17]，这既可理解为李开先请姜氏为他代言，也可读作李借姜氏之名为自己发声。尽管仍是姜氏之声音，但无论属于哪种情况，此序都像是在为李开先对自己作品水准的自我宣告或自我抬升之目的服务[18]。

自卫、自辩与自歉

走笔至此，本书的关注点都聚焦在李开先及其曲家圈子成员为确立他的剧曲及散曲大师身份所做出的努力上，然而，此进程中的反面情形在姜氏序文的后半部亦浮出水面：

问者更大笑绝倒，曰："有才如此，不宅心经术，童子不使之读书，歌古诗，而乃编词作戏，与平日所为大不相蒙，中麓将如斯已乎？盍劝之火其书而散其童？"予曰："此乃所以为中麓也。古来抱大才者，若不得乘时柄用，非以乐事系其心，往往发狂病死。今借此以坐消岁月，暗老豪杰，奚不可也？……"[19]

问者的质疑和评论代表了对于作曲一事的某种反对的观

点，而这是李开先及其圈内成员不得不面对的。此外，这种批评之声能出现在序文之中，也清晰地表明了该曲家圈子的成员对操持散曲和剧曲创作的自我认知与自觉意识，李开先沉湎曲作需要加以辩解。

姜大成以正是耽于曲才造就了"这样的"李开先的说辞来为其辩护，并说这是其才不得认可或赏识的适得之道。李开先对此批评也以类似策略进行回应："士大夫独闻其放，仆之得意处正在乎是！所谓人不知之味更长也。"[20]贯穿于李开先与姜大成回护中的共同关心的点在于强调"知"人而理解其何以为此。姜氏对问者的驳斥预设了他自己是懂李之人，李氏则更进一步强调大多数人其实并不知曲之妙，而他自己却独享其乐。李开先"仆之得意处正在乎是"的无惧之说似与康海"宁知贱子甘疏荡"（见第一章）的反抗之声遥相呼应。

然而，李开先对曲的赤子热忱和积极参与也并非全无保留。无论听起来多么目中无人和过于自信，他的自我辩白都凸显了对曲创作之负面影响的自觉意识。在他的百阕组曲的序文中，李开先罗列了更为详尽的理由来阐释他的散曲究为底物，并提请读者去发掘字面下的"深层"含义：

236

每于箫鼓中按拍，弦索上发声，中多悲忿之音、激烈之辞，似乎游心浮气，尚有存者。语云："老骥伏枥，志在千里；烈士暮年，壮心不已。"[21] 予岂若是哉？……寓言寄意，听者幸求诸言意之表，奚必俱实事哉！嗣后专志经术，诗文尚尔不为，况词曲又诗文之余耶？[22]

鉴于他素来对批评者嗤之以鼻以及对曲这一文类兴味盎然，李开先在这里对作曲充满歉意的口气非同寻常：他甚至宣称他要放弃作曲！说自己要"专志经术"、不复作曲的宣告既听起来不甚可信，也从未真正践行。颇具讽刺意味的是，为李开先赢得当世曲宗举国声望的，恰好就是这百阕组曲。如前所论，李开先不是把这组曲视为他的收官之作而敝帚自珍，而是将抄本广泛地寄赠给他的旧雨新知们。与他要终结作曲生涯的宣称正好相反，这些曲子成为他在接下来二十年里创作更多散曲和剧曲作品的先声。

然而，李开先对别人批评他的曲作而在此序中报以不同寻常的歉意，恰好暴露出他对此文类的矛盾心态。无论对自己作曲之举加以多么目中无人或胸有成竹的辩护，李开先还是会为此事的安心落意而不断纠结挣扎。向友人寄赠他的散曲作品，既可看作他自我推销的行为，但也可解释为出于安心的需求。对这些作品的接收者来说，给出某种形式（通常是褒扬）的反馈是礼节上的必要。李开先必定也很期待这些反馈回来的恭维和支持，以这些跋文为证，他确是得到了这样的慰藉。对这些散曲的赞誉越多，就越能巩固李开先曲家大师的声名，而他的读者在反馈中铺天盖地的支持声援也能增强偶尔丧失安全感的作者李开先的信心。

李开先对此文类的隐忧也可解释他为何努力通过形塑他人看法——例如，通过他创作散曲的方式——去提升曲的地位。对比同时代其他文人作品，李开先所有存世散曲都是为特定主题而写的套曲，大多是他的自我表现，而几乎没有一首单独寄赠友人或是为贺喜应酬场面（如祝寿）而创作的曲子[23]。

本书第四章曾借助稍早的王九思和康海的曲家圈子中为数众多的寿曲来考察圈中成员究竟有哪些人。这类应酬场合之曲在陕西圈子和稍晚李开先的圈子里都是曲创作的主流趋势，前例见于康海其甥张炼的散曲集，后例见于李开先门人高应玘所撰的散曲。尽管诞辰寿宴在李开先的圈子中也很平常，场合之曲在该曲社中也会逢时应景而作，但奇怪的是，李开先集中并没有留下这类曲作。

这一现象应该如何解释？李开先不可能从不写应酬散曲（特别是在曲社聚会时）。一个较合理的推测是，李开先有意识地去保存那些他自己认定，也希望他人认同的散曲代表作，即那些他为自我表现和非社交场合所作的曲子。如此精心挑选不但为他在这些曲作中寄予深层寓意之说提供了正当性，而且也提升了曲的地位，这样更有助于他应付曲创作中的悖论和矛盾。

这一情况突出表现在李开先晚期投身曲活动的某些面向：他暮年致力于曲的刊刻事业，其所汇编的张可久和乔吉的散曲于 1566 年冬和 1567 年春先后完成，此时距离李开先辞世只剩一年光阴。李开先在弥留之际显然正经营着另一未竟之业，在去世前四天写下的遗嘱记录了他对人生最后的回顾：

家居二十七载，享林下清福，人生至此亦云足矣。惟苏杭未得一游，普济新修园未得一到，《词谑》一书未成，尤可惜也。[24]

《词谑》未成是李开先的临终憾事之一。何以该书对李开先而言如此重要，让他在弥留之际都不肯辍笔呢？

现存《词谑》本由四个不同部分构成："词谑"（滑稽讽刺的曲文和故事）、"词套"（曲文选评）、"词乐"（生旦脚色轶事）、"词尾"（讨论曲尾声的作法）[25]。《词谑》中有两个对立的声音和形象：一边是插科打诨、开着不雅玩笑，记录下语带低俗幽默的滑稽逸事和闹剧曲子的李开先，另一边是一本正经、板着权威面孔，以曲论家和曲行家身份来鉴赏优伶、品定曲作、评点用韵格律等问题的李开先。这种对立恰当地刻画出李开先对曲体文类的摇摆态度，他反复强调曲的本质特质是"俗"[26]，虽不是高雅文类，但也不应被轻视。《词谑》恰好例示了一种通常被大众视为俚俗的文类如何在李开先手上被赋予新的意义，在很多方面来说，这本书都可被视为李开先在生活中所扮演的文化领袖和曲作大师等多重角色之金相玉质式的文本总结。显然，这最后的伟业对李开先而言意义非凡，尽管原因并未说破，但我们不妨将此认定为李开先对致力作曲所持的最终辩护。

李开先选择的作曲之路同时伴有他对沉迷此体的各种反应：自卫、自辩、自歉，以及对曲体地位提升的努力。他可能会给人留下某种工于算计的文人形象，不断掂量自己的声望名誉，然后决定是否作曲或何时作曲；但这里值得指出的是，当一位文人开始作曲特别是想要成为名家大师之时，除了文学兴趣之外，他还要考虑很多利害攸关的问题。通观李开先在作曲路上的追求，他一直都在留心、注意、警觉他人是如何认知他的。

240

后李开先时代的山东曲创作域界

一个盟主的影响力和召唤力往往要在他身后才能更清晰地显现，陕西曲家圈子在康海离世之后逐渐黯淡便是明证。与此相似的是，山东曲创作域界也在 1568 年李开先仙逝后失去了主心骨。

李开先隐退故里三十年的时间让章丘成了主要曲创作中心，而在他死后，章丘逐渐零落凋敝、颓势难挽。稍晚出现值得一提的当地文人是活跃于隆庆年间（1567—1572）的张国筹，其曲造诣据称堪与李开先和袁崇冕媲美。然系于其名下的传奇数种，惜无一传世[27]。

章丘之外，两位年稍幼于李开先的曲家开始在山东曲创作域界越发活跃。殷士儋（1522—1581），山东历城人，官至位高权重的内阁大学士，1571 年，"公既罢相归济上，绝口不谈声利，而于诗文亦谢不复为"，日与友人"酒酣兴逸，则肆口而占乐府数阕"[28]。他的散曲集刊梓于 1578 年左右，收录了十四个套数[29]；他还为李开先撰写墓志铭，盛赞他在曲作上的声名的同时，也提到耽于作曲的李开先对他人的批评置之不理：

241 　　尤好为金元乐府，不经思索，顷刻千余言。酒酣，与诸宾客倚歌相和，怡然乐也。以是公之长篇短调，几遍海内，而名亦随之。人或以靡曼谓公者，公不顾。呜呼！古贤智之士抱琬琰而就煨尘者，或傍山而吟，或披发而啸，或鹿裘带索而歌[30]。要之，其中皆有所负而未庸，故缘此以为自泄。而世以恒度测之，远矣！若公者，毋亦有所负而欲泄也欤？良可悲已！[31]

　　对于一个对李开先深怀同情以及旗帜鲜明地赞同其作曲行为的人来说，殷士儋在退隐之后的生活作风在某种程度上来说可能也受到了李开先的影响。

　　另一位山东籍的曲家是冯惟敏，除了著有两种杂剧，他也被认为是明代最重要的散曲家之一[32]。数度受挫于场屋

242 的他，在家乡临朐附近的海浮山下隐居高卧了二十余年。前

文已提及冯惟敏有对李开先百阕组曲的仿作散曲六首，然而，从冯氏不在这百阕组曲的跋文作者之列可推测，彼时他似乎还未进入李氏的曲家圈子。据冯惟敏自己所说，"吾乡中麓李公，博学正谊，予心慕之。都中邂逅，彼此尘鞅，未缘请益"。抗疏归田之后，他亲往章丘拜见，"秋夕共语，悉所未闻，偶论乐声，深契予意。途次无聊，遂成俚阕如左"[33]。

这一题为《李中麓归田》的套数，由对李开先充满由衷赞美的十首曲子组成。这类由年轻曲家拜访致仕前辈大师并向其致献套数的写作背景看起来似曾相识：冯惟敏赴章丘拜见李开先，一如李开先当年赴陕西拜见康海和王九思，而冯氏献给李氏的散套也很容易使人联想到李氏献给康氏的散套。冯惟敏套数的第二支曲值得文本细读：

[混江龙]

山河依旧，其中自古圣贤州。似您这天才杰出，真个是无愧前修。霎时间对客挥毫风雨响，世不曾闭门觅句鬼神愁[34]。囊括了三坟五典，八索九丘。网罗了百家众技，三教九流。席卷了两汉六朝，千篇万首。弹压了三俊四杰，七步八斗。俺也曾夜到明明到夜听不彻谈天口，则为他心窝儿包尽了前朝秘府，舌尖儿翻倒了近代书楼。[35]

243

冯惟敏对李开先的赞辞可谓开门见山、直截了当，语气虽不免夸张，但他对李开先的认知却不算离谱——李开先就是因其即兴创作的援笔立成和车载斗量，而非呕心沥血于雕章琢句而知名的。冯惟敏也如实地将李氏刻画成一位散曲及剧曲大师，既表现在他的曲学才华和技巧上，也体现在他汗牛充栋的藏书（收自宫廷和民间书阁）和学问上，以及更重要的是——他拥有汇聚各界人士的号召力。在李开先的曲家圈子里，既有"百家众技"，也有"三教九流"；既有下层乐师、遇宠伶人，也有文士名流、圈内精英，不一而足。

山东曲创作域界并没有随着1568年李开先的逝世而土崩瓦解，其后不断有曲家涌现。然而，李开先留下的空缺无人能填。冯惟敏大概算是比李开先更多产也更出色的曲家，然而，一个在举场屡战屡败、一生中仅出任过低阶官吏的角色，他无法在李开先的地方曲家圈子中被推举为曲家盟主或核心人物。身为退隐大员的殷士儋，其社会和财富地位堪可匹敌李开先，但仅留下数个散套，亦不知是否写过传奇，他对曲作的痴迷程度和在曲创作活动中的影响都远不如李氏。

主要曲家的炼成之所有天时地利的条件都被李开先独占：退隐京官的政治社会地位，资助刊刻事业和家乐戏班，延待宾客、曲友、优伶的雄厚财力，还有凭借曲家大师和行家身份吸引更多成员加入他的曲家圈子的赫赫声名——这，无人能及。

[1] 刘世伟:《袁隐君小令序》,载《后谿文稿》,台北:台湾"中研院"傅斯年图书馆微缩胶片,第 2 页 a—第 3 页 a。

[2] 李开先:《西野〈春游词〉序》,载《李开先全集》,第 494—495 页。

[3] 袁曲见于李开先:《词谑》,收于《中国古典戏曲论著集成》,第三册,第 275 页、第 290—291 页;后收入《全明散曲》,第 1346—1347 页。张曲见于李开先:《词谑》,收于《中国古典戏曲论著集成》,第三册,第 290 页;后收入《全明散曲》,第 2125 页。

[4] 李开先以这些建筑为题写成多篇散文,尤以他文集第十一卷"记"体为多。这些建筑名录亦见《李开先年谱》,牛汝章辑,第 37—41 页。

[5] 何良俊:《四友斋丛说》,第 159 页。

[6] 冯惟敏:《〈谢少溪归田〉序》,载《海浮山堂词稿》,第 4—5 页。

[7] "前言",载《李开先全集》,第 8 页。

[8] 李开先:《病后告减应酬门帖》,载《李中麓闲居集》,卷一二,收于《续修四库全书》,第 1341 册,第 375—376 页。《闲居集》的某些版本以及《李开先全集》均不收此篇。据文中提到自己"年将七旬",可知此文当是李开先晚年写成。

[9] 李开先:《山西按察司佥事前监察御史龙溪乔公合葬墓志铭》,载《李开先全集》,第 557 页。

[10] 李开先:《〈市井艳词〉又序》(第四序),同上书,第 471 页。

[11] Patricia Sieber(夏颂),*Theaters of Desire: Authors,Readers,and the Reproduction of Early Chinese Song-Drama,1300–2000*,p.92.

[12] 前见本书在导言的引述,第 3 页。

[13] Katherine Carlitz(柯丽德),"Review of Han Jiegen,*Kang Hai nianpu*," *Ming Studies* 45‐46(2002):162‐166,p.164.

[14] 此处借用布尔迪厄的术语,见 Pierre Bourdieu, "The Social Space and the Genesis of Groups," *Social Science Information* 24,no.2(1985):195‐220.

[15] 李开先也常以写诗来"曝光"(publicizied)他所在的其他文人社交圈,如《九子诗》和《六十子诗》,见《李开先全集》,第 47—52 页、第 373—

385 页。

[16] 姜大成：《〈宝剑记〉后序》，同上书，第 1034 页。

[17] 李开先：《〈宝剑记〉后序》，同上书，第 488 页。卜键（见同上书，第 489 页、第 1034 页）认为"该序为李开先自撰""假托其（姜大成）名为之"，与此类似的是，李开先也在同一传奇苏洲的序文终稿上亲自着力，其亦收于李开先文集中（见同上书，第 928—929 页、第 486—488 页）。

[18] 姜大成之序可参照李开先《〈南北插科词〉序》对读，包括对李开先广博的曲学才华更深入的讨论及引用前见本书第五章。

[19] 姜大成：《〈宝剑记〉后序》，载《李开先全集》，第 1034 页。

[20] 苏洲：《〈宝剑记〉序》引李开先语，同上书，第 929 页。

[21] 曹操《步出夏门行》诗中名句。

[22] 李开先：《〈中麓小令〉引》，载《李开先全集》，第 1189 页。

[23] 1531 年李开先为康海所写的套数是唯一的例外。

[24]《先太常年谱》（李氏后人编于 1641 年），载《李开先全集》，第 1885 页。

[25] 吴书荫（见吴书荫：《〈词谑〉的作者献疑》，《艺术百家》，2002 年第 2 期，第 67—70 页）认为，第二部"词套"和第四部"词尾"的作者当是康海，理由是徐复祚在他的曲集《南北词广韵选》中将其归于康海而非李开先的名下。然而，考虑到"词套"部引用了唐顺之和陈束，此二者与李开先的关系比他们与康海的关系更密切，笔者相信这两部分绝非由康海所纂。黄仕忠《〈词谑〉作者确为李开先——与吴书荫先生商榷》（《艺术百家》，2005 年第 1 期，第 74—78 页、第 84 页）也驳斥了吴书荫的观点并再次确认了李开先对《词谑》的著作权。

[26] 李开先：《〈市井艳词〉又序》，载《李开先全集》，第 470—471 页。

[27]《章丘县志》，卷六，第 41 页 a，收于《清代孤本方志选》，第一册第三辑，第 427 页。

[28] 参看殷士儋散曲集序《刻明农轩乐府小叙》，载《全明散曲》，第 2346—2347 页。

[29] 同上书，第 2328—2348 页。

[30] 这是对隐士的典型描写，最后一句几乎是对《列子》中叙述的原样照搬：孔子见荣启期行之，"鹿裘带索，鼓琴而歌"，并问"先生所以乐，何也？"

英译自 *The Book of Lieh-tzǔ: A Classic of the Tao*，trans. A.C.Graham（葛瑞汉）
（New York: Columbia University Press, 1960），Rev. ed.,1990, p.24.

[31] 殷士儋：《中宪大夫翰林院提督四夷馆太常寺少卿李公墓志铭》，载《金舆山房稿》，卷九，第 15 页 b—第 16 页 a，收于《四库全书存目丛书》，集部第一一五册，第 771—772 页。①

[32] 关于冯惟敏的生平研究，参看郑骞：《冯惟敏及其著述》，载《景午丛编》下集，第 216—247 页；谢伯阳：《冯惟敏年谱简编——附同时散曲作者年表》，《中华戏曲》第十七辑，太原：山西古籍出版社，1994，第 349—407 页；韩伟：《明曲家冯惟敏生平事迹考述》，《烟台师范学院学报》（哲学社会科学版），1994 年第 2 期，第 59—65 页；钟林斌：《散曲家冯惟敏的家世与生平》，《辽宁大学学报》（哲学社会科学版），1995 年第 4 期，第 39—42 页、第 45 页。冯惟敏的英文简介，参看 *DMB*, pp.459‑461；William H. Nienhauser, Jr.（倪豪士），et al., comp/eds., *The Indiana Companion to Traditional Chinese Literature*（Bloomington: Indiana University Press，1986），vol.1, pp.386‑387.

[33] 冯惟敏：《〈李中麓归田〉序》，载《海浮山堂词稿》，第 2 页。冯氏此行此作的时间均语焉不详，有学者认为，既然此套数是为李开先辞官而作，那么可将其系年于李开先请辞归里的 1541 年之后不久，参看如曾远闻：《李开先年谱》，第 73—74 页；谢伯阳：《冯惟敏年谱简编》，第 372 页。而卜键则据曲末注记"是年北房始寇边"一事而将其定为 1550 年，见《李开先全集》，附录、第 1910—1911 页。本书取卜键较晚年份之说，理由是在 1544 年至 1546 年之间，冯氏还不是李开先曲家圈中的一员。

[34] 比较黄庭坚（1045—1105）点评陈师道（1053—1102）和秦观（1049—1100）的名句，原文是"闭门觅句陈无己，对客挥毫秦少游"。

[35] 冯惟敏：《李中麓归田》，载《海浮山堂词稿》，第 2—3 页。

---

① 原著题目及引文略有错字缺字处已更正。——译者注

324

结　语

"三日不编词，则心烦；不闻乐，则耳聋；不观舞，则目瞀。"此康对山之托言，而予之实事也。况乐以词合，舞与词偕，词非予之独长，乃予之独幸耳。

——李开先《〈市井艳词〉又序》[1]

散曲和剧曲常被视为琐细不堪、儒者不为。但从康海和李开先这样的贬谪文官的情况来看，在仕宦生涯戛然中止、政治抱负无从施展之际，他们反而有了创作此种文类的绝佳理由。李开先如是说，编词、闻乐、观舞——对保持超然自得、维系视听之娱来说必不可少。他还宣称，作曲（编词）是此三者中最为重要的，因为曲作与音乐、舞蹈妙合天成，相得益彰。李开先的一位友人曾说，李开先这样的失意文人"非以乐事系于心"（如作曲）则"往往发狂病死"。对这些曲家而言，写作散曲、杂剧不再是轻佻无聊或赋闲悠游之事，而是升格为他们对抗自身挫败和失望的必要之举。

246 　　本书追溯了明代中期北方的三位贬谪官员对曲这种另样文类的运用情形，通过在退隐官场之后从事曲创作的方式，三位曲家跟曲与生俱来靡靡之音的生活方式联系在了一起。本书认为，这是他们对被仕宦主流文化所斥离的某种反应：从一度隶属的文化与政治中心抽离，这些文人代以一种展现满足于贬谪生活的姿态予以回应，特别是通过曲这种次等文类发出一种另样的声音，从而匹配他们边缘的地位、场域和自我世界。他们安于边缘身份和离经叛道，有意识地让他们自己区别于"正统"文人和士大夫，此间自有其乐，按李开先的话说，"人不知之味更长也"。他们宣称，自己是深谙退隐之利、精赏曲体之义的少数幸运儿，通过长久以来皆跟避世隐名生活紧密联系的文类——散曲——以自颂他们的生活作风和远世退隐。剧曲有时也被这些文人用以想象和创造更为典范的退隐之途，从而赋予主角和作者更强有力也更具颠覆性的姿态来完全掌控他们自己的命运。

　　然而，这些文人在选择写作这种"下等"文类的时候并非毫无担忧，这在他们有时会为作曲之举进行矛盾难安的致歉上表现得最为明显，此举也微妙地呈现了他们在提升曲的文类地位上的努力尝试，比如说，论争曲跟诗一样也是言志的载体。

这些贬谪文官对曲创作的参与，不仅显著提升了这种文类的地位，也改变了其创作、流传和接受的模式。他们在散曲和剧曲中对自适超然和离经叛道的追求以及倡行的逍遥散诞生活方式既体现出一种全新情感，也为他们本地内外的后世文人建立了一种新的文学样式。康海、王九思和李开先扮演着陕西和山东当地曲创作中心发展的主舵手的角色，作为主要曲家和地方文化盟主，他们不断召唤其他文人参与其中。在围绕三位文人形成的两个圈子里，作为一种群体经验的曲创作不仅关乎曲家个体，也涉及包括作者、读者、听者、评者等各个层面的圈子群体。

陕西和山东这两个相继的曲家圈前后延续了大概六十年 ²⁴⁷ 时间，其中有一特征引人注意：无论是在社交生活还是在作品产量上，两个圈子里的散曲似比剧曲扮演了更重要的角色。山东曲家圈子虽在剧曲上比陕西圈投入了更多心力，但其重心仍在散曲，这在李开先对当时散曲和剧曲的不同态度上表现得尤为明晰：他在编辑和刊刻同时代友人与同仁的俗曲和散曲上显示出浓厚兴趣，相反，就现存文献来看，他对当时的传奇却并不甚热心。李开先为圈中成员的散曲贡献了不少序文，而令人吃惊的是，明明他的圈内有好几位笔耕不辍的剧作家，但几乎看不到他为任何剧曲作序。因此，要把这些剧曲作品像前所论及的散曲那样放在清晰可辨的社交语境中几乎是不可能的，文献的缺失有时还会导致某些传奇署名权的争议[2]。

散曲在这三位文人手中被推上巅峰，剧曲则似乎并没有那么广受欢迎。明代中叶之后，仍有一群创作散曲和剧曲的文人持续活跃，但他们在曲的两种次文类的偏好上时移世易。本书研究表明，就明代中期的曲体而言，散曲要比剧曲更为流行和占优，这跟明代晚期江南的曲家圈子、被柯丽德称为"文人戏剧圈"（literati drama community）的情形构成鲜明对比——这些后起圈子中的文人剧作家和刊刻人共同欣赏、传阅和点评的是剧曲，而通过散曲方式进行的交流则日趋淡化[3]。

248 　　明代中期文人的散曲和剧曲世界也揭示了这一时期印刷文化的发展实景。李开先的百阕组曲在全国几十处地方被刊刻印行，甚至包括河南一些无名小地，这显示了北方的印刷业远比预想的要流行广远并充满活力。值得一提的是，这里所讨论的十六世纪上半叶的印刷业，要比俗文学（vernacular literature）在江南的刊刻热潮早数十年。明代中期曲文刊印的早期证据显示了对此文类持续增长的兴趣和不断更新的认知。

个体和圈子，本地和跨境，这两组相对概念之间的张力，既贯穿全书的研究主旨并指出今后的探索方向，也有彼此间的整合与交错的互动。首先，"圈子"的概念展示出了这群文人曲创作中的社交性和群体性，而聚焦圈子并不意味着对圈内"个体"（individuals）的忽略，相反，放眼圈子中的个体有助于将孤立研究文人个体时隐而未发的一面凸显出来。曲家圈子能考量一位个体文人如何在圈子中定位自己，尤其在这个围绕一种污名文类所形成的特殊圈子中。

尽管三位文人的文学轨迹如出一辙，在文化领袖和曲坛大师的身份上也不分伯仲，然而，他们在对散曲和剧曲的追求上同样彰显出差异的个性：康海直言不讳地为自己的选择坚定辩护，骄傲自矜地将自己退隐后的新生活方式视为时尚引领；王九思则对自己的曲作保持较为谨慎的态度，康海去世之后尤甚；而李开先在他成就曲家大师的过程中不断斡旋与协商之姿则显得更为错综复杂和自相矛盾——随处可见的自我形塑与反复出现的自我辩白形成反差。

其次，虽然本书研究特别关注陕西和山东的两个地方文人圈的曲创作，但有时也会留意这两个直接当地语境之外的文本流传情况。曲作的传阅通常会以钞本方式进行，而舞台表演方面则不太便于流传。例如李开先的百阕组曲，超越本地舞台演出的语境而传播到更为广泛的读者群中之后，就越来越依赖于写本流传。提及本地和圈内人士的特定轶事，或许只能吸引当地的听众、读者，例见于康海关于兰卿殉夫的传奇，而对文本的接受程度在本地圈子内与外可能差异很大，如北人李开先写南戏一例所示。

为了把本地与跨境之间的张力与互动推向深入，本书尝试将两个曲家圈子置于更为广阔的文学图景中加以审视。其他地域也有曲作中心的存在，例如以杨慎为中心的云南圈子。杨慎遭贬之后在云南度尽余生，他的情况跟本书讨论的三位贬谪官员大同小异。有学者指出，杨慎在云南待的时间越长，"越从自己早年的保守主义中解放出来……他喜好俗曲和说话艺术，以更为放浪的风格撰写散曲"[4]。如第六章所提，云南曲家圈子同样有文人赓和康海的散曲，而杨慎本人也收到过李开先百阕组曲的抄本。更多此类个案，不仅能够呈现出明代中叶曲作中心更为详尽的图景，而且也能为对曲作的跨境创作、传播和消费的研究奠定基础。

此外，本书还将曲家圈子与同一地区同时出现的其他文类文人社群放在一起比较。李开先提到，跟享有悠久传统和更为普及的诗社不同，曲社在十六世纪四十年代"或有之，然余莫之前闻也"。本书引入"曲家圈子"的概念，并不意味着上述明代文人的社交和文学生活就把参与曲家圈子放到主流或中心位置，虽然他们中某些人在某些特定时段确实如此。中国文人兼跨多个文学社群的情况极为常见，而一位文人可能同时涉足不同的文学圈子、撰写不同的文学体裁，这种认识有助于根据每种群体的特性去了解它们并讨论各自独特的功能。本次研究只在勾勒曲家圈子的基本概况上做了初步的尝试，相信今后会有更多研究对阐明这类圈子的独有特性有所裨益。

250

在很多方面来说，本书对本地与跨境之间的张力的界定其实仍值得商榷。论题虽是对特定时间，即十六世纪，特定地域，即陕西和山东的文人圈子里散曲和剧曲的创作、传播和接受的"本地"研究，但这些问题也不限于特定的时空设置——为什么这些文人要选择这样出身低贱的文类，成为这类圈子中的成员甚至盟主？参与对这些圈内成员意味着什么？他们又是如何被圈外人士所认知评价的？这些问题须联系十六世纪的北方之外的时间空间方能作答——这又算是"跨境"研究了。

［本章注释］

［1］见《李开先全集》，第 471 页。

［2］这一时期此二曲家圈子之外的传奇署名权存在争议的例子包括《太和记》和《鸣凤记》，前篇作者杨慎或许潮（1534 年举人）未定，后篇作者待定而多归于王世贞。

［3］关于这些曲家圈子的研究，参看 Katherine Carlitz（柯丽德），"Printing as Performance: Literati Playwright-Publishers of the Late Ming."；谭坤：《晚明越中曲家群体研究》，上海：上海三联书店，2005。

［4］Hsiao-lan Ch'en（陈效兰）and Frederick W. Mote（牟复礼），"Yang Shen and Huang O: Husband and Wife as Lovers, Poets, and Historical Figures," in *Excursions in Chinese Culture: Festschrift in Honor of William R. Schultz*, ed. Marie Chan（詹玛丽）, Chialin Pao Tao（鲍家麟）and Jing-shen Tao（陶晋生）（Hong Kong: Chinese University Press, 2002）, p.20.

本书所涉曲作版本一览表

＊表示"新发现"的曲家和／或曲作，即该曲家先前未知作有散曲或剧曲，该曲作未被《全明散曲》收录。

＊伯赵（张炼之兄）
＊1 套数 收入《浒西山人初度录》，第 25 页 b—第 26 页 b。

＊东汉（渭川居士）
＊1 套数 收入《浒西山人初度录》，第 17 页 a—第 18 页 b。

＊东山居士（？）
＊1 套数 收入《浒西山人初度录》，第 21 页 a—第 22 页 a。

高应玘
1.＊散曲集《醉乡小稿》，现藏于中国国家图书馆，档案号：17575，一卷（附 1553 年自序）。
2. 8 小令 收入现代本：
(1)《明代歌曲选》，路工编（北京：中华书局，1959），第 69—72 页；
(2)《全明散曲》（济南：齐鲁书社，1993），第 2298—2301 页。［悉数录

自（1）]^①

何瑭（柏斋先生）

1.4 套数 附录于王九思《重刻渼陂王太史先生全集》，第 1301—1315 页。

2.1 套数 收入《北宫词纪》（北京：中华书局，1959 初版；台北：学海出版社，
1971 再版），未全（另一曲较之《初度录》本亦有残）。

3.5 套数 收入现代本，皆基于上述所涉两个版本：

（1）《柏斋先生乐府》，《饮虹簃所刻曲》（卢前编，1936 年金陵卢氏刊本，台北：
世界书局影印，1961）本，卷一；

（2）《何瑭集》（郑州：中州古籍出版社，1999），王永宽校注，第 420—429 页；

（3）《全明散曲》，第 1111—1120 页。

4.*2 套数 收入《浒西山人初度录》续集：

（1）[中吕·粉蝶儿]，此本多出[斗鹌鹑]一曲，为《北宫词纪》及以之为底
本的其他版本所不载；

（2）[双调·新水令]，未见于别本及曲选。

* 华岩山人（？）
*1 套数 收入《浒西山人初度录》，第 18 页 b—第 19 页 b。

康海

1. 散曲集《沜东乐府》：

（1）嘉靖本，现藏于北京大学图书馆，二卷（附 1514 年康海自序、1524 年康浩
跋）；《续修四库全书》重印，第 1738 册；

（2）嘉靖本，现藏于台湾"国家图书馆"，档案号：14987，二卷（附 1514 年康
海自序、1524 年康浩跋）；

（3）《二太史乐府联璧》康海部，明本，现藏于台湾"国家图书馆"，档案号：
15018，二卷（附清初武功知县张吉士跋）。

2. * 散曲集《沜东乐府后录》，嘉靖本，现藏于台湾"国家图书馆"，档案号：

---

① 谢伯阳编纂《全明散曲（增补版）》（济南：齐鲁书社，2016）较之原著晚
出。——译者注

14987，二卷（附 1539 年康海自序）。

3. 若干散曲 收入现代本（所有版本都仅收录《沜东乐府》且错序散录，未收录《沜东乐府后录》）：

（1）《沜东乐府》，《饮虹簃所刻曲》本，二卷；

（2）《沜东乐府》，《散曲丛刊十五种》本（上海：中华书局，1930），任讷辑，二卷、补遗一卷；

（3）《沜东乐府》，周永瑞点校，《散曲聚珍》本（上海：上海古籍出版社，1989）；

（4）《全明散曲》，第 1121—1233 页。与前三排印本相比，《全明散曲》（第 1121—1128 页）多收入辑录自其他曲选和《金瓶梅词话》中的五个套数，其中仅有一散套互见于《沜东乐府后录》；

（5）《沜东乐府校注》，赵俊玠校注（西安：三秦出版社，1995）。

4. 剧曲《王兰卿真［贞］烈传》：

（1）收于《脉望馆钞校本古今杂剧》，明钞本，现藏于中国国家图书馆，档案号：00774；《古本戏曲丛刊》四集重印（北京：商务印书馆，1958）；

（2）《孤本元明杂剧》本。

5. 剧曲《中山狼》：

（1）《盛明杂剧》本；

（2）《酹江集》本，收于《古本戏曲丛刊》四集；

（3）现代排印本见于《明人杂剧选》，周贻白辑注（北京：人民文学出版社，1958），第 237—260 页。

*康浩（南川居士）
*1 套数 收入《浒西山人初度录》，第 22 页 b—第 23 页 b。

康河（沛川居士）
2 套数
1.*［双调·新水令］，收入《浒西山人初度录》，第 23 页 b—第 24 页 b。

2.［中吕·粉蝶儿］：

（1）《浒西山人初度录》，第 24 页 b—第 25 页 a；

（2）《北宫词纪》；

（3）《全明散曲》，第1493页。

* 康梧

*1 套数：

（1）《浒西山人初度录》，第30页b—第31页b；

（2）《南北宫词纪校补》本，第35页；

（3）《全明散曲》，第1279—1280页。

李开先

1.1 套数［正宫·端正好］，题目有两版本：

（1）《奉天见赠》，收入《浒西山人初度录》（三十五支曲，全本），第10页b—
第15页a；

（2）《赠康对山》，收入《北宫词纪》外集（二十二支曲，非全本），另有一曲中
亦有遗漏。

2. 散曲集《卧病江皋》，清钞本，现藏于中国国家图书馆，档案号：SB14806。

3. 散曲集《中麓小令》：

（1）与王九思赓和曲合刊《南曲次韵》，参看王九思此作品条目；

（2）清钞本，现藏于中国国家图书馆，档案号：14805，附一组跋文名录。

4. 散曲集《四时悼内》（附《悼殇词》《中秋对月忆子警悟词》），清钞本，现藏
于中国国家图书馆，档案号：SB14807。

5. 剧曲《宝剑记》：

（1）嘉靖本（不早于1549年），现藏于中国国家图书馆，档案号：SB14805；《古
本戏曲丛刊》初集重印；

（2）现代排印本，见潘惟风等：《宝剑记校注》（济南：济南出版社，1993）。

6. 剧曲《断发记》：

（1）1586年本（现藏于东京大谷大学），《古本戏曲丛刊》五集重印；亦见神田
喜一郎『中國戲曲善本三種』，思文閣、1982；

（2）现代排印本，见《断发记》，卜键点校，收于《明清传奇选刊》（北京：中
华书局，2000）。

7. 剧曲《园林午梦》（附 1561 年自跋）：

（1）1580 年本（又称徐士范本，现藏于上海图书馆），以《重刻元本题评音释西厢记》（收入《古本戏曲丛刊》初集）附录存世，此版是收录《园林午梦》的最早版本，参看蒋星煜：《论徐士范本〈西厢记〉》（载《明刊本西厢记研究》，北京：中国戏剧出版社，1982，第38—66页）；

（2）万历本（又称刘龙田本），亦以《重刻元本题评音释西厢记》附录存世；

（3）崇祯本（又称徐士范本），以《六幻西厢》附录存世，后收入《暖红室汇刻传奇西厢记》；

（4）收入曲选集《群音类选》（编于约 1593 年至 1596 年之间）；

（5）清钞本，现藏于中国国家图书馆，档案号：SB14809；

（6）收于《今乐府选》①。

8. 剧曲《打哑禅》（附 1561 年自跋）：

（1）清钞本，现藏于中国国家图书馆，档案号：SB14809；

（2）现代排印本，见《戏曲选粹》，曾永义等编（"台北：国家出版社"，2009），第313—328页。

9. 元杂剧汇编《改定元贤传奇》，嘉靖（？）本，现藏于南京图书馆，《续修四库全书》重印，第1760册。

10. 汇编《张小山小令》：

（1）嘉靖本，现藏于南京图书馆，《四库全书存目丛书补编》重印，第四五册；

（2）嘉靖（1566 年）本，现藏于台湾"国家图书馆"，档案号：14979。

11. 汇编《乔梦符小令》：

（1）隆庆（1567 年）本，现藏于台湾"国家图书馆"，档案号：14985；哈佛燕京图书馆微缩胶片版，档案号：FC4876［1009］；

（2）清刊本，现藏于中央艺术研究院戏曲研究所，《续修四库全书》重印，第1738册。

12. 戏曲批评专著《词谑》（又题曰《一笑散》）：

（1）嘉靖本，现藏于中国国家图书馆，档案号：SB04460，不分卷，四册；

（2）清钞本，现藏于中国国家图书馆，档案号：SB14141，不分卷，题曰《一

---

① 即《复庄今乐府选》，姚燮编，现藏于浙江图书馆，档案号：12085。——译者注

笑散》；

（3）清钞本，现藏于中国国家图书馆，档案号:SB14809，卷一，题曰《一笑散》，
与《园林午梦》《打哑禅》合刊；

（4）陆贻典藏清康熙年钞本，翻印自《一笑散》，叶枫校订（北京：文学古籍刊
行社，1955）；

（5）现代排印本，见《词谑》，卢冀野校（上海：中华书局，1936）；

（6）现代排印本，见《中国古典戏曲论著集成》（北京：中国戏剧出版社，
1959），第三册，第257—418页。

13. 若干散曲、剧曲 收入现代本：

（1）《全明散曲》，第1806—1875页；

（2）《李开先集》，路工辑（北京：中华书局，1959）；

（3）《李开先全集》，卜键辑（北京：文化艺术出版社，2004）。2004年面世的全
集本优于1959年路工所辑的旧版。[①]

* 鹿苑洞仙（？）

*1 套数 收于《浒西山人初度录》，第22页a—第22页b。

* 马理

*4 小令［醉太平］，载《溪田文集》，卷六，第212页b—第213页b，收于
《四库全书存目丛书》，集部第六九册，第525页。此四支小令新近收入汪超
宏：《〈全明散曲〉补辑》，载《明清曲家考》（北京：中国社会科学出版社，
2006），第469—470页。

* 清溪居士（？）

*1 套数 收于《浒西山人初度录》，第30页a—第30页b。

* 私史沐（？）

1.1 套数：

---

① 　卜键笺校《李开先全集（修订本）》（上海：上海古籍出版社，2014）较之原著
晚出。——译者注

（1）《北宫词纪》，卷二；

（2）《全明散曲》，第1239—1240页；

（3）《浒西山人初度录》，第31页b—第32页b。

2. *收于《浒西山人初度录》，嘉靖本，现藏于台湾"国家图书馆"，档案号：14987，所收张炼之序虽系于1536年，但所录曲作均不早于1538年。

王九思

1. 散曲集《碧山乐府》（刊于1529年至1530年左右）：

（1）不分卷本，附于《乐府拾遗》，有康海1529年之序，现藏于浙江省图书馆，《四库全书存目丛书补编》重印，第四五册。此本中的散曲分为小令、套数两部，虽号称是正德本，但鉴于收有迟至1529年所作曲子，故当为嘉靖本。其刊行时间应在1529年至1530年之间，所依的内在证据是1529年王九思于己六十二岁诞辰所撰自寿曲收入《碧山乐府》中，而随后1530年其六十三岁寿诞自贺曲则收入下一本散曲集《碧山续稿》中；

（2）嘉靖本，现藏于台湾"国家图书馆"，档案号：14987，此本较"不分卷本"更全，其收录前者套数部6-8页（？），并多收《乐府拾遗》中两套数，参看第8页a—第10页a；

（3）1555年两卷本，现藏于中国国家图书馆，档案号：SB15692。此本笔者未经眼；

（4）《二太史乐府联璧》王九思部，明本，现藏于台湾"国家图书馆"，档案号：15018，二卷。

2. 散曲集《碧山续稿》（自序于1533年），嘉靖本，现藏于中国国家图书馆，档案号：01377，一卷，与《碧山新稿》《南曲次韵》（见下）合刊三卷。

3. 散曲集《碧山新稿》（自序于1541年，吴孟祺序于1547年），嘉靖本，现藏于中国国家图书馆，档案号：01377，一卷，与《碧山续稿》《南曲次韵》合刊。

4. 散曲集《南曲次韵》（1545年后）：

（1）嘉靖本，现藏于中国国家图书馆，档案号：SB01377，一卷，与《碧山续稿》《碧山新稿》合刊；

（2）嘉靖（1545年）本，现藏于上海图书馆，档案号：800882、800883，一卷，与《碧山乐府》《碧山拾遗》合刊，附黄裳跋，此本文末留存钞工之名：渠田野夫。

5. 散曲集《碧山乐府》，崇祯本，四卷，含《碧山续稿》《碧山新稿》；《重刻渼陂王太史先生全集》重印，下卷，亦可参看《续修四库全书》重印，第1738册，第423—485页。附于卷二之末的王瑾之序说明了此汇辑本各卷中的散曲的更次排列问题。

6. 散曲集《碧山乐府》，明钞本，著录于郑骞《跋碧山乐府》，载《景午丛编》上集，第217—219页。郑骞根据此本所收曲子认为该本钞于《碧山续稿》之后、《碧山新稿》之前。

7. 若干散曲 收入现代本：

（1）《饮虹簃所刻曲》本，包括《乐府拾遗》《碧山乐府》《碧山续稿》《碧山新稿》《南曲次韵》；

（2）《碧山乐府》，沈广仁点校，《散曲聚珍》本，此本以《饮虹簃所刻曲》本为底本，参校崇祯本增补曲子；

（3）《全明散曲》，第850—1002页。

8. 剧曲《杜子美沽酒游春记》（又称《曲江春》）：

（1）嘉靖印本，现藏于台湾"国家图书馆"，档案号：14987，据笔者所考当为此剧最早版本，第一折中保存了大量对白；

（2）载《重刻渼陂王太史先生全集》（收入《明代论著丛刊》，台北：伟文图书出版社影印，台湾"国家图书馆"馆藏，1640年本，1976），下卷；

（3）载《四太史杂剧》，万历（1605年）本，现藏于东京大谷大学；

（4）载《元明杂剧》（又称继志斋本）；

（5）载《酹江集》，收于《古本戏曲丛刊》四集，亦保存了第一折中的大量对白；

（6）载《盛明杂剧二集》。

9. 剧曲《中山狼》：

（1）载《重刻渼陂王太史先生全集》，下卷；

（2）现代排印本，见《明人杂剧选》，第261—268页，同见《戏曲选粹》，第255—265页。

王廷相

1 套数：

（1）《南北宫词纪校补》本，第 40—43 页；

（2）《浒西山人初度录》，第 5 页 b—第 9 页 a。

* 杨武（北山先生）

*1 套数 收于《浒西山人初度录》，第 9 页 a—第 10 页 a。

* 熊子修（云梦山人）

2 套数

1. ［商调·集贤宾］：

（1）《北宫词纪》，卷二；

（2）《全明散曲》，第 2622—2623 页，误系于孙斯亿（1529—1590）名下；

（3）《浒西山人初度录》，第 15 页 a—第 16 页 b。

2.* 南曲［高阳台］，《浒西山人初度录》，第 16 页 b—第 17 页 a。

张炼

散曲集《双溪乐府》（附 1566 年自跋）：

（1）明钞本，先为许之衡私藏，后归吴晓铃，捐赠予北京首都图书馆；吴书荫：
　　《绥中吴氏藏抄本稿本戏曲丛刊》（北京：学苑出版社，2004）重印；

（2）清末民初钞本，现藏于中国国家图书馆，档案号：119589；

（3）民国钞本，现藏于中国国家图书馆，档案号：33530；

（4）现代排印本，见《饮虹簃所刻曲》；《全明散曲》，第 1646—1728 页。

* 张治道（太微山人）

*2 套数 收入《浒西山人初度录》，第 19 页 b—第 21 页 a。

译后记

　　每一篇译后记都是千篇一律、长篇累牍的致谢，我当然也不能免俗，没有他们的帮助，无论如何，眼前的这本书也只能"门掩黄昏，无计留春住"。

　　但我想先要检讨自己身为译者的问题。我本身天资愚钝又心浮气躁，博士毕业之后忙着在世界地图上画圈据点，飞了一百二十多家航司、近两百家机场，刷了一百二十处世界遗产，觉得对自己而言，生活在别处的体验远比在学术科研上的贡献更能彰显个性价值，仗着自己一点古典文学的老家底和一直没有丢光的外语能力沾沾自喜，无心向学，甘为废柴。虽然有过数次的境外学习工作经历，一直没有丢掉每天读书的习惯，但也从未想过自己动手来翻译一本学术专著，只是不时刻薄地在豆瓣上讥讽那些翻译过来的海外汉学专著有多少纰漏和笑话，仿佛自己"非不能也，是不为也"。2015 年下半年，我申请国家留学基金委的资助，联系了伦敦大学亚非学院的陈靝沅教授，恰好之前读过靝沅老师基于哈佛博士论文修订的英文专著，虽说囫囵吞枣，却也颇有收获，于是自告奋勇，打算利用在伦敦 2016 至 2017 学年的访学空闲，把这本书翻译成中文传回国内学界。原本以为凭借自己"绝世名伶"般身兼古典文学和外语水平的双板斧，一两个月内译完这本书，然后稍加修改，就能在国内顺利出版，哪知道这个坑挖得如此深阔，差点把自己活埋了，最后认清自己充其量只是"混口饭吃"的街头艺人水平，但总不能服软认尿。稿子前后修改了六遍，整个一年的英伦时光，我有三分之二的时间都在与这本书（的胚胎）朝夕相伴，看着自己前几稿跟垃圾一样，就深深感慨翻译学术专著之不易了，追求语义准确、语句通顺、语感本土化，还要一一核对引文和参考文献的原文，越改越对自己严苛起来，这简直比自己写一本书还要费尽心力。我本身的学术兴趣集中在唐诗与中古文学文化上，现在要来处理明代散曲剧曲的领域的专业术语，无论是时段还是文类以及研究动向，都非我所长，所以战战兢兢，无比惶恐，只能不断自我学习。我当然不是在为这个译本潜在的翻译问题找借口，如有错误，问题与责任都在我。

我只是感谢有这样的一次弥足珍贵的锻炼机会，让我能够重新审视自己的学术能力和学养积累，真正意义上践行了"文本细读"的学术训练，对我来说是一次历练，更是一次考验，我将终生难忘。以后还会不会继续翻译？就如今的科研评价体系和出版业界市场而言，像我这样单凭一己热忱、没有任何合约就进行独立翻译的情况，恐怕……好在豆瓣平台上诸多出版界的同仁不断抛出橄榄枝，相信不久的将来我还会继续把域外汉学的优秀成果回传中文学界。

好了，马上开始颁奖盛典！首先隆重致谢本书作者陈靝沅教授。靝沅老师是我遇到过最和善最耐心最儒雅的老师，没有之一（我知道这样说很得罪前辈，那就得罪吧）。在伊维德教授指导下从哈佛大学博士毕业之后，他一直在伦敦大学亚非学院工作（2019年底起任职于牛津大学邵逸夫汉学讲席教授）。虽然当时身为系主任，忙于学术和行政工作，但他对我本人在学习和生活上的关照让我感到温暖。他没有嘲笑我的前几稿的粗劣，多次跟我约见讨论我译稿中拿捏不准的地方，对有些出处和译名务必要求"经眼"原始文献，对于我在翻译中发现的原著的一些细微笔误，他也反复推敲核实，在科研上一丝不苟的态度值得我学习终生。没有他的鼓励、推动和审读，这本译著是不能面世的。感谢天哥，希望不久之后就能有机会在牛津大学中国中心再跟天哥学习和合作。

感谢伦敦大学亚非学院给我提供了最好的资源和空间。伦敦大学亚非学院太小太旧太穷，跟名牌大学财大气粗根本不搭边，而且近年来也在走下坡路，但作为海外汉学研究的老牌大本营，无数的前辈学者给了我太多精神上的召唤，庄士敦、艾略特、魏理、老舍、昂山素季、杜希德、鲁惟一、白之、韩南、葛瑞汉、刘殿爵、刘若愚、艾兰、贺麦晓、赵毅衡，个个鼎鼎大名，曾在这方寸之间共同呼吸。访学一年期间，我在中文系听课、座谈、讲座、参与交流，让自己像本地学生一样学习生活，感谢傅熊教授（Bernhard Fuehrer）和陆小宁教授（Xiaoning Lu）在研究法上对我的教导，感谢慕昱安（Alastair Ewan Macdonald）、白璐璐（Lucrezia Botti）带我重读中国文学史和文学作品，感谢参加阅读小组的每位博士生。伦敦大学亚非学院方方正正的古墓型的图书馆里占了老主楼的绝大部空间，昏暗、压抑、沉闷，却是我最喜欢的小黑屋，转角就与一大堆泛黄的线装古籍，在凹室（alcove）里翻书码字，有种奇妙的灰色快感。我常常光着脚在地毯上走动找书，听伦敦经常不期而至的冷雨敲窗的声音，闻着各色人种混合着香水和咖啡的体味，往往待到关门才走向皮卡迪利地铁线回家。不用担心是自己是"怪胎"（freak/geek/nerd），在这所国际学生占了一半多的学校大多数人都是奇奇怪怪的人。还担心什么呢，像是突然掉进了异次元空间，再不赶紧趁机多读自己喜欢的书，按照自己的意愿生活出自己想要的样子，时间一到，联结时空的黑洞又会把我打回庸庸碌碌的原形。

感谢在翻译中给予我帮助的所有人。博士生梦珂（Ke Meng）说是帮导师天哥把关，帮我通读了全文所有我自己拿不准的翻译，一边无尽吐槽，一边认真斟酌。感谢汉学班的林溢朗（Ronald Lam）、李俊桐（Phyllis Li）、何宜真（Beth Harper）和于蓉（Rong Yu）这群超棒的学习伙伴给了我无穷的鼓励和关爱，没有他们，我在伦敦亚非学院的翻译一定枯燥到爆炸。感谢庄东霖（Tony Chuang）给我准备爱心便当还炼成了我的灵魂之侣。感谢赵永正（Francesco Papani）和小罗（Roman Kierst）在图书馆里长时间陪伴，比比看谁憋尿比较久的"较劲"能让我更专注在翻译本身而不走神。感谢依洵、小淦、虾撒、方小娇、小富婆、娜娜、乃滢、宜臻在伦敦对我的关照和支持，让我能在翻译之余能有人一起吃（蹭）饭说话不至于憋死。感谢我的同事刘叙武博士，毕业于南京大学戏曲学的他，不仅帮我把关了曲学术语，而且还经常跨时差帮我查找出处，并且细心校读全稿，虽然人是胖了点，但心地纯良。感谢岑天翔（Tyson Chan）在校稿最后阶段帮我去"国图"和傅斯年图书馆查对孤本善本文献的出处，真是个人甜心善的好少年。感谢学术小助手张望帮我分担工作、科研、学习、财务、生活方方面面的琐事。感谢家人对我生活和工作最无私的支持，没有你们就没有我。特别感谢周小鲜，幸好你在重庆我在伦敦，保证了你爹翻译工作的完成，你是他学术史上的最响地雷，轰！

最后感谢广西师范大学出版社。当我翻译完成之后投稿各大出版社，被以诸如不是原创、市场狭窄、缺少编辑、没有计划等各种各样的理由拒之门外的时候，是广西师范大学出版社主动联系出版事宜，支撑我继续修改完善，广西师范大学出版社的编辑老师，不仅为我指正了诸多翻译上的细微瑕疵，而且一一核对了文献出处，帮助我在学术翻译的野路子上走向正途，我将终身受益，在此真心致谢。哈佛博士论文和哈佛燕京学术专著尚且找不到地方翻译出版，其他可想而知。我不是不会去逢迎那些阿谀奉承的盛世颂歌和迎风招摇的畅销热点，只是不屑。

周睿

2017 年 8 月 初记于伦敦大学亚非学院图书馆

2020 年 11 月 补记于西南大学中心图书馆